U0024620

大話英雄

3 指點江山

龍人 策劃
易刀◎著

故事背景

神州八六二年。

魔人肆虐，寇邊長達十三年，其中爆發數次人魔大戰。

神州英雄因而輩出。

其中最爲後人傳頌不止的，是一位名叫談容的大英雄。

與此同時，臥龍鎮上的如歸樓中，亦出現了一位名不見經傳的丑角人物：談寶兒。

雖然姓氏相同，但長相、武功、性格、命運截然不同的這兩個人，在如此群魔亂舞、晦暗不明的亂世中，將有著什麼樣的交集？

又將帶給神州大陸什麼樣的衝擊？

談寶兒的人生又將產生什麼樣的巨變？

重要地標

＊如歸樓——

臥龍鎮上唯一的客棧，也是酒樓和茶社。老闆名談松。樓中固定有說書人暢說古今，成爲當地人打發時間的最佳去處。

＊秦州——

地處蒼瀾江支流馳江的下游，北接湘城，東連夢州，西對雲州；本身亦是一個巨大的糧倉，自古即軍事要地。

＊九靈山——

南疆十萬大山中最有名的一座，共有九峰，峰峰不同，鼠、牛、猴、蛇、龍等，各有肖似，因此得名。最高峰爲飛龍峰。

＊天河——

位於葛爾草原旁，是神州子民心中最重要的一條河，有「天下第一河」之稱。河水沖積所成的天河平原，更是神州三大糧倉之一。

＊困天壁——

號稱天下第一堅壁。爲蓬萊三十六島之天然屏敝。

爆笑小字典

＊雲騎——

大夏國最神駿的馬。通體雪白，四蹄上各生有一圈如鳥羽似的長毛，奔跑的時候，幾乎足不沾地，落地聲音極輕，如包了棉花一樣。萬馬馳騁時，遠遠看去像極了天上白雲奔流，並且無聲無息，因此得名。

＊葛爾草原四大部族——

分別是莫克族、龍血族、天池族和胡戎族。

＊神州三大門派——

爲禪林寺、天師教和蓬萊島。分別代表了神州三種主流的法術形式精神術、符咒和陣法。精神術重視人本身的修養，所以法術都和人的精神有關；天師教偏重於物，最擅長的是畫符，以符咒驅使世間一切的物體。蓬萊島的法術則以陣法爲主，借陣法可以引導出天地的威力來誅殺敵人。

＊四大天人——

人族公認的四位最頂尖的高手，分別爲楚接魚、枯月禪師、張若虛和羅素心。

＊四大神物——

包括西域火獅、南疆天蠶、北池大鵬和東海神龍四種神州極其難得一見的神獸。

＊《南疆遊記》——
作者爲陸子遷，是一位了不得的才子，才華横溢。書中以介紹南疆的風土人情爲主。

＊《御物天書》——
寒山派的鎮山寶典，內容除爭鬥之術，並包含許多修行之要，是寒山派門人修成正果之不二法門。向來只傳給掌門聖尼。

＊《河圖洛書》——
上古時候禹神治水時所留下，記載了神州所有明流暗河的位置，像極了一副脈絡圖，故被稱爲《河圖洛書》。與廣寒仙子的《星河璀璨譜》共稱爲天文地理界的至寶！

＊神州四大港口——
依次是京城的大風港、北方前線的武神港、南疆的天姥港以及東海的青龍港。

＊昊天盟——
神州三大黑幫之一最厲害者。由楚接魚領導，敢於直接對抗朝廷，被朝廷稱爲盟匪。

＊聽風閣——
以武風吟爲首。專門從事暗殺、投毒、買賣情報等恐怖活動。亦是神州三大黑幫之一。

＊偷天公會——

神州三大黑幫之中爲神秘者。最初是由一群志同道合的小偷和強盜組織起來的，該組織以努力保障每個小偷和強盜能善終爲最初宗旨，後來竟發展成一股神秘而強大的勢力。他們的首領偷天王，每十年召開一次大會，民主選舉一次，標榜「切磋偷盜技術，提高偷盜效率，大力發揚偷盜事業」。

＊天龍鏢局——

神州最有名的鏢局。

＊凌煙雙相——

追隨大夏開國太祖李元的七十二賢中最有名的天機軍師莫邪和無方神相蕭圓，共稱「凌煙雙相」。

＊雲臺八將——

追隨大夏開國太祖李元的七十二賢中最著名的八名武將，人稱「雲臺八將」。

＊火獅艦隊——

爲昊天盟於海上作戰的強力艦隊。

人物簡介

◎神州英雄

＊羿神——

人族所信奉的眾神之王。與天魔為死對頭，水火不相容。

＊聖帝——

大夏王朝的開國大帝。華朝末年，災荒連年，民不聊生，魔人於此時寇邊，朝廷無力阻止，聖帝舉義旗驅魔，擊敗魔人，故由華朝末代帝君赤炎禪讓於聖帝，從此建立大夏王朝。

＊赤炎——

神州史上第一個朝代華朝的末代帝君。後禪讓給聖帝。

＊「天師」張馗——

自引天雷與三萬魔族精銳同歸於盡，被大夏國永仁陛下題字「英烈千秋」而名留後世。

＊談容——

年僅十七。身高八丈，目似銅鈴，拳大如斗，通天文地理，會五行遁甲，揮手生電，呵氣成雲。曾孤身一人闖入魔人百萬軍中，摘下了魔人主帥厲大的頭顱，名震天下。其「蹁躚凌

人物簡介

波術」獨步天下。

＊談寶兒——

「如歸樓」中的小夥計。原為流浪孤兒，被「如歸樓」老闆談松好心收養，長大即成「如歸樓」的店小二。其相貌平平，大字識不到一籮筐，通的是骰子牌九，會的是偷奸耍滑。卻因陰錯陽差，搖身一變，成為大英雄談容的分身，也因此展開他爆笑無賴的一生。

◎傾城紅顏

＊若兒——

年約十六七歲，明眸皓齒，瓜子臉，並有一頭如墨雲似的長髮。英姿颯爽。

＊秦觀雨——

京城四大美女之一。居於水月庵中。

＊駱滄海——

怡紅樓的頭牌。亦爲京城四大美人之一。

＊雲蒹公主——

大夏國永仁帝的幼女。京城四大美人之一。

＊楚遠蘭——

談容的未婚妻。當今朝廷戶部尚書楚天雄的女兒，亦爲京城四大美人之一。

＊吳月娘——

昊天盟分堂「明月堂」堂主。年約二八，丰姿撩人。

人物簡介

＊楚小菊——
楚接魚的女兒。昊天盟三十六傑中的高手人物之一。擅使天月珠。

＊武風吟——
聽風閣閣主。潛蹤隱匿之術冠絕天下，擅長暗殺之術。

＊黃疏影——
疏影門當代掌門人。乃一奇女子，以排解天下紛擾爲己任。

＊媚娘——
獨門法術爲千嬌百媚術。

◎當代豪傑

＊枯月禪師——

禪林寺的代表人物。禪林寺四人長老之一。無法和尚的師父。

＊張若虛——

天師教的教主，亦是天師教法術集大成之代表人物。名列四大天人之一。法力通神。

＊楚天雄——

大夏國戶部尚書。楚遠蘭之父。與談容之父爲多年知交，因而結下兒女婚事。

＊羅素心——

蓬萊島的代表人物。

＊屠瘋子——

蓬萊山天音上人門下首席大弟子。因和張若虛打賭能破其九九窮方陣，竟自願藏身天牢長達三十年，苦心鑽研陣法。後將一身絕學盡數傳給了談寶兒後不幸離世。

＊楚接魚——

人物簡介

神州武學第一人，黑道第一幫派「昊天盟」的魁首。

＊無法和尚——

禪林門下弟子。被佛祖欽點爲繼承人，卻自願拜談寶兒爲老大。於星相之術頗有專精，有「天文達人」之稱。

＊凌步虛——

賀蘭英的師父。原是張若虛的師弟，因和張若虛意見不和，後來離開天師教，闖蕩到南疆時被南疆王收留，留在王府中倚爲臂助，成爲王子少師。

＊冰火雙尊——

外型特異的兩個奇人。兩人雖年紀已大，留著山羊鬍，頭上卻梳了兩個沖天辮子，做童子打扮；還合穿一條巨肥的褲子。玄冰離合盾及冰火神劍是他們的拿手兵器。

＊況青玄——

「神州十劍」之一。以操作風的力量而排在第六位，人稱「依風神劍」。

＊軒轅狂——

名列「神州十劍」之首。是十劍中唯一使用真劍的人。號稱「真劍無雙」。

＊問月——

「神州十劍」排名第五。以月光爲劍，號稱「問月神劍」。

＊楚問魚——

楚接魚的弟弟。號稱「鐵甲神」，身護體真氣出神入化。爲昊天盟三十六傑之一。

＊程雪松——

天龍鏢局的鏢頭。縱橫江湖五十多年，所保的鏢卻從來沒有失過手，是談寶兒少年時的偶像之一。

＊楚小魚——

昊天盟少盟主，楚接魚的兒子，楚小菊的哥哥。曾破張天師的火龍地蛇陣。與談寶兒面貌神似。

＊九靈真人——

南疆奇人。曾在九靈山修煉，最後在飛龍峰上的羽化臺羽化飛升。有傳說，九靈山上的九座山峰，即爲九靈真人座下的九隻靈獸在其飛升後所化。

＊牽機子——

九靈山「羽化觀」的觀主。

＊圓圓大師——

人物簡介

白馬寺住持。

＊滄浪子——

神州十劍之一。

＊慧引禪師——

兩百年前一得道高僧。品格高尚，敢作敢爲，視一切世俗禮教、清規戒律爲孽障，提倡返璞歸真。

＊空雨禪師——

禪林高僧。號稱神州念力第一。四大天人之一。

＊清惠師太——

寒山派得道老尼。秦觀雨的師父。

＊商山五皓——

爲五個同門師兄弟。陷地之術爲其絕招。

◎相關要角

＊范正——

大夏國太師。

＊范成大——

范太師的獨子。三歲會罵粗口，五歲能吃七碗乾飯，人稱「京師第一神童」；七歲贏得京城蛐蛐大賽冠軍，十三歲時已成麻將協會榮譽會員。

＊張浪——

國師張若虛之子。與范成大爲無惡不作的好友。

＊何時了——

大夏國刑部尚書。年約四十。

＊龍護法——

昊天盟護法。曾大膽行刺大夏國君。

＊永仁帝——

人物簡介

＊賀蘭耶樹——

大夏王朝當今天子。對談寶兒寵愛有加。

南疆國王。久有謀反之心。

＊賀蘭英——

南疆王世子。與雲蒹公主訂有婚約。

＊賀蘭傾城——

亦爲南疆王賀蘭耶樹之子。

＊秦雪——

大夏四大名將之一。駐紮於秦州。

＊秦長風——

秦州副將。

＊古三同——

昊天盟水羊分舵舵主。

＊左連城——

羅素心最傑出的七名弟子「蓬萊七星」的老大。

◎大漠兒女

＊黃天鷹——馬賊首領。橫行葛爾草原。

＊桃花——胡戎女子。艷若桃花。胡戎族長之女。

＊蘇坦——胡戎族族長。桃花之父。

＊哈桑——葛爾草原上另一支民族莫克族的族長。

＊木桑——莫克族第一勇士。

＊莫邪——莫克族昔年最偉大的神使。

人物簡介

◎神秘魔族

＊天魔——

傳說中魔族至高無上的信仰偶像。

＊厲九齡——

魔教教主。人稱「魔宗」。創立拜月教。

＊厲天——

魔人主帥。厲九齡的第四弟子。魔人集結百萬大軍大犯龍州時，被談容摘下頭顱，魔人士氣大落，被龍州軍追殺出八百里，損失了五十多萬人，連失七座城池。

＊謝輕眉——

一代魔女。亦爲厲九齡的徒弟。風華絕代。曾施出劇毒「碧蟾冰毒」，使大英雄談容不幸身亡。

＊天狼——

魔宗門下第三弟子。

◎其餘配角

＊胡先生——

「如歸樓」的說書先生。

＊談松——

「如歸樓」的老闆。談寶兒父母雙亡後收養談寶兒，是談寶兒的衣食父母。

＊唐天齡——

金翎軍副統領。爲人詼趣。年紀約莫六十上下，卻老當益壯，身手敏捷不讓少年。

＊關小輕——

隨軍參謀。禁軍中最有潛力的年輕將領。

＊布天驕——

京城兵馬大元帥。

＊周叢、黃拈花——

橫行江湖的盜賊。

人物簡介

＊宋三郎、柳千雪——

分別有「小神手」、「雲州盜聖」之稱。

＊枯石子——

來自東海，養生專家。擔任本屆偷天大會的特邀主持人。

＊胡為國——

夢州總督。鎮守天姥關。

＊劉景升——

西域國王。

＊白依山——

東海王。

＊王動——

金翎軍中的百夫長。

＊小青——

水羊城中的小混混，後被談寶兒所救。

＊王大全——

火獅艦隊「丁丑號」的艦長。

＊黑墨——

談容的坐騎。通靈善解人意。健步如飛，快如黑色旋風，是百年難得的神駒。愛喝烈酒，被世人引為神奇傳說。

＊小三——

為談寶兒用羿神筆畫出的三足神龜。嗜吃肉，食量驚人。乃昔年羿神座下四大神尊之一，本尊名萬相神龜，羿神曾賜名為玄武神尊！

＊九陰神蜈——

可吞噬所有猛獸，其血霧乃天下至陰，專汙一切咒法，是九靈召喚術的剋星。為凌步虛所御。

＊九木神鳶——

一身金色，雙翅如垂天之雲，左右各約有百丈，鳥身碩大無比。為昔年無方神相蕭圓所造。建造時，分別採集了生長於神州東西南北的九種神木，聚以能工巧匠十年方成，因此得名。已絕跡江湖兩百年之久。

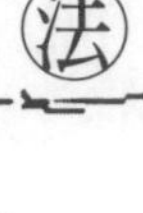

＊蹁躚凌波術——

獨步天下，爲談容的獨家絕技。此術步履飄逸，起落之間，只如行雲流水，故名「蹁躚凌波」。

＊千山浮波陣——

被布下此陣後，所在空間頭頂天空只如千山壓頂，蒼鷹難渡；足下地面則如浮波逐流，落羽可沉，青萍難渡。

＊太極禁神大陣——

以八卦陣法爲基礎。施陣者所踏每一步，都是八八六十四卦其中一卦。這套步法踏完，便已布好。

＊移形大法——

談容從羿神筆裏領悟出來的一種法術。能將兩個人的五官、臉形、頭髮、指甲、皮膚和聲音等一切體現於外的特徵完全對移。如欲恢復原狀，需和神筆心意相通，其中方有破解之法。

＊一氣化千雷——

一門將體內真氣化作雷電外放的法術。練成後，招手之間便能放出上千道雷電，威力驚人。

＊蓬萊陣法——

有五種基礎陣法，按五行分類，依次是分金、掘木、封水、聚火和裂土之陣。另有數種即將失傳的奇陣：嫁衣之陣、天雷之陣、萬星照月大陣和呼風喚雨之陣，皆是涵蓋天地，包舉萬物，牽一髮而動全局的大陣。

＊九九窮方大陣——

乃國師張若虛集前人法術之大成所創，爲天下罕見的奇陣。其九道大的橫線，代表了九陽，九道大的豎線，代表九陰，九陰九陽相剋卻也相生，彼此作用，生成八十一條小線，每一個格子裏的陰陽之數各自不同，如此反覆，窮盡萬物。後竟被談寶兒意外破解。

＊封水之陣——

全名「北斗封水大陣」，是蓬萊五大基礎陣法之一。這種陣法布下時，暗合天上北斗七星之數，布陣之法，是將真氣以一個特殊的方式，按北斗之形散於地面七點，借助天地人三者感應之力，可控制天地間的水元素。

＊九鼎大陣——

上古之時，神州被稱爲九州，因洪水席捲。水神大禹受羿神之命治水，發現是九條魔龍搗亂，他耗時三十年，開出了貫通神州的天河，一面採集藏於東海之底的大地精鐵，以無上神力引來九天之火，費時九九八十一天，終於煉成了九只巨鼎，分別放置在九州大地，鎮住了九條魔龍，洪水乃止。此九鼎彼此牽引，組成了神州最大的陣法「九鼎伏魔大陣」，除了鎮住九大魔龍外，並守護著整個神州大地的安危。此後的戰爭中，魔人的探子一進入九大州的範圍之內，立時便會被天火所焚，消失得無影無蹤。

＊遊刃有魚之術——

此法是爲一人單挑成百上千人而創。施展時，施法者的周身會生出一種類似魚鱗上黏液的黏狀真氣，自己一旦受到攻擊，黏狀真氣會自動讓人本身借力滑開，所以即使一個人身處千軍萬馬之中，也如魚在水中一樣，可以在刀鋒間遊蕩而紋絲不傷，因此得名。

＊鏡花水月之術——

被施法之物表面上猶如覆蓋了一面明亮的圓鏡，可於夜間用來觀察天象。

＊燎原符——

屬天師教符咒之一。能夠召喚地火，即使沒有可燃之物，也能在一丈方圓內燃燒一刻鐘，威力強大。

＊畫皮之術——

乃移形大法基礎。以羿神筆臨摹他人形象，可以假亂真，猶如今之化妝術。

＊嫁衣之陣——

蓬萊幾乎要失傳的神奇陣法。主要作用是可以轉借功力，一是直接吸收別人的真氣為自己所用，另外一個則是將自己的功力暫時或者永久借給別人。又號稱「永不停息之陣」，因為敵人的真氣一旦為自己所用之後，很快就會變成陣法的一部分，直到窮盡為止。

＊九靈大陣——

九靈真人親自所布，以九大靈峰為骨，天地靈氣為基，九靈真人自己的金身為引，一旦發動，九峰合圍，形成一個巨鼎之形，以天地為洪爐，但凡陣中之物，便如鼎中之食，只剩下被煮的份。九靈真人飛升之後，歷五百多年，無一人可發動這陣法。

＊渾圓神光罩——

羿神的獨門法術。只要修煉羿神訣的人遇到危險時，本身真氣自然會放到體外，形成光球，抵擋一切攻擊。

＊餓蠶毒——

南疆有名的毒術，極具傳染性，如果不放火將中毒者屍體燒掉的話，會蔓延成瘟疫。

＊三頭六臂術——

即分心三用之法，可以讓人在一段時間內具有三個頭，六隻手臂。

＊一法萬相術——

是一種精神術，可以影響和你接近的人，使他認爲你和他自己記憶中的人完全一樣。

＊伏山咒——

傳說中可以強行將人的身體和山峰結合在一起，並因此擁有天下最強防禦的無敵咒語。

＊萬星照月大陣——

即是引天上星月之力爲陣，陣眼就是天上的明月。是蓬萊幾乎要失傳的一種陣法。

＊碧水訣——

是一套由真氣或念力配合的咒語，念動時候，念咒者得到青龍法力加持，天下海洋皆可去得。

＊脫水訣——

青龍訣的一種，念此訣後，人從水中至地面時，身體如脫去一件衣服一樣，可立即從水裏抽身而出。

＊陷地之術——

可讓地面生出無形陷阱，並伴隨有強烈的氣流漩渦，十分凶險。

＊揠木之陣——

是木系的基礎陣法，取意「揠苗助長」，是以本身真氣強行催動大地中的木元素力量，借草木生長時的勃勃生機爲己所用。

珍奇寶物

***乾坤寶盒**——

長方形，非金非玉，會放出金色閃電。需念咒語才能打開。原爲談容所有。

***羿神筆**——

長約三尺，筆身巨大，乳白色，有竹結，毛筆通體漆黑，光滑如錦，上面還隱有金光流動。傳說原爲上古時羿神所有，不知何因，流落人間。

***落日神弓**——

亦稱「英雄之弓」，爲草原四族共有，由神使掌管。歷任神使無一人能將其拉開。曾有神使預言，如有人能拉開此弓，必會成爲大英雄，並帶領草原各族走向前所未有的輝煌。

***雕翎箭**——

與落日神弓互爲神器。不只能射物，更兼有拔毛的神效。

***酒囊飯袋**——

可裝眾多物品，卻不會有重量。要喝酒時，念咒語「嘎嘎拉西」，想吃肉時則念「多多兀個」即可打開。欲裝東西時，則將酒飯湊近袋口，念相同咒語方可。飯菜在袋子裏可保存十天不壞。是胡戎族的寶物。

***麻血散**——

乃神州黑道第一幫昊天盟的獨門迷藥，凡是吃了這種藥的人，四個時辰內會昏迷不醒。

＊無縫天衣——

近乎透明，水火難侵，法術難傷，是上古武神的隨身戰衣。穿上這件衣服，所有的精神攻擊和低等級的法術攻擊都會失去效果。

＊吸風鼎——

上古九鼎之一。念動咒語，可掌控大小，吸納風流。

＊神靈膏——

爲靈龜小三所拉之物，專門治療皮肉之傷，用聚火陣將它熔化成膏狀，塗抹在傷口處，傷口便會自然痊癒。

＊裂天鏡——

傳爲上古時代爲共工所有。此鏡具有破碎蒼天的力量，故而有女媧補天的傳說。

＊碧潮劍——

是上古魔人刑天的佩劍。刑天被天魔攔腰斬斷而死，死時鮮血曾噴到此劍上，從此此劍被傳爲不祥之物。

目錄

第一章　絕食高手——033
第二章　單刀赴會——065
第三章　九靈化洪爐——089
第四章　玄武神尊——117
第五章　買舟東海——148

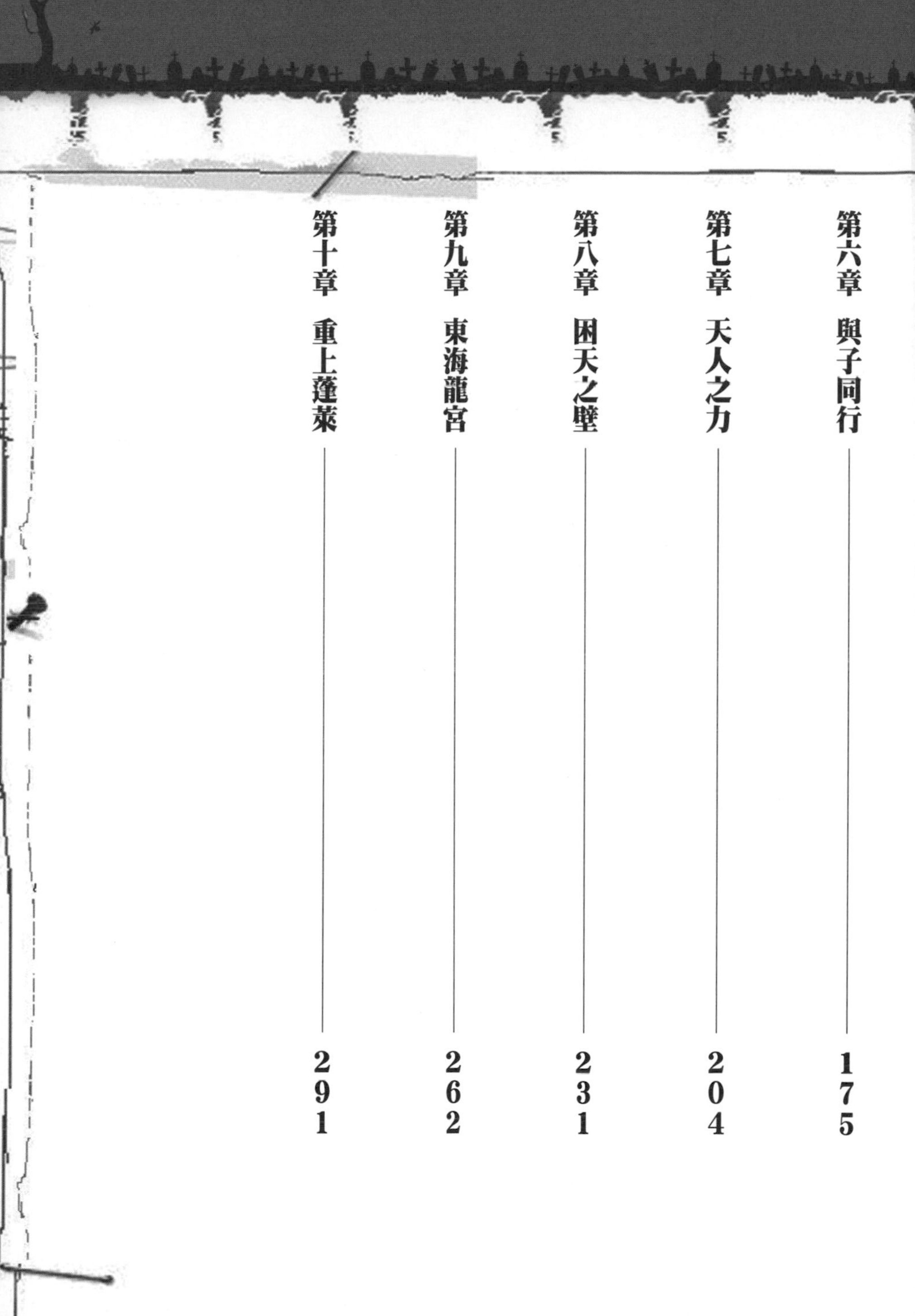

第六章　與子同行　175
第七章　天人之力　204
第八章　困天之壁　231
第九章　東海龍宮　262
第十章　重上蓬萊　291

第一章　絕食高手

「啊！」程雪松發出一聲慘叫，整個人倒飛而出，「砰」地一聲重重摔到地上，口裏狂噴出一口鮮血，隨即紋絲不動。

「耶！哥哥好棒！」楚小菊歡呼一聲，在談寶兒臉頰上狠狠親了一口，從他身上跳了下來。

楚小菊小心翼翼地走到程雪松身邊，仔細檢查了一下老傢伙，確認他已經從身體變成了屍體，不由更加歡呼雀躍：

「二叔！這老傢伙被我哥哥一掌打死了！你看哥哥的功夫是不是有進步了？」

一邊的楚問魚卻是目瞪口呆，他根本沒有看出談寶兒的凌波術是什麼來路，對於談寶兒這神乎奇蹟的一掌更是全無概念，這一掌明顯不是屬於任何一招他所學的昊天盟武學，看起來也虛得很，打出來一點勁風都沒有，但卻一掌將程雪松打得吐血。只不過本著長輩的身分，他卻還是硬著頭皮點了點頭，道：

「嗯，不錯不錯！多日不見，小魚的掌法確實進步了。這一掌雖然不是天河長流掌法裏的任何一招，但卻深得其中精髓，嗯，就是形不似而神似，已經達到無招勝有招的境界了！了不起，這麼年輕就變成絕世高手，真是後生可畏啊！」

發出這一掌的主人談寶兒，直聽得一愣一愣的。絕世高手嗎？老子這個高手剛才沒被你們逼得絕食就差不多！剛才他只是被楚小菊逼得沒有辦法，才虛張聲勢打出一掌，一點勁都沒有，本來就是打算嚇嚇程雪松，又怎麼可能深得天河長流掌的精髓，還形不似而神似無招勝有招了？

談寶兒想了半天依舊想不通，他很懷疑這位程老英雄是不是見這麼久打不倒一個小英雄，一時羞愧難當，一想不開就自斷經脈自殺了。聽到楚問魚誇自己，這賤人卻是老實不客氣的順坡爬驢：

「呵呵，二叔果然好眼力，我剛才這一招正是脫胎於天河長流掌，因爲我只是勉強達到無招勝有招的境界，所以還有些痕跡吧！」

楚問魚一聽直接嚇壞了，心想不得了，我不過隨便說說，這侄兒竟然真的達到了無招勝有招的境界，厲害厲害啊！他卻不知，談寶兒無招是有的，但若要他去勝有招，那老母豬也能上樹了。

兩人在這一吹一捧的時候，楚小菊卻已將無縫天衣從程雪松身上脫下，遞到了談寶兒面前。這是一件近乎透明的薄薄上衣，也不知是什麼材料製成。

談寶兒輕輕摸了摸這件衣服，問楚小菊道：

「小菊，這無縫天衣究竟什麼來路，怎麼你們要奪它？」

楚小菊道：「哥哥，你不知道嗎，據說這無縫天衣可是上古武神的隨身戰衣！據說穿上這件衣服，那就是所有的精神攻擊和低等級的法術攻擊都會失去效果。呵呵，所以呢，這天下最緊張這件衣服的便是禪林寺那幫臭和尚，因爲這件衣服簡直可以說是他們的剋星。」

聽到這裏，談寶兒點了點頭。

禪林的法術最主流的是直接的精神攻擊，像無法那樣修煉御物之術的並不算多，這樣一件天衣，落到任何一個高手手裏，都可說是他們的剋星。

卻聽楚小菊又道：

「最近幾百年以來，禪林和天師兩教不斷挑起佛道之爭，爭奪那國教之位，互有勝負。而最近這些年，禪林寺之所以不出世，任天師教占據國教地位，就是因爲這件衣服被掌握在了天師教的手裏。當日凌步虛叛離天師教的時候，隨手將這件衣服偷走了。這次南疆王要造反，站在朝廷一邊的天師教正統自然會幫朝廷，所以凌步虛才讓程雪松將這件天衣送到禪林寺，請禪林寺的和尚們出山，幫忙對付天師教！爹當然是不希望看到佛道兩教再起爭端，讓南疆之亂拖下去，使魔族有機可乘了，所以就派我和二叔來取這件天衣！」

談寶兒這才明白是怎麼回事，心中暗想：「楚接魚要取天衣，只怕理由未必有他說的那麼冠冕堂皇，這衣服還是交給老子更保險些！」

一念至此，當即道：「不錯，爹他老人家真是大公無私、公而忘私、公私分明……嗯，總之是個大大的英雄。小菊，二叔，你們都受了傷，我看這件天衣暫時就由我保管吧！」說完也不待兩人同意，直接將無縫天衣塞進自己懷裏。

楚小魚是楚接魚唯一的兒子，楚問魚和楚小菊對此自然是不會有什麼意見的了，只覺得他的做法實在是理所當然，見此都是一起點了點頭。

倒是楚小菊忽然想起一事，從懷裏摸出一個巴掌大的古銅色小鼎，遞給談寶兒道：「哥哥，前幾天我們遇到月娘，她說這是神州九鼎之一，就是上次你和她進皇宮的時候，看到一個魔族妖女從宮裏帶走的那個。她本來要帶回昊天島的，卻臨時接到別的任務，所以叫我轉交給爹，現在也一併交給你保管好了！」

「啊！這個九鼎原來是被月娘帶走的！」談寶兒接過九鼎，又驚又喜。他一直以為當日在皇宮中帶走九鼎的是謝輕眉，卻沒有想到是月娘。哈哈，這下子發了！帶回去給皇帝老兒，

肯定是一頓豐厚賞賜，哈哈，金銀珠寶用之不盡啊！

楚小菊覺得這廝的神色很可疑，問道：

「哥哥，你沒事吧？老實交代！你和月娘是不是有姦情？」

「沒有！」談寶兒嚇了一大跳，心說自己這個妹妹還真是有魄力，「姦情」這樣很有殺傷力的詞也能張口就來。

一邊的楚問魚見楚小菊似乎還不甘休，不由喝道：

「小菊！不要胡鬧！好好個女孩，每次一見到你哥就胡言亂語的！小魚你也是，也不好好管教她一下。真搞不明白你們兄妹！」

「是，二叔！」楚小菊顯然怕極了自己這位二叔，轉頭朝談寶兒可愛地吐吐舌頭，卻不敢再廢話。

楚問魚正想再幫大哥教訓侄女幾句，忽然見遠方燈火通明，一群人邊朝這邊走來邊叫道：

「談將軍，談將軍你在那邊嗎？」

「不好！是官兵！」楚問魚頓時臉色大變，「聽他們的口氣，似乎是來找談容的！難道談容又出現了嗎？小魚小菊，咱們快些走！」

談寶兒自然沒有理由放著大好前程，跟著盟匪浪跡天涯，聞言裝出一副大義凜然的樣子道：

「二叔、小菊你們先走！我斷後！」

「好！你小心點！擺脫官兵後記得早點回昊天島，我們和蓬萊最近關係很緊張，估計大哥最近就要動手了，你早些回來幫忙！」楚問魚剛剛見識過這位侄子的輕功，對他脫身一點也不擔心，話音一落當即抓著楚小菊的手，幾個起落已經消失在森林深處。

地上那四個本來奄奄一息的手下，一聽要閃人，立時便都生龍活虎地從地上一躍而起，丟下一句「少盟主保重，小的們先走了」，立時消失得無影無蹤。

呸！什麼世道啊！小弟比老大閃得還快！談寶兒無比鬱悶。唯一讓他感到有些感動的，還是夜色裏隱隱傳來楚小菊的聲音：

「哥哥你記得早點回家哦，小菊想你！」

回家嗎？談寶兒聞言微微苦笑起來。談松對他並不算差，但如歸樓對他而言，卻遠遠達不到家的感覺。人人都有家，只有老子這個狗屁的天下第一的大英雄是沒有家的！對著蒼茫夜色和林中依舊熊熊燃燒的篝火，談寶兒沒來由地有些冷。

這時候，燈火漸近，談寶兒忙收拾情懷，迅速將九鼎收了起來。

秦雪領著一群人趕了過來，眾人看到談寶兒完好無缺，都是明顯鬆了口氣，但隨即大家的眼光落到地上的一干死屍上，都是倒吸了一口涼氣。

秦雪詫異地望向談寶兒：

「談將軍，這是怎麼回事？」

談寶兒眼珠一轉，裝模作樣地長長嘆了口氣，道：

「唉！都怪我來晚了一步！程老鏢頭和天龍鏢局一干兄弟才會遭了大難！」

「天龍鏢局的人？」天龍鏢局在神州還是大大有名的，算得上是保鏢行業的翹楚，秦雪聽到這個名字自然一怔。

「沒有錯！就是天龍鏢局！」談寶兒點點頭，「這是他們的總鏢頭程雪松！事情是這樣的。剛才我夜觀天象，發現天狼星移位，東南方有殺氣沖霄，知道這邊有殺劫發生，便趕過來看看！哪知道還是晚了一步，到達的時候，程老鏢頭已經是奄奄一息了，臨終之前，老鏢頭跟我說，他的手下都被南疆王的人迷倒了，而他自己也被凌步虛給打成這樣的，說是自己這次所保鏢的三百多萬兩銀子全都被那老雜毛劫走當軍費去了！唉！都怪我，要是我早來一步，這賊子哪裡能逃脫得了！」

為了不必要的麻煩，掩飾身分是必須的，但談寶兒對楚小菊大有好感，這謊話一扯開，那所有的罪孽便都歸結到了南疆王這個冤大頭身上。

眾人聞言都是憤恨不已。

秦雪副將秦長風這時候已經檢查過場中的情況，回報秦雪道：

「大人，這裏一共有一百零六人，全數斃命！南疆王實在是太過分了，爲了軍費，竟然將天龍鏢局上上下下給滅門了！」

這話立時引來群情憤慨，眾人紛紛譴責南疆王禽獸不如、人面獸心什麼的。談寶兒聞言卻是嚇了一大跳。之前他明明聽楚小菊說這些人都是中了麻血散，只是暫時昏迷，怎麼就死了呢？看起來楚問魚這老傢伙也夠狠的，肯定是將毒藥假作麻血散交給楚小菊，直接來了個殺人滅口！

一念至此，談寶兒暗自害怕，心想：幸好我老大和楚小魚長得像，不然我今天肯定也會被這老傢伙給滅口了。

這時候，秦長風又道：

「欽差大人，總督大人，這一百多人中的好像是南疆有名的餓蠶毒，傳染性很強，如果不放火將屍體燒掉的話，毒性蔓延起來就會變成瘟疫，後果不堪設想！」

「餓蠶毒？」秦雪嚇了一跳，他本來還對談寶兒的話有些懷疑，這下子是徹底沒有了疑心，當即吩咐秦長風道：「那你帶幾個士兵趕快去處理掉！」

「是！」秦長風答應，當即帶著人放火去了。

秦雪向談寶兒道：「談將軍，南疆王和凌步虛可真是陰險啊，正面打不過我們，居然想到用瘟疫，多虧將軍大人精通天文，神機妙算，洞悉先機，才解去這場大難啊！將軍不愧是國之棟梁、朝廷柱石啊！」

「秦將軍過獎了！爲國家分憂，不過是我們做臣子的本分，哪裡有什麼值得誇耀的呢？」經常拍別人馬屁的談寶兒對秦雪的恭維只是淡淡回應，心中卻是暗暗好笑：「我說你就信啊，老子要是真會夜觀天象，早看哪裡有珠光寶氣發財去了，還用得著跟你們這幫廢物一起出生入死嗎？」

放了一把大火，將屍體連帶天龍鏢局的行李附近燒了個乾淨，一行人這才打道回府。

路上遇到楚遠蘭，談寶兒跟她說起自己遇到凌步虛，幾乎沒將這可人兒驚得香消魂散，說以後不管容哥哥你走哪裡，我都要跟著了。談寶兒聞言，不由一陣甜蜜，點點頭算是默許了，至此兩人才算是有那麼一點未婚情侶的感覺了。

一行人回到秦州城，當夜秦雪人犒三軍，滿城百姓自發的送來禮物，並且派來民間美女載歌載舞，一來感謝子弟兵的貢獻，二來也算是慶賀劫後餘生，場面相當的壯觀。談寶兒作爲以一己之力滅掉三十萬敵軍的最大功臣、在神州史上書寫了傳奇一筆的神奇人物，自然是宴會的主角，逃也逃不掉的。

事實上，這會兒已經餓得前胸貼後背的談寶兒根本沒有要逃的意思，一上桌禮貌性地和眾人碰杯都沒有，直接就撕下一隻烤羊腿，老實不客氣地啃了起來。

這樣的情形，讓包括秦雪在內的眾位將軍瞠目結舌，舉起的酒杯飲也不是，不飲也不是。一旁的楚遠蘭發現了這個尷尬的場面，伸出小腿在桌子下狠狠踢了談寶兒一腳，某人這才反應過來。

好在談寶兒臉皮厚，見此場面卻也不尷尬，反是舉起酒杯，哈哈大笑道：

「不好意思啊各位，小弟這些天在山裏沒有吃到什麼好東西，一見到馳名神州的秦州烤羊肉，忍不住就直流口水，抱歉抱歉，失禮失禮，哈哈，來來來，小弟自罰三杯！」說著當真連飲了三杯。

眾人見他言辭懇切，又喝得豪爽，都覺得這位少年英雄無敵大將軍和藹可親，對其好感大增，紛紛過來敬酒，談寶兒來者不拒，一時軍民同樂，其樂融融。

酒席一直持續到後半夜才算結束。談大英雄雖然有個虛懷若谷的酒肚，卻怎麼可能架得

住一城的人敬酒，最後終於爛醉如泥。秦雪見此，便叫來秦長風送他去房間，楚遠蘭見此也告退跟了過去。

兩個人合力將談寶兒送進客房的軟床上，秦長風讓人送來熱水，楚遠蘭替談寶兒擦了一把臉。回頭見秦長風仍在，便笑道：

「秦將軍請回吧，這裏有遠蘭照顧就可以了！」

秦長風知道他們是未婚夫妻，這樣最好不過，便點頭道：「那我先行離開，一切麻煩楚姑娘了！談將軍，末將告辭了！」最後一句卻是朝談寶兒拱手行禮說的。

談寶兒睡得死豬一樣，對於秦長風離開，卻是一點反應沒有。楚遠蘭送秦長風出門，微笑著搖搖頭，回頭關上門，悄然坐到床邊，仔細地看著這位自己夢中的人兒。

長夜的風輕輕吹進來，攪得屋子裏疏離的燈光更加迷濛。迷濛的燈火落在楚遠蘭的臉上，襯托著她婀娜的長裙，一切如夢似幻。

今夕何夕！

有這樣一個美女在自己床邊守望，不知是幾世修來的福氣，但談寶兒卻依舊無心無肺地睡著，嘴角甚至很無恥地流出了一道細長的銀線。

也不知怔怔地望著這張熟悉得不能再熟悉的臉多久，楚遠蘭忽然幽幽嘆了口氣，她用毛巾擦去談寶兒的口水，伸出那修長玉白的手指，在他臉上輕輕撫摸，輕聲道：

「容哥哥，你怎麼變得蘭兒不認得了呢！一時俏皮，一時可愛，一時卻又那麼的討……但卻不是我認識的那個容哥哥了！這兩年的邊關生活，到底改變了你什麼呢？」

斯人正柔腸百轉，這個時候，談寶兒的臉頰忽然動了動。楚遠蘭嚇了一跳，忙將手收了回來，不敢看談寶兒的眼光，一時心如鹿撞，說不出的忐忑。

但談寶兒只是翻了一個側身。「叮噹！」一件東西不小心從他懷裏落了出來。

楚遠蘭彎腰將那件東西撿了起來。是一只小鼎，不過拳頭大小，看來精緻至極，通體的古銅色，古色古香的。鼎的表面是許多古怪的花紋，內壁卻銘刻了許多古怪的文字和符號。

楚遠蘭的眼光落到這只古鼎內壁的時候，頓時一亮：

「上古金文？難道這是上古眾神時代留下的嗎？我看看！鼎共有九，此爲吸風之鼎，念動咒語，可轉掌控大小，吸納風流……奇怪，這後面的符號我怎麼沒有見過呢？」

「你以爲你是女神仙啊，什麼都知道？」一個很欠揍的聲音響起。楚遠蘭循聲望去，不由嚇了一跳：「容哥哥，你怎麼這麼快就醒了？」

「我要不快點醒來，有人可將我的寶貝給偷走了！」談寶兒嘻嘻一笑。

原來這會兒已經過了半個時辰，在無名玉洞裏踏完六十四圈之後，酒意頓消，神志說不出的清醒，聽見耳邊有人絮語，他頓時就醒了過來。

「討厭！誰要你的破爛了！還說偷，真是難聽……」楚遠蘭假嗔著，一把將那只古鼎扔了過去。

「這不是看我醒了才這樣說的嗎？要是我沒有醒，那可就難說了！」談寶兒很是厚顏無恥地一陣哂笑，老實不客氣地將鼎給接了過來，「好了，不要生氣了蘭妹，哥哥我逗你玩的。對了，你剛才說這鼎有什麼咒語，是怎麼念的來著？」

楚遠蘭將咒語重複了一遍。

咒語共有兩段，談寶兒默默記下，將真氣注入鼎身，隨口念了第一段，立時地，一陣金光暴閃，那只古鼎陡然變大，已變成了當日在星宮裏見到的那個香爐。

「哈哈！有意思！」談寶兒這才發現小鼎雖然變成了巨大的香爐，但舉在手裏的重量並沒有增加，難怪當日謝輕眉可以舉重若輕了。

重新念了一次剛才那段咒語，吸風鼎頓時又恢復了原狀，談寶兒喜不自禁，當即將第二段咒語念開。

咒語念完，卻沒有任何的異狀。

談寶兒詫異地問楚遠蘭：

「奇怪了！我明明是按你教的念的啊，怎麼沒有反應？」

話一出口，談寶兒頓時嚇了一大跳，因爲他發現自己明明說了話，但卻並沒有發出一個聲音。

對面的楚遠蘭見他嘴唇翕合卻沒有發出聲音，也不由問道：

「容哥哥你說什麼，怎麼我聽不見？」

她話一說完，然後自己也嚇了一大跳，因爲她發現自己說的話也沒有半點聲音。她愣了一下，忽然發現自己的呼吸有些艱難，隨即明白定然是那個鼎的問題，忙向談寶兒指了指吸風鼎。

談寶兒這會也覺出自己鼻孔裏只有出的氣沒有入的氣，四周的空氣彷彿停止了流動，而屋子外邊明明有風吹進來，但屋裏卻沒有一點涼意，他頓時也反應過來，忙再次將真氣注入鼎身，念動咒語。

風終於從窗外吹了進來，空氣再次在屋子裏流淌起來。

談寶兒還有些糊塗，楚遠蘭卻已完全明白過來：

「原來剛才屋子裏的空氣並不是停止了流動，而是屋子裏根本就沒有空氣！所有的空氣都被這只鼎給吸走了！難怪這鼎叫做吸風鼎了！」

談寶兒詫異道：「是這樣的嗎？那我們剛才說話都聽不見又是怎麼回事？」

楚遠蘭笑道：「容哥哥，你學了最高深的法術，卻不懂這些低等的啊！我們說話的聲音要讓別人聽到，主要是靠空氣的振動傳音，在沒有空氣的空間裏，聲音是無法被人聽到的。所以，傳音之術的根本原理就是通過本身的真氣控制，讓自己說話的聲音振動會聚在一起，讓自己希望聽到的人聽到，而你不想讓他聽到，他就絕對聽不到！」

她說最後幾句話的時候，談寶兒只覺她的聲音好似飄忽不定，一會兒是只有左耳能聽見，一會兒是右耳能聽見，過一會兒卻又是兩隻耳朵都能聽見，但一邊是巨如奔雷，另外一邊則是細如蚊叫，說不出的神奇。

談寶兒明白這是楚遠蘭用傳音之術的原因了，忙道：

「太有趣了！蘭妹，你快教我，這個傳音之術究竟是怎麼弄的？」

楚遠蘭笑了笑，當即將傳音之術的要訣詳細講解了一遍。

這傳音之術不過是一種技巧，談寶兒本身真氣已頗爲雄厚，掌握了技巧之後，很快便學會了。楚遠蘭又指點了他一些細節，微微覺得有些倦意，便道：

「容哥哥，你自己多練習一下吧！我去睡會兒！」

楚遠蘭去後，談寶兒一個人開始修煉這傳音之術，沒有人陪練，他就一時只傳音給左耳，一時傳音給右耳，竟也樂在其中。

練了一陣，談寶兒忽發奇想，如果說傳音所傳過去的不過是一種振動，那爲什麼真氣一定要從喉嚨發出來，用別的不行嗎？

他想了想，當即類比著聲音的波動，將真氣從手指發出，振動傳到耳朵裏，居然有聲音！他大喜過望，之後不斷改進，竟然達到了用手指傳音和用嘴傳音完全一樣的效果！

之後他不斷改用身體其他部位發音，手指、胳膊、胸膛、小腹……竟也一一成功。

一夜無事。

次日早上，用過早飯，談寶兒對秦雪說要去夢州找若兒，秦雪卻笑道：

「剛剛收到飛鴿傳書，公主昨夜接到我派人傳遞的談將軍你大破南疆軍的好消息，今晨已經出發，說是親自移駕來秦州慰問你，讓我們在此等候就好。公主待將軍之厚，可說是古來罕見啊！」

談寶兒大喜，心說那是老子未來的老婆，待我不厚還對你厚啊，當即決定和楚遠蘭留在秦州等待。只是楚遠蘭聽到這個消息，微微有些黯然神傷。

秦夢兩州本來是唇齒相依，互爲犄角，可以說這兩州是緊鄰著的南疆通往中土九州的兩扇大門，兩州的距離不過三百里左右，快馬一夜便可走個來回。

是以中午的時候，便有探子回報，公主一行人在五千金翎軍的保護下，已經出現在了秦州境內。談寶兒和秦雪忙帶著儀仗出城十里相迎。

昨夜的大水來得快，去得也快。馳江本來就是蒼瀾江的一條支流，在大水都流進蒼瀾江後，加上烈日當空照，整個大地便又回復了生機，除了樹枝上的泥土、地面的一些沙石雜物，以及不遠處掩埋南疆軍士兵的如小山包一樣的堆堆新墳，完全看不出這裏昨夜才遭遇過洪水。

這會若兒的部隊還沒有到達。談寶兒心情很好，東瞅瞅西看看。與之形成鮮明對比的卻不是楚遠蘭而是秦雪，這位儒將這會正望著那堆堆新墳一臉的悲戚，嘆息連連。

談寶兒順著他目光看去，頓時嚇了一跳：

「怎麼了老秦，昨晚和人賭錢欠債了？想開些，尋死不是大丈夫所爲！兄弟我這還有幾兩銀子，你先拿去還了，一百兩夠不夠？」

「不，不用了！」秦雪臉脹得通紅，「末將是看見這裏新墳成堆，墳裏埋的雖是敵人，但卻都是我神州子民，不由大生感慨！自古一將功成百骨枯，我們這些爲將爲帥者的所謂功業，都是由這些無辜百姓的白骨堆積起來的。而自古英雄美人，最後其實也都是一堆白骨一抔黃土而已。神州大亂將起，談將軍你少年成名，法術高強，智謀出眾，將來定是神州叱吒風雲的英雄人物，但你先是引天火燒十萬人成灰，之後一場大水淹死三十萬，殺孽之重，古今少見，末將是希望你今後能時刻懷抱一顆仁心，少生殺孽，那便是百姓之福了！」

這番話可謂交淺言深了，一邊的楚遠蘭聽得不住點頭。

談寶兒沉思半晌，點了點頭，認真道：「秦將軍說得不錯，我老大也說過，這狗能制強敵，是不在多咬傷的，有道理，有道理啊……不過將軍，你確定不需要銀子嗎？」

秦雪好容易想明白他說的是「苟能制強敵，豈在多殺傷」，聽到最後忽然冒出的這句，幾乎沒有直接暈倒在地，忙再次道：

「不用，不用！真的不用！」

「真的不用嗎？秦將軍，你別嘴裏說不要，回頭大半夜又偷偷來找我借銀子哦？晚上是屬於非常時段，賭坊正是生意興隆的時候，那時借利息說不定會比白天高一點點哦……」談寶兒熱情並且大聲地滔滔不絕，引得一旁士兵紛紛側目，詫異地望著秦雪。

秦雪羞愧欲死，心頭瘋狂飆血，心想本將軍三十多年辛辛苦苦建立的清廉正直形象，今天算是全毀了，早知如此，老子沒事亂感慨個什麼嘛。

正在尷尬時候，忽見前方煙塵飛舞，一隊人馬從地平線上現出身形來。一旁的秦長風大聲道：

「欽差大人，總督大人，公主的車駕已經出現，咱們上前接駕吧！」

秦雪如夢方醒，忙下令眾人速速向前迎接公主。

兩隊人馬一樣的浩浩蕩蕩，漸漸靠近，沒多久彼此都看得清清楚楚，果然是金翎軍眾人護衛著公主的車駕到來。

隔了約莫還有二十丈的時候，金翎軍的大部隊停了下來，秦雪忙也一揮手示意自己身後的秦州軍停下，自己和談寶兒這兩個身分最高的人騎馬走了過去。

但兩人的馬才奔出幾步，金翎軍陣營裏卻忽然馳出一匹通體如黑似墨的駿馬，閃電般地朝兩人射了過來。

秦雪大吃一驚，是什麼人竟然如此大膽敢越過公主的車駕出來？細看之下，發現騎在馬上的是一名美貌少女，眉目若畫，氣質高雅，不由又是一驚。

「耶！」談寶兒大喜，一拍胯下的雲騎迎了上去。

馬上少女眼見談寶兒上前，重重一拍黑馬的屁股，黑馬發出一聲長嘶，更加賣力奮蹄飛奔過來。

談寶兒歡喜無限，只嫌身下寶馬太慢，陡然一聲長嘯，飛身離開馬鞍，展開凌波術，帶起一連串的幻影，朝著黑馬撲了過去。

距離黑馬尚有十丈，談寶兒在地上一點，凌空飛起，如一道閃電一般穩穩落到黑墨身上，全然不顧什麼禮儀，直接將馬上的少女一把緊緊抱在懷裏。

秦州軍士兵都是瞠目結舌。他們顯然沒有想到會有人敢越過公主的車駕出列，而談大將軍見到這人，連公主都顧不得了，直接離馬飛上去將這人抱住。

秦雪見此勒住了馬，暗自狂捏一把汗，心說談大將軍談爺爺，你風流多情我管不著，可現在是迎接公主，就算你不要命，可也要爲我考慮一下好不好?!要是公主怪罪下來，殺頭的可不止你一個！但談秦雪始終是欽差大臣，不好上前干涉，只能在身後乾瞪眼。

黑墨停止了奔跑，所有的人都沒有說話，一時間，方圓幾十丈內鴉雀無聲。

「哎喲！」忽聽一聲重響，打破了四周的寧靜。

發生什麼事了?兩邊的人群都是一陣騷動，然後大家就看見堂堂談大英雄的一隻耳朵已被那少女緊緊擰住，這一聲慘叫似乎是他發出來的！

一時場中眾人盡皆失色！

大家都知談容是當世絕頂高手，揮手成電呵氣成雲的傳奇人物，竟然被一個年輕少女輕輕鬆鬆的擰住耳朵，莫非這少女是個更絕頂的絕頂高手不成?

秦雪正在猶豫是否要發大軍一起上去，拯救談將軍於水火，這時，卻聽談寶兒又已慘叫道：

「哎喲，我的親親好若兒，美女大公主，你幹嘛擰我耳朵啊？」

公主！秦雪諸人嚇了一大跳，人人瞠目結舌。

馬上坐的自然是當今大夏朝獨一無二的雲蕪公主：李若兒姑娘！

聽到談寶兒的話，若兒似乎反應過來：「對啊！我幹嘛要擰你耳朵？」說完，竟真的鬆開了談寶兒的耳朵。

但就在某人以爲這丫頭迷途知返、浪女回頭的時候，若兒卻狠狠一口咬在了他嘴唇上，等他發出一聲殺豬似的慘叫，若兒已抬起頭來，嘴角已染滿了嫣紅的鮮血，加上雙眸裏寒冷如冰的眼神，像極了西域傳說裏嫵媚而冷豔的吸血妖姬。

談寶兒怎麼也想不到英雄美女再見會是這樣一番場景，直接搞得滿腹心酸無語問蒼天，怔怔地望著若兒，說不出話來，要不是年齡的關係，很有些小兒癡呆的嫌疑。

若兒看他窘迫，狠狠瞪了談寶兒一眼，這才壓低聲音恨恨道：

「擰你咬你算輕的了！你個大壞蛋下次再在危險時候扔下我，我回頭叫父皇砍了你腦袋！」

談寶兒這才明白，小丫頭是怪之前在大姥城的時候自己讓她和無法先走，事後自己卻並沒有跟上去，想到若兒話中的情意，耳朵和嘴唇一時便不那麼疼了，忙陪笑道：

「不會，不會，再給我十個膽子，下次也不敢再丟下我的寶貝若兒了！」

「這還差不多！」若兒終於破涕為笑，將他緊緊抱住。

眼見這大庭廣眾的，這兩人這麼纏綿下去也不是辦法，看來這醜人只能自己來做了，秦雪壯著膽子拍馬走了過來，下馬雙膝跪地，稟道：

「公主殿下，這個，能不能打擾一下……下官秦州總督一等定遠將軍秦雪叩見公主！你們看這個，這天氣不大好，大概又要下雨了，你們兩位有什麼軍國大事，能不能到了城裏再慢慢仔細地商議呢？」

若兒這才記起兩邊萬多人馬看著自己呢，不由小臉一陣緋紅，忙一把將依舊在花癡裏的談寶兒推下馬去，整理衣冠，嚴肅道：

「嗯！本宮和談將軍很久不見，是有些大事要商量，一時忘情，真是失禮。」

說到這裏，她抬頭看看天，天上紅日高懸，萬里無雲，當即點點頭，「不錯，是要下雨了！那我們去城裏再談吧！駕！」說時一拍黑墨的屁股。這隻沒有義氣的畜生，看也不看躺在地上慘叫的談寶兒，載著美女揚長而去！

公主騎馬離開了，欽差大臣卻在地上，秦雪處境很是尷尬，他看看談寶兒，眼見後者朝自己揮揮手，這才感激地點了點頭，追著若帛去了。

眼見公主起行，兩方人馬這才有了動作，一起朝秦州方向行動。

談寶兒剛拍拍屁股從地上站了起來，便聽見身後有人歡呼道：「老大，佛爺，我可終於看到你了！哈哈！」

「停！」眼見無法便要撲到自己身上，談寶兒右手前伸，五指張開，一聲大喝。

「怎麼了，老大？」無法覺得談寶兒滿臉殺氣，直覺大事不好，慌忙停住身形。他身後眾人從來沒有看到談寶兒發如此大的脾氣，不由一陣膽寒，紛紛卻步。

「還問我怎麼了？」談寶兒瞅瞅附近沒有人，直接露出猙獰面目，戟指著無法近在咫尺的臉，恨恨道：

「你個死小禿驢，平時跟老子說什麼兄弟義氣，口口聲聲叫我老大，一到關鍵時候就給老子耍花槍！我問你，上次在天姥城下的時候，老子在那雙手撐著城門，你怎麼一點義氣也沒有，自己就跑了？你自己跑了不算，還連帶著將我老婆也拐走了！說！你這是什麼居心，是不是想置我於死地，好趁我屍骨未寒勾引大嫂？」

無法委屈得只差眼淚沒有滴下來：「老大，你有沒有搞錯？當時是你要我保護你老……公主逃走的好不好？」

「沒有錯，我是說過這樣的話！但是無法，你沒有看見我對你直眨眼嗎？意思是，你將若兒送出去之後，馬上回來和我會合啊！」

「啊！」無法大驚，「你說的是真的嗎？我以爲你是在清眼屎呢，你也知道，你當時已經一晚上沒有睡了……再說，老大，你神功蓋世，法術通天，哪裡需要我來幫你——理論上，那幫廢物是根本傷不了你一根毫毛的，我不回頭幫你，也是爲了讓你一個人完成你的英雄壯舉，讓你在公主和神州百姓眼中形象更加高大，你怎麼就不理解我的良苦用心呢？」

談寶兒：「……」

上路之後，秦州軍和護送若兒過來的兩隊人馬會合，頓時顯得更加的浩浩蕩蕩。定下神來，談寶兒才發現這次隨若兒過來的不止有五千金翎軍，另外還另有一批部隊，一問關小輕才知道，是夢州胡總督帶來的一萬人。

談寶兒正想見識一下被秦雪罵爲國賊的胡總督，關小輕就帶著他和范成大走了過來。

「下官夢州總督胡爲國、禮部員外郎范成大，參見談將軍！」范胡兩人一起向談寶兒行禮。

這位本名叫胡爲國的胡總督，五十來歲的樣子，胖乎乎的一張圓臉，水桶似的身形，談寶兒這會正犯糊塗，一見之下，不由人吃一驚，下馬一手握住范成大的手，一手親熱抓著胡總督的手，叫道：

「哎喲，員外郎，總督大人，恭喜，恭喜！」

胡為國以為他是說這場擊敗賀蘭父子的大勝，忙諂笑道：

「同喜，同喜！其實都是談將軍的功勞，我們不過沾點光！」

談寶兒頓時大吃一驚，忙擺手道：

「總督大人和員外郎父子重逢，這是你們的喜事，本將軍那是沒有半點功勞的！」

「啊！談將軍你不要亂說！」胡為國嚇得　哆嗦，而范成大更是臉都綠了。

談寶兒道：「我哪裡有胡說？兩位面貌雷同，更難得的是，身材也好似一個模子裏鑄出來的，嘖嘖，誰要敢說你們不是父子，儘管來找我，老子打得他滿地找牙！」

胡范兩人面面相覷，心中掂量一下，覺得就算對手失常，自己超常發揮，也實在不是這在百萬軍中取魔人主帥首級的賤人的敵手，唯有做聲不得。

一行人浩浩蕩蕩回到了秦州城。

將公主在自己的總督府安置下來，秦雪大設筵席，款待公主一行，席間自然是少不得觥籌交錯，一群人放肆腐敗。

大夥喝得高興，談寶兒卻是如坐針氈。因爲若兒和楚遠蘭這次見面之後，兩人看對方的眼神好像就是寒冰，使得離兩人有一段距離的談寶兒都能感覺到冰冷的殺氣。

就這樣忐忑難安、心潮起伏，搞得談寶兒這頓酒都沒有怎麼喝好，並且直接讓胡爲國拋給他的無數媚眼全被東風吹走，大大的寒了朝廷忠臣的心。

好容易熬到酒席結束，若兒公主發下旨意：

「諸位都散去吧！楚姑娘跟本宮來！」

談寶兒聞言大驚失色，彷彿聞到了濃濃的硝煙味。

他覺得自己有義務阻止這場人間悲劇。但身旁的楚遠蘭這次卻鼓起了勇氣，朝他笑了笑：

「容哥哥你放心，我想我和公主殿下確實需要好好的談談了！我們都是有智慧的女子，解決問題會理智的！」

「希望你們的智慧並不是和你們的頭髮長短成反比！」談寶兒嘆息一聲。

眼見兩個女人笑裏藏刀地親熱著離開，他覺得自己很不像個男人，但卻無能爲力——英雄難過美人關，何況自己這個冒牌的英雄呢？

鬱悶的談寶兒回到自己的房間，在屋子裏卻坐臥難安，好像熱鍋上的螞蟻，撅著屁股，

不停地轉來轉去。

足足過了約莫半個時辰的樣子，終於聽見有人敲門，談寶兒急步跨到門口，開門一看，卻發現門外並非若兒或楚遠蘭，而是直直立了只水桶。再細一看，卻是胡爲國。

談寶兒正心煩得厲害，見這廝的豬臉，幾乎立即有了關門的衝動，但這會兒豬臉上嘴位置那個洞忽然誇張的咧開，然後兩隻前豬蹄忽然捧出厚厚的一疊巨額銀票。談寶兒的心情頓時好得無以復加，一把將他抓了進來，並順手將那疊銀票不著痕跡地收到了自己衣袖裏邊。

進門之後，談寶兒讓胡爲國坐下，嚴肅道：「胡總督，你知道不知道朝廷官員受賄是什麼罪行？十萬兩！要殺頭的！你這是想陷本侯於死地啊！」

胡爲國正義凜然道：「大人說笑了！區區十萬兩，怎麼能算是行賄呢？大人爲我神州百姓，出生入死，居功至偉！我送這幾兩銀子，不是以夢州總督的身分送的，而是以一個普通神州百姓的身分送的，主要是代表百姓慰問您，對您說聲『英雄，您辛苦了』！」

談寶兒當時正在喝茶，只差沒有一口噴出來，心說：我以爲我已經夠無恥了，沒有想到你比我還無恥。他乾咳了兩聲，露出一個和善的笑容道：

「胡總督，你老爹果然是沒有取錯名字啊，當真是一心的爲國爲民啊！」

胡爲國乾笑道：「這名字……名字是賤內改的！」

「你爹？賤累？哦！瞭解！」談寶兒愣了一下，隨即點了點頭，「原來你老爸賤名都背得嫌累了，果然是虎父無犬子，佩服佩服！」

兩人又說了一陣廢話，胡爲國終於話入正題，卻是要談寶兒向公主說情，讓自己留在秦州，說是這樣可以更加好好地伺候公主，無非是希望能多拍一下公主的馬屁。談寶兒覺得這樣的事不過上嘴皮碰碰下嘴皮的事，便欣然答應了下來。

胡爲國走後，談寶兒將自己的財產一起掏了出來，喜滋滋地數了數，發現不算小三給自己的珍珠和黃金，自己現在竟然有三十萬兩白銀了，少不得又是一陣狂喜。唯一遺憾的是，小三這隻神龜近來一切正常，飲食無差，絲毫沒有要流淚拉屎的意思，談寶兒琢磨著自己是不是需要去弄點辣椒水巴豆什麼的。

小三似乎感應到他的無知，甩甩頭，自顧自跳到窗臺上曬月亮去了。

暗爽一陣，談寶兒將東西收起，正要睡覺，卻忽然聽見門外響起若兒侍女的聲音道：

「談將軍睡了沒有？公主殿下有請！」

哼哼，終於還是想到你老公了啊！談寶兒心裏鬆了口氣，但卻強壓衝動，決定要一次大牌，當即憋著嗓子，有氣無力地對門外道：

「麻煩姐姐回稟公主，就說我忽然得了重病，無法起床！」

「好！」侍女答應，然後就是腳步聲遠去。

過了沒有多久，門外又是一陣腳步聲響起，然後有人敲門。

談寶兒頓時有點生氣：「都說叫你回稟公主，本將軍忽然生了重病了！」

「轟！」猛地一聲巨響，那兩扇大門直接被某個野蠻人一腳踹開。

談寶兒大驚失色，抬眼望去，只見門口若兒雙手叉著腰立在那裏，嘟著小嘴，杏目圓睜。

「啊！」談寶兒一個激靈，直接從床上跳了起來。

若兒隨手將門關上，邊冷笑著走了過來邊道：

「欽差大人，你這次又是得了什麼病啊？」

談寶兒知道大事不好，忙陪笑道：

「都不是，是旅途勞頓，動了胎氣……啊！不是，我是擔心你動了胎氣，所以憂鬱成疾，哈哈，就是這樣，憂鬱成疾啊！」

「呸！一點正經沒有！」若兒啐了一口，臉頰卻泛起一陣潮紅。她本來是要上前來對談寶兒進行一番修理的，這會站在他面前卻有些手足無措了。

談寶兒乘機握著她的手，問道：「若兒，你和蘭妹，這個……商量得怎樣了？」

若兒本是害羞的，聞言卻嫣然一笑：「你將耳朵湊近些，我告訴你！」

「不准咬我耳朵哦！」談寶兒慘兮兮地將臉靠了過去，然後便覺得耳垂上有一點癢，全身爲之一陣酥麻，心窩裏癢癢的。陡然發現自己的嘴被一塊軟玉似的東西堵住了，談寶兒腦中轟鳴不絕，全不記得身在何處，只記得熱情地回應……

好一會兒郎情妾意，談寶兒憐惜地將她攬入懷裏，他本要開口問若兒，話到嘴邊卻忽然心中一動：「我的公主千歲，你和蘭妹兩個有智慧的女子，昨天晚上不是就商量出了這個餿主意吧？」

若兒嗔道：「什麼叫餿主意？這是最有效的主意好不好？你和蘭姐姐訂婚在前，你若是和她退了婚再來娶我，你會被人罵喜新厭舊、攀龍附鳳的！如果不退婚，我堂堂公主殿下，可不能嫁給人做妾的！最後，我才想出了這個法子，那就是，我和楚姐姐一起嫁給你，只要我懷了你的孩子，父皇是怎麼也不能反對我們的婚事了，老公，我聰明不聰明？」

談寶兒卻聽得目瞪口呆，同時心底卻似有一股暖流在流淌，鼻子一酸，幾乎沒有潸然淚下。在過去的十多年生命裏，還從來沒有一個人可以這樣對自己好，這樣願意爲自己犧牲，不惜名節，不惜委屈，這樣的膽大包天，拋開一切的爲自己好。

在這一刻，談寶兒將若兒緊緊抱住，他什麼都沒有說，只是覺得自己今生今世，絕對不能有負懷中之人。

只是甜蜜之餘，談寶兒心中卻是大大的爲難。當初自己是答應過談容的，一定要將楚遠蘭這門婚事推掉的。只是這一路行來，楚遠蘭對老大的情義，自己是感同身受，如果自己現在告訴她談容已經死了，自己不過是個冒牌貨，那這丫頭多半就真的要守一輩子活寡，出家當尼姑什麼的也說不一定！

頭疼啊！爲什麼這樣考驗智慧的事情要交到我手上？老大，你若在天有靈，教教我該怎麼做好不好？

次日談寶兒醒來的時候，若兒已經走了，想來她無論如何的敢作敢爲，卻終究有幾分少女的羞澀。

因爲要等朝廷的旨意過來，眾人當下便在秦州住了下來，而胡爲國自也死皮賴臉地留在了秦州不肯走。

對此，秦雪十分火大。賀蘭英圍城，自己最需要支援的時候，胡爲國卻按兵不動，大勝之後，這國賊反屁顛顛地跑過來拍公主和欽差大臣的馬屁！問題是，胡爲國和范成大好得如膠似漆，比談寶兒和若兒還像新婚燕爾，又送了十萬白銀給談寶兒，可謂左右逢源，秦雪即使再火大，也只能任由他逗留。

談寶兒自己則每日周旋於二女之間，晚間陪著她們城中四處閒逛，或者畫畫逗龜爲樂，白日卻放肆大睡，修煉大地之氣，每有閒暇便找軍中士兵賭錢喝酒，日子過得好不舒心。

若兒和楚遠蘭的關係已經非常融洽，出入之間攜手摟肩，儼然姐妹。軍中眾人看得眼鏡大跌，只以爲是談寶兒馴妻有術，對其崇拜更深，每日裏少不得要來討教一番，搞得他幸福並煩惱著。

第二章　單刀赴會

這樣神仙一般的日子過了五日。

這一日晚上，談寶兒在秦府的後院和金翎軍眾人玩骰子，一把擲出了個滿堂紅，眼看要將眾將士的面前銀錢都盡數沒收，正是大殺四方的得意時候，小關跑了進來，道：

「統領，公主傳你過去！」

談寶兒一聽是若兒在這個時候叫自己，腦子裏頓時滿是春色，心情一好，統領大人便決定大赦天下：「好了，本統領有事要忙，剛才這一把不算，你們的銀子都拿回去吧！小關，走！」丟下一幫死裏逃生的骰下游魂，笑咪咪地走了。

但小關領他去的卻不是公主香閨，而是秦府的大廳。

屋子裏並不止若兒，楚遠蘭、秦雪、秦長風、胡爲國和范成大赫然在座，唯一缺的是無法。這麼多人都在，看來是發生了什麼大事了。

見談關兩人坐下，若兒賜了座，朝秦雪點了點頭。

秦雪恭敬行了一禮，從身邊茶几上拿起兩個信封，遞給談寶兒道：

「談將軍，這裏有兩封信，都是今天早上剛到的。其中一封是陛下飛鴿傳書遞來的聖旨，另外這封則是賀蘭耶樹這反賊送來的，都需要將軍定奪！」

「請我定奪？」談寶兒接過信來，一看封皮，落款果然都是自己收，其餘的字卻有好幾個是人家認得自己，自己不認得人家，心道：「咱兄弟幾個素來可是沒有什麼交情！」

他深怕信裏邊的字也有自己不認得的，那就丟臉大了，便道：

「你看了就行了，告訴我皇上和賀蘭逆賊都怎麼說？」

秦雪恭敬道：「聖旨說，加封將軍你爲一等天威侯、一等鎮南大將軍，節制秦夢兩州軍政，負責平息南疆之事。對於南疆，陛下的意思是，現在北方魔人蠢蠢欲動，若不能速勝，就與他們議和好了。一切行動，將軍可以權宜行事！」

「恭喜侯爺加官進爵！」秦雪的話一說完，眾人忙紛紛向談寶兒道賀。

其中若兒更是喜上眉梢，因爲大夏的封爵是王、公、侯、伯、子、男，依次降低，每一種爵位又都有三等，現在談寶兒被封爲一等侯，已經具備娶公主的資格了。

唯有談寶兒這流氓心中對永仁帝是佩服至極，心說：陛下你真是運籌帷幄之中，決勝於千里之外，隔了這麼遠都知道我和你女兒的事情，叫我權宜行事，可不是說我撿了大便宜嗎？

眾人喧鬧一陣後，秦雪道：

「侯爺，賀蘭耶樹的信是這樣寫的，南疆一地，古來自成一域，風氣自由，人民樂土。至開元初，李元以強力吞併，實爲強盜行徑無異！南疆之民，忍辱數百年，奈何僞朝行暴政苛政，至民不聊生……」

談寶兒聽得眉頭大皺，打斷道：

「賀蘭烏龜放屁的話太長，秦將軍，你不要念了，直接跟我說他想搞什麼吧！」

秦雪笑道：「侯爺英明，賀蘭逆賊廢話果然太多。他說了長長的一張信紙，主要是恭維您的，到最後才說這仗不打了，要你明天帶著他兒子，一個人去九靈山羽化臺赴宴議和。」

「我一個人去議和？」談寶兒失聲驚呼，隨即覺得這不符合自己大英雄的氣度，當即緩和語氣，「虧這老傢伙想得出來，如今本將軍連取大勝，正要一馬直去怒雪城，他卻說要和談，做夢！你們說是不是？」

眾人聞言齊齊點頭。

胡爲國道：「侯爺所言有理！這自古宴無好宴，賀蘭耶樹明說是議和，暗地裏擺上鴻門宴請君入甕也是完全有可能的，雖然侯爺神功蓋世並不怕這些，但沒有理由中這老逆賊的計，讓他看笑話！」

這番話說得簡直太棒了，談寶兒越發覺得這廝大有前途。其餘人心裏也是一般想法，紛紛點頭稱是。范成大本來還想趁機陷害一下談寶兒，但想起這廝現在是公主面前紅人，便識趣地住了嘴。

就在大家都以為這事就這麼結束了的時候，卻見若兒猛一拍桌子，大笑道：

「哈哈，師父你可以去的！賀蘭耶樹以為你不敢去，你偏偏單刀赴會去給他看！他要投降正好，如果不投降，你直接將他和賀蘭英的人頭割下，南疆群龍無首，自然投降！你說對不對？」

談寶兒大驚失色：「若……公主，你不是講真的吧？我殺了賀蘭耶樹，他手下人還不將我剁成肉醬啊？」

「切！你在百萬魔人大軍中都是出入自如的，還怕南疆那幫廢物嗎？」若兒撇撇嘴，「好了，事情就這樣定下來了！」

天啊，我這是造了什麼孽！看到其餘諸人絲毫沒有原則，順風使舵地跟著深以為意地點頭，談寶兒幾乎沒有當場昏厥。

大事既然已經定下，若兒便吩咐眾人散去，而談大將軍則被她給召到了自己行宮。

若兒對他道：「老公啊，你可別怪我讓你去冒險，我和楚姐姐一起嫁給你，就算是雙妻

並立，難度也是非常之大的，你要不再多立下些大功，父皇可未必肯答應。」

談寶兒聞言只有點頭的份。

若兒以爲他理解自己的苦衷，喜不自禁，又是一番甜言蜜語過來，搞得談寶兒再也找不到抵賴的理由。

次日一大早，談寶兒尚未睡醒，便被若兒拖下床，草草吃了早飯，便出了秦州城，來到了蒼瀾江邊。

蒼瀾江發源於南疆的十萬大山，每年的春夏季節，十萬大山裏的積雪融化，分成千萬細流，最後會聚一處，這才形成了這浩浩蕩蕩縱橫南北的蒼瀾江。

爲了防止這些細流威脅民眾的安全和有效的利用這些水流，南疆自古以來便在大的支流上修了不少的堤壩，而馳江堤壩就是其中之一。

從某一個角度來說，這一條名叫蒼瀾的大江，幾乎可以說是自古以來南疆和九州的分界線。因爲除開夢州之外，其餘的交界處，九州和南疆都是隔著這一條滔滔大江。

談寶兒站在蒼瀾江邊，江風吹得他的白色長衫獵獵作響。如果江邊只有他一人，現在他頭上有一個斗笠，手上有一根魚竿，他又面無表情的話，絕對是世外高人的造型。

但問題是，現在談寶兒的頭上並沒有斗笠，而是一頂青絲繞成的綸巾，手中也不是魚竿而是一把羽扇——這兩樣都是若兒讓人連夜趕製的，說是這樣可以憑添幾分儒雅之氣，而變得文弱些後，賀蘭耶樹會喪失防備之心，利於成事。

至於談寶兒臉上的表情，則是欲哭無淚，最重要的一點是，談寶兒身後有人，一大堆的，鋪天蓋地的人——爲了給大英雄送行，若兒直接出動了一萬人來助威。

風蕭蕭兮易水寒，壯士一去兮不復還啊！面對這滔滔江流，談寶兒心中莫名地湧起一陣悲壯，心說紅顏禍水真一點都沒有錯啊！

這時若兒走了過來。她叫人遞過去一碗酒，自己也從旁邊端過來一碗，道：

「談將軍，此去兇險萬重，但本宮相信將軍一定能化險爲夷，勝利歸來！這是秦州名酒『千里香』，本宮敬你一碗，祝你馬到功成！乾！」

看到若兒眼神裏自信滿滿，談寶兒覺得自己真的是欲哭無淚，壓低聲音道：

「若兒，這個月那幾天到了，我身體有點不舒服，這碗酒不喝行不行？」

若兒白了他一眼，沒好氣道：

「老公，你不要裝得自己很膽怯好不好，這是迷惑不了冰雪聰明的若兒公主的！酒壯英雄膽，喝！」

老子是真的膽怯好不好？談寶兒欲哭無淚地將酒碗接過，心說：怪只怪爲什麼自己名聲那麼響，稀里糊塗的就做下了那麼多普通人做不到的事，這才搞得自己連膽怯都變成了謙虛。唉！

看到酒，談寶兒忽然心中一動，老子乾脆喝他個爛醉如泥，你們總不能再叫老子去赴宴了吧？於是在飲了一碗之後，他直接要求再來一碗，一碗之後又一碗。

連喝了三碗，談寶兒依然還要喝，卻被若兒給阻止了：

「好了好了，別喝了！酒罈給你，路上喝吧，再不起程，可就趕不上宴會了，被那幫反賊恥笑我們沒有時間觀念可不大好！走吧！小船已經在江邊等你了！」

「好吧，好吧！本將軍這就起程！」談寶兒以爲奸謀敗露，只得接過酒罈。

但將羽扇插到腰間，單手提著酒罈，他卻不移步，躊躇半晌，終於被他找到一個藉口：

「哎呀！我都忘記了一件大事！公主啊，大家都說單刀赴會，單刀赴會，你看我連一把刀都沒有，這個怎麼能行？我看我們應該回去徵召大夏最有前途的能工巧匠，聚集九州精鐵，日夜趕工，鑄造一把絕世好刀，然後我再去赴宴不遲！」說完，興沖沖地回頭朝城裏溜。

眾人面面相覷，心想：等你老人家刀鑄成了，你的兒子都能上街買醬油了！

唯有若兒似乎早有防備，一把將談寶兒抓住，變魔術似地從身上摸出一把帶鞘的匕首來，遞給談寶兒道：

「師父，這是當日我拜師時候你送我的，你在崑崙山偶得的上古異寶，我一直隨身攜帶！這把神器算我友情贊助你的，有了它，師父你一定能大展神威，親手取下賀蘭耶樹的首級！」

神器？接過這把油漆依舊亮麗的上古異寶，望著若兒天真無邪的眼神，當初自己是如何花了三錢銀子從牧民手中買來它的情景歷歷在目，談寶兒終於明白什麼叫自作孽不可活。

他心中鬱悶至極，再不和眾人廢話，一手提著這不足三尺的短匕，一手抓著酒罈，直接一轉身，大踏步朝著江邊而去。

身後秦州軍整齊高呼：「恭祝談將軍馬到功成，凱旋而歸……凱旋而歸！」

萬多人同時高呼，聲音穿金裂石，直沖雲霄，反覆重複下，只如大江滔滔，一浪疊一浪，很是壯觀——落在談寶兒耳裏，卻只如雜訊。

大江邊上，一葉孤舟早已等候多時。小船之上有一名撐船的老兵，船尾裝著賀蘭英。

與當日天姥城前飛揚跋扈的英俊王子不同，剛做了幾天俘虜的賀蘭英頭髮散亂，容顏憔悴，嘴裏被塞著一個也不知是臭襪子還是什麼的布團，身上被繩子五花大綁，繩子還多出來很長一段盤旋在他身下，顯然是方便談寶兒押送。

泥菩薩過河的談寶兒一看到賀蘭英的狼狽模樣，頓時心情好了許多，但也沒有閒功夫取笑他，飛身上了船，朝那老兵擺擺手道：「開船吧！」

老兵答應了一聲，竹篙一點岸邊，小船划破水面，載著大夏第一少年英雄，朝著對岸駛去。

上船之後，談寶兒再不回頭看一眼，他心中鬱悶難消，正好手邊有酒，小船開動之後，他也不廢話，將匕首插到靴子裏，直接抱起酒罈，咕咚咕咚仰脖就是一頓猛灌，直接將那二十斤重的酒罈給飲了個半空，才算是歇了口氣。

江流滔滔，竹篙激濁揚清，帶著小船一路向著對岸駛去。

這段江面，寬度算是整個蒼瀾江中較短的，大致只有百丈不到，而江流最是平緩，小船行了盞茶時間，便已經靠岸。

也不知是爲了顯示誠意，還是故意怠慢，對岸港口並沒有南疆軍士把守，自然也沒有人來迎接談寶兒。

老兵將小船靠岸停住，對談寶兒道：

「侯爺，你看見前面那座有九座山峰的山了嗎？那叫九靈山。九靈山最高的，也就是最中間的那個峰，叫做飛龍峰，峰頂有一個築有石亭的石臺，那就是南疆九靈仙人飛升的羽化臺。穿過前面那片古城牆，然後左轉，向前直走，就能到達飛龍峰。小人要留下看船，就不一同前往了，侯爺千萬自己保重！」

「保重！」談寶兒朝老兵拱拱手，一手提起酒罈，一手像牽牛一樣牽著賀蘭英身上的長繩，棄船登岸，邁著很流氓的八字步，向著目標進發而去。

從江岸看，九靈山並不算遠，但實際的路程走起來卻很是要命。從蒼瀾江上岸之後，談寶兒牽著賀蘭英，朝九靈山走，足足走了一個多時辰的樣子，卻發現那山似乎就在眼前觸手可及，但自己就是怎麼也到不了。

盛夏的烈日，彷佛是一個熱辣辣的大燒餅，不斷朝著地面輻射著那看不見的熱氣。這一段路臨江，全是沙石，被炙烤得全像火紅的炭灰。所以一路行來，劇熱難擋的談寶兒索性脫了上衣，邊走邊提著酒罈猛灌。而這千里香卻是秦州第一名酒，入口時清香爽口，後勁卻極大，有種誇張的說法是，喝完酒走出千里之外都還能聞到酒香，因此得名。此時談寶兒便有些闌珊的醉意了。

前方是一片大石磚堆砌成的城牆，蜿蜒盤旋在群山之間，頗爲雄偉壯觀。談寶兒知道這就是老兵說的南疆古長城了，心說人人都說南疆長城像條巨龍，依老子看，也不過是條大些的

蚯蚓罷了。

來到廢舊的古長城上，談寶兒望望前方，發現依舊是長路漫漫，不由大爲洩氣，將賀蘭英朝旁邊一扔，從腰間摸出羽扇，靠在城牆邊上乘涼休息。

站在青磚殘牆上，搖著扇子的談寶兒遙望四方，只覺得心中前所未有的凝重。走到已經不大看得出年代的烽火臺邊，撫摸著烽火臺上曾經狼煙冒出的地方，躺到地上，耳邊彷彿還能聽得見來自遠古的殺伐之音。

談寶兒搖搖頭，將思緒從遠古拉回到了現實。他喝了一陣酒，將小三從酒囊飯袋裏拿出來餵酒，無意中側頭過去，看到賀蘭英有氣無力，嘴唇龜裂，忽然善心大發，扯掉賀蘭英嘴裏的布團，將酒罈湊到他嘴邊灌了起來。

賀蘭英幾口美酒下肚，暑渴消去之後，對談寶兒大有好感，道：

「談將軍，你還是現在將我放了，自己回去吧！我父王心狠手辣，南疆王府中高手如雲，你去了多半是有死無生。」

談寶兒這會已經大有酒意，聞言怒道：

「老子什麼陣仗沒有見過，會怕什麼？你老子，你師父，還是你們手下那些廢物？」

賀蘭英這草包自看不出談寶兒是色厲內荏，聞言不服氣道：

「我師父未必打不過你！再說我王府之中可是高手雲集，神州十劍，我們王府可就有三把，他們每一個人的修爲都不在我師父之下！此外，府中還有許多其他的高人！他們要是一起上，你一定死無全屍！」

談寶兒大笑道：

「神州十劍？你是說冰火雙尊和況青玄那三個廢物嗎？哈哈，他們三個給老子提鞋都不配，你看老子這次怎麼將他們打成神州十賤，十個賤人！還有你說的什麼神秘高人，他們是人不是？人到底有多高我是不知道了，但神秘的意思就是沒有姓名來歷了，連自己姓名和來歷都羞於啓齒的無名之輩，你覺得他們有可能打得過我這個天下景仰的英雄嗎？」

「你……」賀蘭英氣結，卻無力反駁。

談寶兒既已得勝，便不再窮追猛打，直接將賀蘭英的嘴又堵上了。

靜下心來，他卻不由一陣苦笑，心說老子話說得夠大了，但憑什麼單刀赴會深入虎穴，是老子這個抗魔大英雄一等天威侯的名頭，或是那只能將人射光身子的狗屁神弓，還是從遇到老大開始就一直延續到今天的連自己都不能相信的狗屎運？或者是那把神器級的匕首？

想到匕首，談寶兒一把將它從靴子裹拔了出來，看了看，一臉苦笑，眼見小三竟然要爬上去，他隨手一擲，扔了出去。

匕首一擲出去，談寶兒卻又後悔了，這匕首破雖破，但怎麼說也是自己送若兒的第一件禮物，不能亂丟的。但那匕首射出的地方卻足足有二十丈之遙，談寶兒這懶鬼對小三努努嘴，朝那邊甩甩頭，意思是你去幫老子揀回來。

小三大搖其頭，死活不肯挪步，只是用自己獨獨的前腿撓頭。

談寶兒見此非常鬱悶，心道：「你個死烏龜，你以爲我想它回來它就會回來嗎？匕首，回來！」

「咦！」談寶兒忽然愣住，因爲他發現自己這樣想的時候，那匕首竟然真的動了動。他揉揉眼睛，卻發現那匕首依舊好好地待在那裏，並沒有要回來的意思。

「天下哪裡有這樣的好事，想什麼就來什麼？」談寶兒正自嘲似的搖了搖頭，但就在這一刻，他驚奇地發現，自己和那把匕首之間好似忽然有了某種神奇的聯繫。

這種聯繫很類似於當真氣射出體外布陣時候和布陣者自身的聯繫，使人可以清晰地知道自己真氣在外界的流動，但與之不同的是，這種感應比那種聯繫實在是要強烈千百倍，甚至在這一刻，談寶兒幾乎認爲那把匕首就是自身的一部分。

剎那之間，談寶兒福至心靈，想起《御物天書》中的「御物之術」，一連串的心法在他腦中流過，當即將所有的心志意念都集中到了那把匕首之上。

到我手裏來！談寶兒所有的意念最後會聚成了這樣一個強烈的意願。

這個念頭才在他腦海中一閃，那把匕首彷彿有了靈性，「鏘！」的一聲從城磚中飛出，完全按照談寶兒所設想的軌跡，飛到了他手中。

感受到自己的手實實在在地緊握住了匕首柄，談寶兒哈哈大笑：

「哈哈，老子終於有了念力，練成了御物之術！」

他意念再動時，那把匕首再次脫手飛出，按照他的意念，在身體四周飛舞起來，好似一條蜿蜒曲折的經天神龍，卻又好像千萬道白虹，環繞在他身邊流動，璀璨奪目。

原來精神術一道，唯心才是根本，其中最大的分支——御物之術更是重在頓悟。談寶兒所修煉的《御物天書》更是御物之術中至高心法之一，對領悟的要求更高，只不過本心法比其餘心法神奇之處在於，一旦入門，自然是一日千里。

所以寒山一派，自古便是天才和白癡並存，許多人修煉一輩子，也未必能夠勘破如何讓一條羽毛無風自動，但很多人卻忽然可以驅使千斤之鼎如使三寸之劍，舉重若輕，便是為此。事實上，在之前偷天九老就說談寶兒精神力修為高超，當時他確然已經身具念力，只是還絲毫不懂運用之道而已。

舞動一陣匕首，他雙足落到匕首上面，念力催動，匕首竟然真的帶著他御空飛行。

談寶兒又驚又喜，心想老子可真是個天才，才一領悟御物術，便能御物飛行，據無法和蘭妹說他們都足足花了十年，嘖嘖，人聰明了，真是一點辦法都沒有。

這一番運動後，談寶兒這會已經酒氣瀰漫全身，神志便有些模糊，覺得自己學成了御物之術，便是龍潭虎穴也已闖得，將小三收入酒囊飯袋，然後把目瞪口呆的賀蘭英提起，鬥志昂揚地繼續上路而去。

下了古長城，向前不遠，便是九靈山。

南疆有十萬大山，山脈與山脈交錯，又加上一座座險峰都高得離譜，雲霧縹緲的，難以命名，因此很多山其實都沒有名字，而這座九靈山卻是在這十萬大山中都大大有名的一座，因為這座山有著南疆的最高峰飛龍峰。

九靈山共有九峰，峰峰不同，鼠、牛、猴、蛇、龍等，各有肖似，因此得名。最重要的是，傳說曾經有一個很有名的南疆奇人，名字叫九靈真人的在此修煉，最後在飛龍峰上的羽化臺羽化飛升。有傳說這九座山峰，就是九靈真人座下的九隻靈獸在他飛升之後所化。

一路行來，談寶兒都沒有看到一個人影，但到了九靈山下，卻發現這裏密密麻麻地堆了無數的南疆軍，一眼望去紫甲如雲，刀槍如林，在陽光下一照，說不出的壯觀。

看見頭頂裹著綸巾的談寶兒提著酒罈，腰間插著一把羽扇，牽著一條狗似的賀蘭英，赫然一副流氓的樣子出現在視線之中，南疆軍士們先是愕然，待認清這人竟是談容之後，卻都是一陣騷動，紛紛不由自主地都向後退了一步。

雖然這幾日，南疆王不遺餘力地證明談容其實是個普通人，但火燒水淹之後，談容在南疆軍民中簡直等同於魔和神的存在，一方面大家覺得他殺戮太多，等於惡魔，另外一方面所有人都覺得他的法術實在太強，等同於神的存在，有說他是水神大禹轉世的，也有說是火神赤炎的。總之，對他是又恨又怕。

「談將軍大駕光臨，九靈山上下，當真是蓬蓽生輝！貧道牽機子，乃是九靈山『羽化觀』的觀主，奉王爺之命，特意在此恭候將軍！」一人逆著人流，大笑著從南疆軍士中擠了出來。

牽機子三十歲上下，頭上綰著道髻，長鬚如墨，一身的灰布道袍，背上背著一把寶劍，整個人顯得飄然出塵，很有幾分神仙中人的意思。

但談寶兒聽到這人的名字，卻暗自一陣好笑：「呸，還牽機子，你怎麼不叫牽牛子？這才配你牛鼻子的身分啊！」

談寶兒正在琢磨著該怎麼開口說話，卻見牽機子簡直像一隻被人踩住尾巴的母狗一樣，忽然發出了一聲大叫，指著談寶兒厲聲道：

「談將軍，你這是什麼意思？你怎麼可以這樣對我們世子？快快將他身上繩索解開！」

談寶兒這會已將那一罈千里香喝得七八成，酒勁上湧，腦子已是很有些不清楚，聞言完全無視前方密密麻麻的南疆大軍，冷笑道：「他現在可還是老子的俘虜，老子想怎麼樣就怎麼樣！讓開！」說時，狗一樣牽著賀蘭英就朝山上闖。

南疆大軍見他眼神冷冰冰的，無人敢與之相抗，紛紛如潮水一般退縮過去，十多萬人竟沒有一個敢出聲的。

牽機子為他氣勢所奪，竟然也不敢妄動，連場面話都沒有講，眼睜睜地看著他向山上走去，好半晌才回過神來，嘆息道：「真英雄也！」緩步跟了上去。

談寶兒現在滿身都是酒意，本質暴露，舉手投足間便處處展現出一種與身俱來的流氓習氣，那就是天不怕地不怕，天上地下老子最大。

他一手提著酒罈，一手牽著賀蘭英，踉踉蹌蹌地向著山頂行去。

沿途本有賀蘭耶樹派的重兵把守，一個個將刀槍擦得透亮，本是要寒談寶兒的膽，但這些人一看到來的是談寶兒，再看到他眼神，便連看都不敢看他一眼，更別談路見不平、一聲吼去將正在受辱的世子殿下給救出來了。

就這樣晃晃悠悠地一路向上，走了約莫有一個多時辰，談寶兒才終於來到了飛龍峰頂。

一到峰頂，看到的並非是傳說中的羽化臺，而是一間大大的道觀。

牽機子做出一個請的姿勢道：

「這就是貧道的九靈觀了，王爺已在觀內羽化臺等候多時，談將軍裏面請！」

談寶兒點點頭，牽著賀蘭英，大大咧咧地就要朝裏邊闖，遠遠的卻被看守在道觀門口的兩名南疆軍士兵喝止住：「來人止步搜身，留下兵器！」說時，兩人如狼似虎地撲了上來，就要搜他的身。

談大英雄這會酒意上湧，見有兩個不知死活的傢伙上前，當即一聲大喝：「滾開了！」說時拖著身後的賀蘭英，像一個巨大的流星錘一樣向前舞動起來，兩個士兵猝不及防，兩顆腦袋先後被賀蘭英的頭撞到，三人都是頭破血流。

自古以來，但凡有使者拜見帝王，都是不能帶兵器的，這幾乎已經形成了一種約定俗成的規矩。但牽機子自然是沒有膽子敢去搜談大英雄的身，這會兒見有人代勞本來正慶幸，萬萬料不到談寶兒會耍這樣流氓的招式，忙叫道：

「誤會誤會！談將軍快將世子放下，王爺有令，談將軍乃當世英雄，不用搜身的！」

談寶兒哼了一聲，停下流星錘，牽著賀蘭英，大大咧咧地朝著道觀裏邊走去。

九靈山雖然有名，但因爲這裏地處南疆和九州交界處的特殊戰略地位，九靈觀香火並不旺，且人丁單薄，道觀也是年久失修，此時雖經人打掃，但依舊顯得有些破敗殘舊。

談寶兒牽著賀蘭英，跟著牽機子在道觀裏東繞西轉，途中南疆軍士見到簡直等同於畜生一樣的賀蘭英，無不瞠目結舌，但見談寶兒神色自若，卻並無一人敢上前問候小王爺去大夏旅遊這幾天有否吃飽穿暖、是否心情愉快、生活是否正常。

穿牆過戶，走了約莫半炷香時間不到，整個道觀已經被走穿，進入了飛龍峰後山。穿過一片鬱鬱蔥蔥的樹林，前方陡然一亮，遠遠看見一座約莫十丈高的高臺拔地而起。

石臺本身頗瘦，稜角崢嶸，一派的嶙峋。臺下站了百十來個造型奇特的江湖異人，而十餘丈寬的高臺上，卻只坐了一個身穿錦袍的拉風男，正是當今南疆之王賀蘭耶樹。

眼見談寶兒牽畜生一樣牽著賀蘭英現身，人群便是一陣騷動。站在高臺之下的，卻不是一路上那些低能士兵，而全都是南疆王府的精銳。

臺下約莫有十來人。談寶兒一眼瞟去，凌步虛、況青玄和冰火雙尊這四個老熟人是赫然在場，此外，剩下的人中有五個老者，一樣年紀，打扮相似，顯然是同門師兄弟，此外還有一個中年和尚，一個老年書生。

但最惹眼的卻是一個身上僅穿了肚兜薄紗的年輕美女，見談寶兒眼光落在自己身上，當即朝著他嫵媚一笑，似欲勾人魂魄的秋波，搞得談寶兒小心肝不爭氣地撲通撲通一陣亂跳。

凌步虛從這十多個高手裏走了出來，朝談寶兒拱手笑道：

「談將軍真是好膽色，竟真敢單刀赴會，完全不把南疆英雄放在眼裏，果然是英雄出少年！不過將軍既已到此，還請將我家世子釋放了，大家好坐下和談！」

談寶兒神志雖然有些模糊，卻並不是傻了，知道今日自己能否保得性命，多半就靠手裏這張牌了，聞言笑嘻嘻道：

「要放人可以，不過按照規矩，你們可得先交贖金給我，也不要太多，這王爺的世子，怎麼著也得一千萬兩白銀吧？」

「一千萬？你不如去搶好了！」凌步虛一聲冷哼，道：「多日不見，將軍功力更有深進，將軍既然不肯放人，貧道不才，想借今日良機，與將軍堂堂正正地討教幾招！」

他將堂堂正正四字咬得極重，顯然對之前兩次被談寶兒暗算一事記恨至今。

凌步虛說完話，便伸手去摸自己腰間的布袋，顯然是打算掏出一把符紙要動手，但他的手卻被沉青玄一把抓住：

「凌老弟，殺雞焉用牛刀，這臭小子交給我對付就可以了！」

「不了，還是我來的好！」凌步虛搖搖頭，眼中閃過一絲譏誚，「況兄上次從天姥城下親自將他帶走，尚給他跑掉，這次莫要再將他放走就好！」

況青玄臉色變冷，便要發作，一旁的冰火雙尊卻湊了上來齊聲道：

「老凌，小況，你們兩個都是談容的手下敗將，還好意思在這爭什麼爭？只有我們上次和他未分勝負，你們一邊涼快去，讓我們兄弟和他先打過再說！」

凌步虛和況青玄同時變了臉色，回頭喝道：

「你們說什麼？」

眼見四人就要先來一次內部比武，一旁的眾人忙上前相勸，唯有那和尚和書生一副踐踐的樣子依舊站在原地，瞇縫著眼觀察著談寶兒的一舉一動。

正鬧得不可開交，忽聽一人喝道：

「談將軍貴為一國使臣，乃是本王的貴賓，爾等爭執著要向他動手動腳，是何道理？還不給我通通住手！」

這聲音是從上方傳來，只如雷鳴一般，說話的正是十丈高臺之上的賀蘭耶樹。王爺發令，眾人自不敢不聽，一個個悻悻地住了手。

高臺之上。

眼見眾人靜下，賀蘭耶樹微笑著朝談寶兒拱手行了一禮，道：

「手下人無禮，請將軍見諒！本王已備下酒菜，將軍請上來說話！」

「閃開了！」談寶兒囂張地擺擺手，眾人閃到兩邊，他大大咧咧地牽著賀蘭耶樹就順著高臺的石階向高臺上走。

賀蘭英被人牽著行走本已不便，這一上樓梯，磕磕碰碰，頓時搞得鼻青臉腫。一旁諸人見談寶兒如此對待世子，都是怒形於色，便要借題發揮，紛紛朝臺邊圍了過來，又要向談寶兒這張狂的傢伙動手。

高臺之上，賀蘭耶樹大聲道：「都給我住手了！小犬自己學藝不精，這才被人俘虜，如今受辱不過是他自己該得的，你們不要亂來！」

眾人這才悻悻罷手，絕了現在和談寶兒一較生死的念頭。

但這時候，凌步虛卻又道：「王爺，談容此人法力高強，你一人與他單獨會面，只怕不太安全，請准許貧道上臺。」

聽他這麼一說，其餘諸人也紛紛道：「請王爺准我上臺護駕！」

賀蘭耶樹搖搖頭，大笑道：

「談將軍乃當世英雄，光明磊落，我約定和他在此談判，豈會做行刺這樣無恥之事？你們不要以小人之心度君子之腹，都給我少安毋躁了！」

眾人這才安靜下來。談寶兒哈哈大笑，牽著賀蘭英向高臺上行去。

過不得多時，上得臺來。高臺之上乃是一片平坦石地，一眼望去，空空蕩蕩，除開正中央有一塊大石雕成的道士人像之外，無草無樹，唯一的實體便只有靠近懸崖的一邊有一張石頭茶几，兩個石凳，一個爲空，另外一個則坐著賀蘭耶樹。

茶几的正中央被切空，上面放了一口鍋，几上放了無數的碗碟菜肴以及一罈泥封的美酒，幾下有一個小小的炭爐，爐火正旺，使得几上鍋裏熱氣騰騰，香味撲鼻。

也不待賀蘭耶樹招待，談寶兒將已經只剩下半條命不到的賀蘭英朝地上一扔，自己大馬金刀地走到茶几邊坐了下來，搖著羽扇，拿起一雙筷子，就朝鍋裏撿了些菜，就著油碟稀哩嘩啦地海吃起來，邊吃邊讚道：

「王爺真是會享受生活，這大熱天的吃火鍋，真不錯！喂，你個老小子還愣著做什麼？倒酒，倒酒！」

賀蘭耶樹幾曾見過如此流氓的一國使臣，心想：聽說這談容詩畫雙絕，乃是大風城裏一等一的風雅人物，現在這樣表現，明顯是故意而爲，想反客爲主，我可不能讓他壓下我的氣勢。於是他也放下矜持，拍開酒罈泥封，親自斟了兩碗酒，遞給談寶兒一碗，指著那尊石像，笑道：

「這熱天吃火鍋之法，乃是九靈真人所開創，說是這樣利於養生。真的假的本王是不知道了，不過九靈真人最後終於飛升成功。」

談寶兒瞥了一眼那石像，搖頭道：「這道士長相實在普通尋常，竟然也能飛升？」

賀蘭耶樹笑道：「將軍說笑了。所謂人不可貌相，海水不能斗量。任何事，都不該看表面才對。就好像這石像表面看起來是石像，卻有傳說是真人蟬蛻之後的金身。又比如你現在喝的這碗酒，表面剔透晶瑩，卻怎知本王沒有下毒？」

談寶兒這會兒已經有了八分酒意，端起碗來，哈哈大笑道：

「你個老小子還真是會說笑，你明明知道本將軍法力通神，乃是百毒不侵金剛不壞之身，下毒做什麼？是嫌你家裏錢太多，還是討打？」

賀蘭耶樹本以爲自己這句反擊，肯定能弄得談容稍微亂點方寸，萬萬料不到這小子已是百毒不侵，驚嚇之餘暗自慶幸，心說：幸好之前向凌步虛要的萬蟲毒還沒有下到酒裏，不然可說是枉做小人了。

有了這樣的覺悟，賀蘭耶樹朝著談寶兒乾笑一下，道：「將軍真是見識高明！」悄悄將手心萬蟲毒收進衣袖，心中再也不敢存下毒的念頭。

第三章　九靈化洪爐

談寶兒喝光碗裏的酒，又狼吞虎嚥一樣吃掉不少肉菜，覺得汗水順著臉頰狂流不止，酣暢淋漓之餘卻覺得有些濕熱，這才停下筷子，專心搖扇子。

這一閒下來，談寶兒才可以仔細地觀察四周的環境。

飛龍峰乃九靈山九峰中最高的所在，而這個羽化臺卻是飛龍峰的最高點。從這個位置向下望，近處雲若滄海，波濤幻滅，而遠處則是群山聳立，大見崔巍，再向前，蒼瀾江如一條寬大玉帶般，從山前流過，對岸一馬平川，川上有一城如四方盒子，卻正是秦州。

「會當凌絕頂，一覽眾山小！談將軍，從這江山最高處看這天下山河，不知你覺得和平常有什麼不同？」談寶兒正看得入神，賀蘭耶樹卻發出了一問。

「有什麼不同嗎？好像沒有什麼不同啊！」談寶兒搖搖頭，之前他被況青玄追殺，可是沒有少在群山間亂竄，見得多了，就覺得沒有什麼兩樣了。

賀蘭耶樹笑道：「談將軍不肯說，那本王先說。本王從這天下最高處朝山下看，只覺得一切眾生都顯得如此渺小。你看那些人便小如螞蟻，你吹口氣，就能讓他消失，那山像一個個沙包，你一伸手就能將他推倒，那江便如一條帶子，你可以拿來做腰帶！這如畫江山，所有的芸芸眾生，都只在你掌握之間！這種感覺，你說好不好？」

談寶兒鼓掌道：「很好，很好！老子小時候玩帶兵打仗的遊戲，用泥土一堆，就是一座城池，撒一泡尿就是一條大河，嘖嘖，那種感覺真爽，沒有想到王爺也是同道中人，真是他鄉遇故知，什麼時候有時間大家一起切磋切磋？」

賀蘭耶樹氣結，暗罵道：「你祖宗才和你是同道中人！」卻強自定下神來，笑道：「將軍比喻雖然粗俗，但那種感覺卻是一樣的，不愧是本王的知己。我有時間一定奉陪！卻不知談將軍是否有意，和本王一起站在這群山之巔，俯仰天下？」

談寶兒這會已經是頭暈乎乎的了，哪裡聽得出賀蘭耶樹要他共謀天下大事的意思，聞言擺手搖頭道：

「不了不了，這地方王爺一個人站就可以了，我站高處有點暈，你看，說著說著老子頭又暈起來了！」

賀蘭耶樹淡然笑道：「站久了就不暈了！再說，將軍難道不覺得從這天下最高處看天下，景色會更加美麗嗎？」

「天下最高處？」談寶兒搖搖頭，「王爺你只怕搞錯了！天下四大名山，『東蓬萊，西崑崙，南九靈，北方丈』，你們九靈山只排在最後一位，又怎麼能算得天下最高處？」

賀蘭耶樹臉色變了變，隨即哈哈大笑道：

「天下四大名山向來齊名，談將軍卻說其餘三座山比這九靈還高，言下之意是說我賀蘭耶樹算不得你的明主，這天下還有比我更適合稱霸天下的人？好好好，正所謂『江山如畫，一時多少豪傑』，今日咱們兩人就在這九靈山頂煮上一罈酒，說說這天下英雄！」

「煮酒話英雄嗎？好好好！」談寶兒以前常聽老胡說書，對書中那些煮酒話英雄的情節很是欣賞，這會聽見南疆王也要和自己品評天下英雄，卻是一陣熱血沸騰，搖著羽扇，欣然答應下來。

賀蘭耶樹喝了一碗酒，笑道：

「當今天下，神州最絕頂的武術高手，便是四大天人、黃疏影、聽風閣主武風吟和偷天公會的偷天九老。再下來，就是十大神劍，禪林四相，天師五行，蓬萊七星，昊天三十六傑，聽風七十二釵，再有就是加上將軍您這個新秀。而魔人大陸，卻是以三魔為尊，魔王、魔神和魔宗，再向下便是十方邪魔，九大妖姬，八族族長，除此之外，餘者碌碌，不足為道。卻不知這些人之中，將軍以為誰才是神魔兩陸第一高手？」

談寶兒聞言頓時愣住。賀蘭耶樹這一番話，幾乎涵蓋了神州黑白兩道所有知名的高手，除開黃疏影外，這些人談寶兒基本都只能算是略有耳聞，而能說出名字來的也就只有四大天人，而魔人大陸他所知道的，卻只有一個魔宗和聽談容說過的魔人八族，至於其他的什麼魔王、魔神、十方邪魔、九大妖姬，那是半點都不知情，要他來品評誰是兩陸第一高手，卻不是要他的命？

談寶兒既然答不出，便直接將話推了回去：

「那王爺以爲誰才是第一高手？」

賀蘭耶樹笑道：「本王善謀不善武，談將軍這不是爲難本王嘛？也罷，既然是煮酒天下，那本王便來說一說，博將軍一笑！」

「不笑，不笑！你儘管說！」談寶兒喝著酒，搖著羽扇示意他老人家請。

賀蘭耶樹微一沉吟，道：

「神州雖然高手如雲，但真正稱得上絕頂的，卻只有四大天人、武風吟、黃疏影、偷天九老以及十大神劍之首的軒轅狂。至於有傳說四大天人之一羅素心的師兄屠龍子尙在人世，但那只是捕風捉影，姑且不論，倒是將軍您，法術高強，雖是新秀，但卻足以列入這一絕頂之境。你們九個人，算得上是神州最頂尖的九大高手了……」

談寶兒萬萬料不到自己竟然也能進入九大高手行列，隨即才想起賀蘭耶樹說的是談容，正覺得有些自豪，卻忽想起一事：

「不對，偷天九老可是九個人！」

賀蘭耶樹搖頭道：「偷天公會九大長老，向來形影不離，再說，這九人只有聯合在一起才能和其餘諸人抗衡，所以我只算他們是一人！好了，九人已經選出來，咱們就先來說說這神州第一高手！九大高手之中，四大天人分別代表了神州三大法術和武功的最巔峰，可說是難分高下，但都不過是因襲前人，開創太少，要對付其餘三人，勝負之數卻都只在五五之間，自然都算不得第一高手！」

四大天人一直是談寶兒心中一個神話，萬萬料不到賀蘭耶樹一句「因襲前人，開創太少」就完全給否定了，胃口直接給吊起來了，酒也不喝了，菜也不吃了，全神貫注地期待著賀蘭耶樹的下文。

賀蘭耶樹似乎很滿意這樣的效果，不急不徐道：

「至於聽風閣主武風吟，不過是一介女流，雖然一身潛蹤隱匿之術冠絕天下，擅長暗殺之術，但見不得光的東西終究上不得檯面，所以她也不可能是天下第一高手。」

「這話倒是不錯！天下第一高手絕不可能是隻縮頭烏龜，更何況還是隻母的？」談寶兒點點頭，「那王爺認爲軒轅狂和那個什麼疏影呢？」

「真劍無雙軒轅狂，乃是天下唯一可以在武學一道上和四大天人裏楚接魚相抗衡的。但此人一身狂傲之氣，敢無視天下英雄，算得上霸氣凜然，可惜他太狂了，狂得不將任何人放在眼裏，這樣的人，也無法成爲第一高手！至於黃疏影嘛……」說到這裏，賀蘭耶樹的聲音微微有些遲疑。

談寶兒看他神色有些不自然，不由笑道：「黃疏影怎麼了？你吞吞吐吐的，莫非這人是你情人？」

賀蘭耶樹眼中怒色一閃而逝，隨即苦笑道：「她那樣的奇女子，又怎麼可能是我的……情人？談將軍敢這樣說她，莫非你沒有聽說過疏影門下的名頭？」

疏影門下？談寶兒愣了一愣，隨即想起這四個字以前似乎聽誰說過，但這會兒他腦子昏沉沉的，卻想不起來，只道：「聽說過！」

「聽說過？」賀蘭耶樹語氣也不知是驚還是佩，「將軍真是好膽色！黃疏影身爲本代疏影掌門，法術自然是不錯的，但她一個女子，天天以排解天下紛擾爲己任，實在太不可愛，自然也算不得天下第一高手。」

談寶兒聞言哈哈大笑：「不可愛也能做理由？王爺你原來也是個妙人，來來來，我敬你一碗！」

「乾！」賀蘭耶樹豪爽的舉碗，兩個人都是一氣喝完。然後，對視一眼，都是哈哈大笑，一時竟然親近不少。

笑了一陣，談寶兒忽然失聲道：「王爺說這些人多有不是，難道這天下第一高手，竟然還是老子我了？」

「對極！」賀蘭耶樹鼓掌大笑，「這神州第一高手，正是非將軍莫屬！龍州城下，將軍隻身闖入百萬魔軍，取其主帥首級全身而退，之後呼風喚雨，箭碎我怒雪城門，火燒葫蘆谷，獨戰偷天九老，拳斷馳江大壩，舉手投足之間，就讓我四十萬大軍灰飛煙滅，如此神功，天下可有第二人能做到？」

「啊！」談寶兒聽得一愣一愣的，心說：難道這許多事當真是我做下的？飄飄然一陣，他忽然想起一事：「王爺如何知道大戰偷天九老，擊斷馳江大壩的就是我？」

賀蘭耶樹淡淡一笑：「若要人不知，除非己莫爲。當日採花大會，將軍雖然化裝成周叢，但這一拳擊碎馳江大壩這樣的事，又豈是他一個無名小卒能做得到的？而那大水哪裡不淹，偏偏淹了我兒的三十萬大軍，將軍覺得天下可有這樣巧的事？」

「嘿嘿！沒有！」談寶兒訕訕而笑，他自家知自家事，自己那點三腳貓功夫，無論如何也不可能是神州第一高手，當即岔開話題道：

「那王爺認爲魔陸第一高手是誰？」

「魔陸高手，十大邪魔、九大妖姬都是魔門旁道，難登大雅，不必評說。三大魔尊之中，魔王、魔神和魔宗，這三人之中據說魔宗厲九齡爲第一，但這和他所創立的拜月魔教是魔陸國教有關吧，這就好像有人說天師教的張若虛是我神州第一高手一個道理，做不得準的。但魔陸第一高手，便在這三人中產生總是不錯的。但依我看，這三人雖然魔功了得，只怕也未必是將軍您的對手，這兩陸天下第一高手，卻還是非將軍你莫屬！」

「兩陸第一高手，這個……」雖然酒壯英雄膽，好歹談寶兒尙存了一絲理智，覺得自己這兩陸第一高手只怕不是那麼可靠，但若要強辯卻又不知從何辯起，只能訕訕而終。

這時候，賀蘭耶樹長身而起，朗聲道：

「談將軍，你身爲天下第一的武術高手，算得上一位英雄。卻不知你以爲這天下還有誰可以算得上英雄？」

「誰算得上英雄？」談寶兒一愣，在他印象當中，自然是誰武功高神通大那就是英雄，自己已經是兩陸第一高手了，難道還有別的什麼英雄嗎？

賀蘭耶樹見他不答，微微一笑，道：

「莫非在談將軍心目之中，賀蘭耶樹也算不得一個英雄麼？」

「你？」談寶兒一愣。

「不錯！正是孤王！」賀蘭耶樹連乾三碗酒，哈哈大笑，「天下英雄，唯將軍與孤！不知將軍以為如何？」

「啊！」談寶兒直接被嚇傻了。

賀蘭耶樹這會也已經有了七八分酒意，放聲大笑道：

「其實自古以來，天下英雄便只有兩人，就是當時的強武第一和強謀第一，即武術第一高手和天下第一政治家。談將軍乃當世第一高手，已達武術巔峰，自是強武第一！至於強政第一，若我不點頭，誰敢說是他！西域王劉景升？懦弱匹夫一個！東海王白依山？壯士暮年，不復當時！葛爾草原分崩離析，四大部落莫克、龍血、天池和胡戎，四族之主雖然都算一時豪傑，卻也是無頭之龍，不足入眼。」

談寶兒還是第一次聽到以強武和強政來分英雄的新鮮觀點，覺得有趣，再聽賀蘭耶樹幾句話就將神州其餘三大藩國的人說得不值一錢，不由道：

「那京城人物又如何？」

賀蘭耶樹慢步走到懸崖邊上，迎風而立，山風吹得他髮絲飄拂：

「大風城中麼，永仁皇帝雖然堪稱明主，但已是垂垂老邁，膝下雖有九子，無一堪用。至於朝中諸公，只有三人，太師、國師和天下兵馬大元帥布天驕，各自把持政、教、軍三權。太師范正行事鋒芒太露，剛者易折，雖握有政權，不足爲患；國師張若虛淡泊名利，卻因手懸千萬性命，抽身不出，只能隱忍，雖然持有天下最大的力量之一，卻如無鋒之劍，永遠傷不了人；布天驕百戰之人，餘勇難賈，守成有餘，進取不足，也算不得英雄。」

談寶兒此時千里香後勁發作，又加上峰來烈酒一碗一碗的喝，滿腦子都是酒意，羽扇都已經搖得有氣無力，聽到賀蘭耶樹文縐縐的大放厥詞，也聽不全懂，只是習慣性地不住點頭。

賀蘭耶樹只道他認同，大喜過望，向前一步，跨到懸崖邊上，望望山下，再回轉過身，對談寶兒伸出雙手，做一個懷抱天下之狀，傲然道：

「就是因爲這些碌碌無爲之人占據江山，才讓魔人在西北邊境猖獗了十三年！我賀蘭耶樹起兵，並非是因爲不願意臣服中原九州，而是看不慣這些人的懦弱無能！至於魔陸草莽，懂的不過是野蠻殺戮，除開魔王還算有幾分政治頭腦，其餘諸人都是徒有肌肉之輩！大風城中第一把交椅要是換了孤王來坐，必然一年之內將魔人驅出神州，兩年內百萬雄兵登臨魔陸！單憑如此雄心，如此抱負，兩陸強政第一，是以非孤莫屬！」

說到這裏，賀蘭耶樹眼見談寶兒正夾起一塊肉，不住地朝自己點頭，只以爲是英雄所見略同，不由熱血沸騰：

「談將軍，你也認爲孤王是天下第一政治家，對是不對？哈哈！那真是太好了！當今天下，你是強武第一，孤王是強政第一，咱們兩人攜手合作，強強聯合，憑藉你的強橫武力，加上我的政治見識，不出一年，不，只需半年，便可將神魔兩陸攬入你我懷中，不知將軍以爲如何？」

談寶兒這會已經腦子有點不大清楚，聽到賀蘭耶樹的話，當即大大點頭：

「你問這酒如何？真他娘的好啊，老子很久沒有喝到這麼好的酒了！來來來，咱們再乾一碗！」

「啊！」賀蘭耶樹幾乎沒有當場崩潰，自己在這激情萬丈口沫飛濺地扯了半天的天下英雄，這流氓竟然半句都沒有聽進去！

談寶兒可沒有看見賀蘭耶樹的臉色，倒了兩碗酒，雙手端著，邁開獨創的螃蟹八字步，朝賀蘭耶樹拐了過去，口中道：

「來，王爺，感情深，一口悶，感情淺，唇一點！是不是兄弟？是兄弟的就一口乾了……哎喲……」

他步子正拐得風騷，冷不防腳下撞到一個東西，身體一個踉蹌，離地飛身而起，朝著賀蘭耶樹猛地撲了過去。

賀蘭耶樹看到談寶兒腳下正是被捆得五花大綁死豬一樣的賀蘭英，剛要叫小心，卻已經不及，談寶兒已經撞了上去，然後以迅雷不及掩耳之勢，朝他直接撞了過來。

談寶兒這一撲的力量本不算大，撲出之後，很快穩定下來，但賀蘭耶樹卻正好站在高臺邊上，被他這一撲，驚叫一聲，直接便被震得跌下崖去！

更巧的是，賀蘭耶樹所站的位置，正好在側對石階的地方，因爲高臺嶙峋稜角的遮掩，這一跌下去，初時並未被臺下眾人發現。等到眾人看見，齊聲驚呼「王爺」的時候，賀蘭耶樹卻已距離地面只有一丈不到，想要撲救，哪裡來得及？

「砰！」一聲重響，十秒鐘之前還指點江山激揚文字，不將天下英雄放在眼裏的一代梟雄賀蘭耶樹先生，就這樣頭下腳上從十丈高臺上跌下，毫無懸念地重重跌在了石地之上。

「王爺！」臺下諸人大驚失色，飛身撲了過來，再看時，南疆萬民共仰之主賀蘭耶樹王爺已是腦漿迸裂，死於非命。

十丈高臺之上，談寶兒酒意尚且未醒，完全沒有意識到天下英雄已經只剩自己一位了，見此怒道：

「哇塞！老傢伙，你這算什麼意思？老子紆尊降貴好心請你喝酒，你居然寧願去臺下睡覺也不喝老子的酒，太不給面子了吧？你無恥，王八，爛人！」

很是暢快地罵了一陣，談大英雄雖然意猶未盡，但本著得饒人處且饒人的大俠情懷，放了賀蘭耶樹的屍體一馬，回過頭來，一腳將賀蘭英踹到石桌邊上，大口吃起火鍋，一邊大碗喝著酒，好不酣暢淋漓。

高臺之下，一干王府精銳人等眼睜睜看著談寶兒將賀蘭耶樹從高臺推下致其斃命，都是怒髮衝冠，意氣難平。

當即便有冰火雙尊中的火天尊怒道：「大哥，他欺人太甚！他明明知道咱們哥倆就在臺下，談容竟然還敢將王爺殺死，太不將咱們兄弟放在眼裏了！」

冰天尊擺手道：「老二，你這句話就不對了！」

「哪裡不對？」火天尊不解。

冰天尊老神道：「談容欺負的是你，可不是我！你沒有看見王爺跌下來的位置靠近你站的左邊嗎，老大我站在右邊，所以擺明了他是看不起你，不是你老大我！」

「明明是靠近右邊好不好？老大你眼神又有毛病了？」

「你個弱智，你眼神有問題好不好？王爺死的時候明明就靠近左邊！」

「明明是……喂，你們等等我，別搶了頭功！」卻是兩人正吵得開心的時候，其餘眾人已經猛地衝上臺去了。

冰火雙尊衝上臺後，卻發現十多人將談寶兒團團圍住在中央，但卻沒有一人動手，而談寶兒更是坐在石桌邊吃喝正爽，完全無視身邊眾人的威脅，不由大是奇怪。

原來凌步虛和況青玄諸人看到談寶兒將賀蘭耶樹殺死，都覺得他太不將這些人放在眼裏，便一哄而上，但這些人都是江湖經驗豐富，到臺上看見談寶兒手搖羽扇，神情鎮定地在吃火鍋，便覺得他必有所恃，所以一干人便不敢輕舉妄動，深怕著了他的暗算。

冰火雙尊兩人頭腦簡單，沒有這種顧慮，見眾人不動，便覺得正是自己兄弟建功立業之時，對看一眼，右手中分別多了一條長劍形的火焰和冰焰，一左一右，飛身朝著談寶兒猛地撲了上去。

談寶兒本已經醉得神志不清，所以他看到眾人怒氣沖沖上來，與其說是鎮定，倒不如說是遲鈍，眼見冰火雙尊撲上來，也沒有什麼反應，直到一冷一熱兩道劍氣砍到身體上時，這才猛然驚醒。

「啊！」談寶兒發出一聲巨吼，全身紫光暴閃，同一時間，冰火雙劍同時擊中他胸膛。冰焰和火焰撞到紫光，如中鐵石，發出一聲刺耳的鈍響。如排山倒海一般的力量反震回來，冰火雙尊同時一聲慘呼，倒射飛回地面，立時昏死過去。

什麼?眾人大吃一驚!冰火雙尊這兩人頭腦雖然簡單，但功力頗深，冰火一旦聚集成劍，分金裂石如切豆腐一樣，這一點眾人皆知，眼見談寶兒竟能將這兩擊給反震回來，功力之深，實在是匪夷所思。如此神功，當世只怕已無人能敵!

談寶兒被這一攻擊，胸口一陣劇痛，同時神志大清，剛才所經歷的種種在一瞬間全數從腦中流過，不由臉色慘白!老子的好運總算是用到頭了，這下賀蘭耶樹被老子幹掉了!快閃吧!

一念至此，談寶兒忙從凳子上站起，羽扇踩到腳下，展開御物之術朝臺下飛去。但他人才飛起，胸口卻又是一陣痛，低頭看時，衣服裂開，鮮血猛地冒了出來。

牽機子眼尖，見此叫道:「談容受傷了，大夥快一起上，別讓他跑了!」

眾人定睛看去，果見談寶兒胸口血流如注，一時驚喜交集，心中均想，原來談容也並非不可戰勝，之前這小子都是在虛張聲勢!

英雄的神話一旦被打破，他頭上的神聖光環便立刻黯淡得像油燈。

牽機子叫完之後，口中咒語念動，同時定手一指，談寶兒身前的虛空立時裂開，一頭白額猛虎憑空現身，張著血盆大口便朝談寶兒吞噬過來。

談寶兒大驚失色，不及細想，取出落日弓一箭射了過去。

「轟！」雕翎箭正中虎頭，那老虎好似一塊被打破的玻璃，立時碎裂成片，消失在虛空之中。

談寶兒又是一驚，不及反應，身後又已是腥風大作，回頭已遲了，忙凌空一閃，便見一道金影從肩旁閃過，隨即便覺得肩膀火辣辣地疼，卻是被什麼利爪給抓中了，鮮血淋漓。

談寶兒定定神，立時發現自己身體四周已經多了四隻猛獸，分別是豹、獅、熊和大猩猩，剛才撲中自己肩膀的那道金影現在正前方，是四獸中的金錢豹。

四隻猛獸圍在談寶兒身體四周，懸浮在虛空中，竟沒有掉下地去的意思，虎視眈眈地看著他，好似隨時都會發動攻擊。

卻聽況青玄大聲道：

「原來牽機道兒的九靈召喚術已經練到第五重，可以召喚五隻凶獸了，可喜可賀！不過要對付談容卻還差了點，看我依風劍氣！」

「不用你幫忙！」牽機子大叫，手掐靈訣，四隻猛獸一起朝著談寶兒虛撲過去。

但這時況青玄也已出手，談寶兒四周的空氣頓時變成了一道道凌厲的風劍，捲襲過去。四隻猛獸一撲過去，頓時被風劍刺中，碎裂成片，消失不見。

談寶兒對閃避況青玄的依風劍氣已頗有心得，又因爲四隻猛獸擋住了況青玄大部分攻擊的緣故，這一輪依風劍氣只不過有一道割到了他的表皮。

依風劍氣剛過，談寶兒甚至來不及喘口氣，虎獅熊豹猩五種猛獸便再次出現在他四周。這一次卻不是五隻，而是五隻又五隻，連續不斷地憑空出現，剎那間將四周的空間堆得密密麻麻，一眼望去，遮天蔽日，而眾人口鼻中都是腥氣，說不出的噁心。

談寶兒再也想不到牽機子這牛鼻子竟然有如此神通，他自不敢和猛獸硬拼，只能展開身法在群獸間閃避，但他御物之術不過初成，那野獸又多如牛毛，行動迅如閃電，其間更夾雜依風劍氣，如何躲得過去？片刻不到，他已是遍體鱗傷，鮮血淋漓。

眼見談寶兒如此狼狽，其餘諸人都感覺到自己的機會到來，紛紛前來搶功。便見凌步虛大笑道：「牽機道兒，你的野獸雖多，卻並不管用，且看我的九陰神蜈吧！」伸手從懷裏摸出竹筒來，揭去八卦符咒的木塞，念動咒語，一拍筒身，喝道：「去！」竹筒裏飛出一道烏光，隨即變成一條兩丈長的超大蜈蚣。

九陰神蜈飛出之後，隨即大嘴一張，噴出一口烏黑的血霧，那滿天的猛獸看到這血霧，滿臉都是懼色，但卻似乎抵抗不了血霧的誘惑，各自飛了過來。

九陰神蜈張口一吸，這些猛獸便都紛紛被牠吞噬掉。後面的猛獸見了更加懼怕，卻都撇下談寶兒，依舊前赴後繼，如飛蛾撲火一般飛了過來。

牽機子氣結，但卻知道這九陰神蜈的血霧是天下至陰，專汙一切咒法，正是自己這九靈召喚術的剋星，心中恨恨，無奈之下，只能念動咒法將滿天的猛獸都收了起來。

那九陰神蜈在吞噬了無數猛獸之後，身體頓時暴漲一倍，隨即發出一聲難聽的巨吼，張嘴朝著談寶兒猛撲過來。

在葫蘆谷的時候，談寶兒已經見識過這畜生的血霧，連仙豆神兵都抵擋不住，見牠撲來，哪裡敢怠慢，忙展開全身功力，朝著地上落去，只是他身體才一動，便已察覺到前方有上百道的空氣化作利劍刺了過來，知道是況青玄也已出手，心頭暗罵一聲卑鄙，卻只能硬著頭皮繼續朝下飛。

「啊！」被依風劍氣頓時劃過四肢，鮮血淋漓，談寶兒不由發出了一聲慘叫，但好歹是躲過了蜈蚣的飛撲。

但他才一落地，便聽見有五個聲音一起道：「來得好啊！這地面可是我們商山五皓的天下！陷地術，起！」

然後談寶兒便覺得腳下一軟，地面好似忽然多了一個漩渦，將他整個人朝地下拉扯。

「啊！」談寶兒幾乎是魂飛魄散，忙展開凌波術，借力飛射開去，雖然險險避過，那把上古神器匕首卻已被吸進地去。

他甚至來不及去看使招陰的是不是先前看到的那五個同門師兄弟，腦後身前又都是風聲銳響，依風劍氣和九陰神蜈同時殺到，只能展開凌波術閃避開去。

談寶兒的蹁躚凌波術比之他那半生不熟的御物術可是快了百倍不止，這一落到實地，便已快如閃電，依風劍氣雖快，九陰神蜈雖毒，卻也是難以近身。

唯一麻煩的卻是商山五皓的陷地之術，這五人同時發功，整個羽化臺上立時變得陷阱處處，但凡談寶兒一落地，腳下立時便有無形漩渦產生，拉拽著他陷入地面。對此談寶兒只能將凌波術發揮到極限，儘量使腳不沾塵。

這情景很像當日在「如歸樓」，談容面對謝輕眉的千山伏波陣時一樣，但伏波陣只是使地面變成水一樣軟，這陷地術卻是讓地面生出無形陷阱，並且伴隨有強烈的氣流漩渦，再加上幾乎是無處不在的依風劍氣和九陰神蜈，其中兇險實是勝過當日千倍。

唯一堪與比較的是，雖然被七個高手同時圍攻，談寶兒身上傷口越來越多，全身鮮血淋漓，但卻身法如電，七人根本沒有辦法將其一擊致命。

那老年書生和那中年和尚道：「圓圓大師，你看咱們需要出手嗎？」

圓圓大師笑道：「滄浪子，你又不是不知道，我白馬寺的門規是不准和人聯手攻擊落單的敵人，還問我做什麼？不過，你可是神州十劍之一，要是今日你們三把神劍都在，還被談容殺掉主公後從容逃走，傳出江湖可是天大的笑話，你也臉上無光啊。」

滄浪子嘆氣道：「正是因爲我是神州十劍中人，才不能隨便出手圍攻啊！不然即便是獲勝了，這傳出去也會讓人笑話的。」

忽聽旁邊那美女咯咯笑道：「你們男人真是好面子，又想當婊子又要立牌坊，天下哪裡有這麼便宜的事？」

圓圓大師撫掌道：「不錯，果然是這樣！媚兒姑娘，你沒有門規限制，又不想當婊子也不想立牌坊，不如這醜人就由你來做吧？」

媚兒咯咯一笑：「這談容如此英俊帥氣，我可捨不得出手要他性命，要不是因爲靈蠱的關係，說不定我現在都出手救他走了！」

聽到「靈蠱」這兩個字，滄浪子和圓圓大師頓時變了臉色。

媚兒見此冷笑道：「其實你們大可不必爲難，談容之前不慎被冰火雙尊重傷，現在又被這麼多人圍攻，已經是強弩之末，喪命不過是遲早的事，你們還怕無法對那人交代嗎？」

滄浪子和圓圓大師對望一眼，卻都是長嘆一聲，再沒有說話，紛紛將眼光望向了場中的談寶兒。

況青玄的依風劍氣簡直如同附骨之蛆，幾乎談寶兒身體每動一下，四周的空氣便會發生波動，氣機牽引下，劍氣便會割傷一處皮肉。

談寶兒被陷地術和九陰神蜈干擾，凌波術展開，太極禁神大陣便踏不出來，唯一能做的就是儘量避免被這些傢伙攻擊到要害，次要部位卻無法閃開了。

現在談寶兒一身白衣已經全變成了紅色，全身上下幾乎沒有一塊好的皮肉了，他每踏動腳步，傷口牽動下，血流如注，全身便是一陣劇痛，好像是被千刀萬剮一樣。

感覺出四周的依風劍氣越來越密集，九陰神蜈帶起的風也越來越凌厲，劇痛中的談寶兒心中充滿了絕望，心說罷了，一刀也是死，千刀也是死，何必受這許多痛楚？對不起了，若兒、蘭妹，還有老大、無法……咱們來生再見吧！

有了這樣的覺悟，在下一次依風劍氣和蜈蚣襲來的時候，談寶兒索性坐到了地面，再不躲閃。但就在他剛一閉眼，劍氣和蜈蚣要撲到他身上的一剎那，全身卻猛然紫光暴閃，一個巨大的紫色透明光球將他緊緊包裹。

劍氣擊中光球，如新雨打玻璃，發出劈里啪啦的一陣爆響，紛紛反彈回去；蜈蚣撞到紫光，則如觸電一般，怪叫一聲忙不迭地飛騰回去，而碰到光球的幾隻足上更是冒出了幾縷碧煙；至於商山五皓的陷地術引起的旋風，卻也絲毫不能吸引住光球分毫。

外界風雨飄搖，殺氣滿天，這光球之內，卻彷彿是雪中暖屋，亂世桃源。場中眾人見此，盡皆失色！這談容明明已經是殘燈晚照，怎麼一瞬間變得如日中天光芒萬丈？

談寶兒本來閉目在等死，聽見外界的異響，睜眼看見外面情形，驚喜之餘，卻也不由驚奇萬分。這種護身光球最早出現是在葛爾山脈腳下的時候，當時自己被若兒推到天河裏，之後就是在天姥城下，再之後便是上次在偷天大會，但前面兩次都是金色，第三次和這一次卻是紫色。

前面幾次都是一閃而逝，事後談寶兒仔細思考，卻一直不明白這玩意究竟是什麼。現在紫色光球再次出現，又是怎麼回事？

這個疑念才在談寶兒腦中一閃，耳邊便有個蒼老的聲音罵道：

「你個臭小子，死到臨頭，還有閒心管這閒事？」

「誰？」談寶兒吃了一驚，四處張望，卻發現自己身邊並沒有人。

那聲音怒道：「真是朽木不可雕，到這時候還問東問西的！別管我是誰！要想活命，趕快去中央那尊石像邊上去！」

「活命」這兩個字具有無窮的魔力，談寶兒不及細想，凌波術展開，身體掠起，朝著那尊九靈真人的石像飛了過去。

這本來是一個很普通的動向，但牵機子見此卻忽然想到什麼，頓時臉色大變，大聲叫道：「大家小心，快阻止談容靠近那石像！」說時咒語念動，頓時召喚出密密麻麻的猛獸將那石像圍了起來。

凌步虛和況青玄等人雖不明白爲何牵機子如此緊張，卻知必有緣故，又眼見談容身上光球如此怪異，一起點了點頭。

「千風聚劍！」況青玄大喝一聲，本來分散成千萬道氣流的依風劍氣在一瞬間合到了一起，形成一把無形有質的巨大風劍，朝著談寶兒猛劈下來。劍氣過處，堅石地面便形成了一道深深的凹槽，碎石跟著劍鋒推移，聲勢極是驚人！

「九陰神蜈，吐霧！」凌步虛也是一聲冷喝，伸手一點，九陰神蜈當即張開嘴，再次噴出了一口血霧，朝著紫色光球噴去。

要知道這種血霧雖然威力無比，但每噴一次，卻必然要耗掉凌步虛本身不少功力，並且事後無法恢復，這次可說是下了血本了。

商山五皓見此也不甘落後，五人對望一眼，齊齊一點頭，手掐靈訣，齊聲道：「起！」一道石牆，憑空從談寶兒飛行的路上冒了出來，隨即迅即長高，擋住他去路。

「大家不要玩命好不好？」看到這三組人馬各出絕招，聲勢驚人，談寶兒不由心膽俱裂，雙腳發軟。

「怕個鳥啊，衝過去！」那蒼老聲音在他耳邊一聲大喝。

誰怕誰是龜兒子，反正都是死，老子賭了！談寶兒一咬牙，當下完全無視四周的攻擊，一閉眼，義無反顧地繼續朝前猛衝。

幾乎就在談寶兒撞到石牆的瞬間，依風劍氣和血霧同時擊打在了他護身的紫色光球上，他頓時覺出全身一陣劇烈的搖晃，耳朵裏似乎聽到什麼東西破裂的聲音。

但這只是一剎那的事，下一刻依風劍氣和血霧都在一瞬間被反彈回去，而石牆已被他撞得粉碎，前方便是一群兇猛的野獸。

被重擊之後，紫色光球的亮度似乎受到了影響，但卻依舊無堅不摧，談寶兒閉著眼睛一路直衝過去，沿途猛獸一觸即飛，一撞就碎。

「到雕像前了，睜眼，出一氣化千雷，攻牠雙眼！」蒼老聲音忽然大喝。

談寶兒慌忙睜開眼睛，眼見前方就是九靈真人雕像，不及細想，定住身形，按照那聲音所說，運起全身僅存的真氣，左右手各出一指，兩道金色閃電不分先後，正中雕像雙眼。

蘊涵著巨大力量的閃電命中雕像雙眼之後，雕像的頭顱卻並沒有碎，反而是雙眼中金芒一閃，金色的光芒瞬間瀰漫全身，隨即整個雕像如陀螺一般旋轉起來，而一陣爽朗的笑聲也從雕像的嘴裏傳了出來，直接將談寶兒嚇得一下跳了起來。

「啊！」雖然早早想到這雕像肯定大有古怪，眾人見到如此詭異情形，卻依舊是大吃一驚。

牽機子臉色慘白，喃喃道：「這這怎麼……怎麼可能？沒有理由的！」

雕像旋轉的速度很快達到巔峰，便聽雕像嘴裏那笑聲陡然變成一聲大叫：「九靈歸位，大陣重啓！」叫聲未落，那尊雕像的嘴裏忽然飛出一道刺眼的碧色光芒。

碧光飛出之後，忽然一化爲九，九道細小的碧光在一瞬間變成了九個動物的形狀，依次是虎、豹、熊、獅、猩、牛、猴、蛇、龍。

九種動物，其中有八個隨即破空飛走，唯有那龍形碧光閃了一閃，隨即鑽入地面不見。

那八道碧光飛離飛龍峰，迅即分散，如八顆彗星，分別朝著九靈山其餘八峰飛去，而每一種動物正好對應相應的山峰，譬如豹形碧光所去的方向正是九靈峰之一的隱豹峰，而牛則對應牽牛峰。

幾乎是一眨眼的時間，八道碧光都已經分別　一到達各自對應的山峰，而所過之處，身後留下一道道巨大的碧色虹彩，將其餘八峰和飛龍峰聯繫起來。

下一刻，一道強烈的碧光從九靈真人雕像的頭頂沖霄而起，同時九靈山的九座山峰一起劇烈地顫抖起來，而那八道碧色和雕像上空的碧光會聚在一起，形成一個大得離譜的碧綠色光罩，將整個九靈山籠罩起來！

「這……這究竟是怎麼回事？」南疆王府眾人一起圍到了牽機子身旁詢問。前所未有的未知，讓他們覺得一陣恐懼和不安。

但牽機子現在卻有如癡呆，只是怔怔望著那碧色的光罩，嘴裏喃喃重複著一句話：

「不可能的，不可能的……」

眾人欲待再問，卻忽然發現腳下的土地開始顫抖起來，仔細一看，紛紛神色大變，一臉不可置信各自揉揉眼睛，再看時，卻發現自己並沒有看錯，然後所有的人都再說不出一句話來——

只見驚天動地的巨響聲中，群鳥亂飛，九靈山的其餘八座巨大的山峰，竟然一起拔地而起，朝著飛龍峰飛速移動過來。

那種感覺，彷彿那不是八座巨山，而是八隻風箏被八條綠線扯著，回到主人的手裏。直到此時，牽機子才反應過來，疾呼道：「九靈大陣發動了，大家快離開這！」說時自己率先召喚出一隻豹子，騎著破空飛去。

其餘諸人這時也紛紛清醒，各自展開飛行類法術，化作一片流星雨，離地而起。

但卻爲時已晚。這個時候，天空那個碧綠色的光罩彷彿一個鍋蓋，忽然按了下來。這一蓬流星雨撞到鍋蓋，直接如撞牆的蒼蠅，頓時隕落。

同一時間，八大山峰移動速度加快，在飛龍峰四周，形成一個圓圈，各自比肩相鄰，唇齒相依，形成一個密不透風的環形山脈。

南疆王府諸人被碧色光罩打落到地面之上，一個個都是面如土色，因爲他們發現這光罩的威力簡直是驚天動地，剛才那一撞，自己雖然見機早閃得快，但依然受了不輕的傷。最要命的卻是，被打落在地後，那光罩巨大的無形壓力已經讓眾人再也無法離開地面半寸。

所有的人都圍在了牽機子身旁，問道：

「牽機子，這究竟是怎麼回事？快告訴我們怎麼離開這！」

眾人期待的眼神裏，牽機子長長嘆了口氣，苦笑道：

「你們以爲我不想離開這嗎？但這九靈大陣乃是當日祖師爺九靈真人親自布下，以九大靈峰爲骨，天地靈氣爲基，祖師自己的金身爲引，一日發動，九峰合圍，形成一個巨鼎之形，以天地爲洪爐，但凡陣中之物，便如鼎中之食，只剩下被煮的份。只是祖師飛升之後，歷五百多年無一人可發動這陣法，是以本派歷代傳人都以爲這只是個傳說，萬萬沒有想到……」

牽機子的話沒有說完，但所有的人都明白他的意思，眾人對望一眼，除開牽機子，紛紛以畢生最快的速度衝向九靈真人石像旁邊的談寶兒。只要殺了談寶兒，這陣法自然立解。

但眾人剛一動，眼前景物已是一變，入眼處山峰連綿，雲海茫茫，四周只有自己一人，再也不知身在何處，一時驚到極處，再也不知該如何辦是好。

牽機子沒有動，但他也在同一時間落入到了和眾人一般的境地，眼前白雲蒼茫，大山如海，全然不知身在何處，該去何方。

牽機子臉上詫異的光芒閃了幾閃，隨即喜極而泣，雙膝跪地，雙手相合，虔誠謝道：

「多謝談施主手下留情！」

第四章　玄武神尊

飛龍峰上。

談寶兒在攻擊了石像的雙眼之後，立時發現了石像的異變，而他身上的紫色光球也在一瞬間消失得乾乾淨淨，再之後，便是山移地動的大變遷，九峰形成大鼎之形，再後來，眼前碧光電走，原先圍困著他的人獸畜生全部憑空消失不見。

談寶兒愣了半晌才算是回過神來，長長地吐了口氣，對那蒼老聲音道：

「多謝前輩救命大恩！不過，你怎麼知道這石像有古怪，一擊打雙眼，這些人就會消失？」

蒼老聲音哼了一聲，道：「九靈山九峰為一陣，名為九靈洪爐大陣，五百年前本尊就知道了。只是剛才為了救你這白癡，搞得我內傷加重，功力大減，不然我早已發動陣法的洪爐境，將凌步虛這幫蠢材給煮了，而不是現在這樣，只是用封魔境將他們暫時困住了。」

「他們被陣法困住了？」談寶兒大喜，一直緊繃著的神經終於得以放鬆，腳下一軟，一屁股坐到了地上。

但這一動，他全身的傷口也在這時候忽然疼痛加劇，直接痛得他齜牙咧嘴，一邊眼淚像天河決堤一樣狂流，一邊叫道：

「媽的，怎麼這麼痛啊，殺千刀的凌步虛，斷子絕孫的況青玄，還有冰火雙豬，哎喲，媽的……」

那蒼老聲音忽然冷喝道：「沒有用的傢伙，這麼點傷就這副表情，當年羿神大人被天魔亂刀分屍砍成三萬八千塊，也沒有叫一聲痛，你這膿包樣如何做他的傳人？」

談寶兒劇痛之餘也不管這老小子是自己的救命恩人，怒道：

「呸，那是傳說好不好？你這麼囂張，八千刀的零頭不說了，有種讓老子砍你三萬刀就好，你試試看你叫不叫痛？」

蒼老聲音淡淡道：「別說三萬刀，就算三十萬刀，你也傷不了我分毫！再說了，這一路上我救了你不下十次，你還來砍我，忘恩負義，禽獸不如！」

「救了我不下十次？」談寶兒愕然，隨即沮喪地點了點頭，「老小子，算你狠。沒有錯，剛才圍著我的人是有十人左右，一個人殺我一次就等於我死了十次，你不去做奸商實在浪費人才！」

「你個無賴！」蒼老聲音又是好氣又是好笑，「老子什麼身分？會和你一樣要無賴？你仔細想一想，當日在葛爾草原和葛爾山脈下，你遇見謝輕眉，兩人一交手，你險些跌倒，但一氣化千雷卻很巧地擊中了她的劍，並且擊傷她的腰，是不是？」

談寶兒道：「沒有錯！那又怎樣？」

「哼，你以為地上那石子是憑空就出現在你腳下的嗎？那還不是我用念力從旁邊移來的！不然，你以為天下有這麼巧的事嗎？」蒼老聲音冷哼，「大風城天牢之中，屠龍子那蠢材要將百年功力傳給你，你要是硬受，早已被真氣震得經脈盡斷而死！亂雲山上，你以為你當真憑你的膚淺功力就能呼風喚雨？寒山水月庵裏，你布下太極禁神大陣，困住了秦觀雨，她師父是何等樣人，你以為沒有我幫你掩飾行跡，你能瞞得過她的念力掃描？葫蘆谷中，你憑什麼從酒囊飯袋裏第一把摸出來的就是燎原符？馳江大壩上，你為何忽然就能使出嫁衣之陣逆轉偷天九老的真氣，一拳轟斷馳江大壩？秦州城外，你又憑什麼隨手一揚就打死了程雪松？今天在古長城上，你又為何忽然領悟了御物之術？」

這一連串的問題如連珠炮一樣轟了出來，直接將談寶兒驚得目瞪口呆。他根本無暇去思考為何這老頭竟然能懂得如此多的只有自己才知道的東西，心裏完全被老頭的問題本身所震懾住。對啊，自己怎麼沒有發現，為何自己從遇到老大之後，這一路下來，竟然有如此多的巧合，而且每一件巧合都是救命之舉？

那老頭根本不給他反應的機會，繼續發問道：「你這一路行來，先後冒充了談容、楚小魚和周叢，你以為別人都是白癡，你隨便就能蒙混過關？」

談寶兒聽得冷汗淋漓，這一路走來，自己以為每每行事全靠自己隨機應變鴻運齊天，卻萬萬沒有料到竟有這麼多的漏洞。巧合一次可以忽略，三次四次可以理解，但如果一路都是巧合，這其中就大有問題了。

那老頭見他不做聲，輕輕嘆道：

「人的運氣有好有壞，但大多時候，要依靠的卻不是運氣，而是自己的實力，沒有強大的實力，給你再好的運氣，到頭來也不過是害了你自己，就好像今日！」

這話直如醍醐灌頂，談寶兒心中一片冰涼，竟也忘記了全身的劇痛，雙膝跪地，磕頭道：

「多謝前輩指教！還望前輩不吝現出廬山真面目，好讓晚輩當面謝謝您！」

那老頭長嘆道：「我日日與你相見，你有眼不識泰山，卻又怪得誰來？」

談寶兒覺得頭前方似乎有什麼東西落地，輕輕抬起額頭，定睛一看，立時愣住，半晌做聲不得。

夕陽之下，一隻手掌大小的烏龜正昂著頭，一副拽得欠揍的神態看著談寶兒，但那龜殼上的花紋模樣，卻不是小三又是誰來？

愣了半晌，談寶兒伸出一隻手，去摸小三的頭，小三忙將脖子朝旁邊一扭，瞪著談寶兒張嘴道：

「住手，你個白癡！再亂動，小心我用一氣化千雷揍你！」聲音正和之前那一直在談寶兒耳邊盤旋的蒼老聲一般無二！

談寶兒嚇了一大跳，向後一個踉蹌，倒退出好幾步，隨即大笑著搖頭道：

「不可能，哈哈，不可能，一隻烏龜怎麼會說人話的？老子一定是在做夢！」

「轟！」小三一抬前邊的獨腳，　道紫色的閃電憑空落下，正好砸在談寶兒頭頂。青煙冒起，談寶兒的頭髮頓時亂如雞窩，一張臉也變得黑如焦炭。

「哼，現在天都還沒有黑，就想做夢，真是欠扁！」小三人立而起，獨手甩了甩，「怎麼樣，我的一氣化千雷是不是比你厲害？」

「厲害，厲害多了！」似欲裂開的頭痛讓談寶兒終於確定自己不是在做夢了。

小三見此搖搖頭道：

「好了，我知道你有很多問題要問，你先取出靈藥將你的傷治好，再慢慢問我！」

「是！」談寶兒總算接受了小三是一隻會說話、會法術的超級神龜的事實，立時變得唯命是從。

他伸手從酒囊飯袋裏取出若兒給的金瘡藥，正要擦卻被小三喝住：

「蠢材，我要你用的是靈藥，你將這破爛拿出來做什麼？」說時牠龜手一招，酒囊飯袋便自動飛到了牠身前。

「嘎嘎拉西多多兀個！」小三大聲一叫，然後酒囊飯袋裏的東西便一件件迅疾飛了出來，堆得一地都是。

小三獨手一揚，一團黃黃的東西，便飛一樣落到了談寶兒身前，後者伸手接過，細細一看，卻是吃了一驚：

「這個……不是您拉出來的黃金嗎？這難道也是靈藥？」

「你個白癡，一天到晚眼裏就只有金銀美女！」小三搖頭嘆氣，一副人類長者的模樣，「這是羿神大人獨門的神靈膏，專門治療皮肉之傷，你用聚火陣將它熔化成膏狀，塗抹一點點在傷口處，傷口便會自然痊癒！你自己塗吧，我老人家去吃點東西，一會兒塗好了再來找我！」說完從地上撿起一塊談寶兒昨晚裝在酒囊飯袋裏的牛肉，自去一邊吃了個不亦樂乎。

談寶兒將信將疑地把那塊黃金撿起來，放到掌心，聚出一團火，只燒了一下，那金塊果然就軟成了膏狀，伸手朝手臂上被依風劍氣劃傷的一個傷口塗抹起來。

塗好之後，傷口處立時閃過一道金光，再看時金膏消失，而那道細長的傷口也已消失，再無半點疼痛，此外更連疤痕都未留下一條。

談寶兒驚喜交加，當即再不客氣，將那黃金軟膏朝著身上的傷口放肆塗抹起來，看得旁邊的小三驚呼不已：

「你個敗家子，一個傷口少塗點！老子要三個月才能拉這麼多出來！你以後要受的傷還多著呢！」

談寶兒這才懂得珍惜，小心翼翼地使用這黃金軟膏起來。傷口塗抹完畢之後，全身的疼痛便已消失不見，肌膚也就完好如初了。

「過來坐下吧！」小三搖搖獨手。

談寶兒點點頭，走過去坐到了小三的旁邊，伸手拿起一隻雞腿和一瓶酒，一邊吃喝，一邊問道：

「我說小……嗯，那個神龜前輩，你老人家到底什麼來頭？」

小三搖搖龜頭，嘆了口氣，道：「本尊名叫萬相神龜，昔年羿神大人在世的時候，曾給我賜名叫玄武神尊！」

「萬相神龜，玄武神尊？老實說，我好像沒有聽過！」談寶兒摸摸腦袋，隨即他的眼珠子卻定住了，「等等老大，你說你這玄武神尊的名字是羿神給取的，這太扯了吧？」

小三冷哼了一聲，並不開口，似乎對這樣白癡的問題不屑回答。

談寶兒討了個沒趣，自嘲道：

「好好好，算本將軍的問題沒有水準。那神龜前輩，你總得告訴我這究竟是怎麼回事吧？你到底是從哪裡來，這一路爲何表面在那裝可愛，暗地裏卻不遺餘力地幫助晚輩，有沒有不良企圖，這一大串的謎團，您都一一解釋一下吧！」

小三又吃了一口牛肉，緩緩道：

「話說起來就長了。作爲神魔兩陸的最高信仰，從五千年前開始，天魔和羿神的鬥爭就已開始。神魔之戰一直持續了一千多年，到最後羿神終於獲得了勝利，將天魔殺死，要命的是，天魔雖然死了，但他的力量卻並不能消滅，羿神只能將他封印在魔陸的魔神廟裏。同時羿神本人經歷過這場惡戰，也已精力耗盡，不得不自我封印，恢復功力。爲了防止天魔力量忽然甦醒，無人能制，羿神便留下了這枝羿神筆，將他畢生的武術心得封印在內，傳留後世，以對抗天魔的傳人！」

談寶兒聽得大搖其頭：「這不會又是一個救世主的故事吧？」

小三轉動小如米粒的眼珠，白了他一眼，沒有好氣道：

「誰說要你做救世主了？承載著天魔力量的天魔舍利現在還好好地在魔神廟裏呢。再說，就你這德行，自救都不能，還救別人！」

「哈哈，生我者父母，知我者小三也！不枉跟了我這麼……」談寶兒說得興起，便習慣性地要去摸小三的頭，碰到後者冰冷的眼光，不得不尷尬將手縮了回來。

小三嘆了口氣，道：「本尊乃昔年羿神座下四大神尊之一，羿神自我封印之後，本尊一直在北溟閉關修煉，萬萬料不到你這傢伙無意之中竟然使出了畫龍召喚術，被你強行召喚過來，我看我們頗有緣分，便一路暗中照顧你，這下你都明白了吧？」

「不明白，什麼叫畫龍召喚術？」

「你聽說過畫龍點睛的故事沒有？」

「聽過聽過，說是遠古的時候有個人在牆上畫了一條龍，點上眼睛後這條龍就變成真龍活了，破壁飛走……」談寶兒說到這裏沒有再說，因爲他已經發現這個故事和小三的出現是如此的相似。

小三道：「那枝畫龍的筆其實就是羿神筆，至於那條龍，就是四大神尊之一的青龍神尊。事實上，畫龍召喚術就是將真氣注入羿神筆中，通過羿神筆溢出的黃金顏料來畫東西，只要你畫的形象，和羿神座下的神兵、神將、神尊，甚至是次神，有七成相似，就能將他們召喚過來，幫你的忙！」

「真的嗎？」談寶兒大喜，「那是不是說，以後我可以召喚無窮多的神兵來幫我殺敵？」

小三不屑道：「蠢材，黃金顏料的出產比神靈散還要少，你要召喚神將幹什麼，仙豆神兵的威力你又不是沒有見到，菜得很。」

「對對對！」談寶兒大喜，但他想了想，忽道，「爲什麼要召喚神將？我直接召喚神尊或者次神好了！哈哈，再召喚一個像您這樣的神尊出來，那老子可就天下無敵了，見誰滅誰！」

「白癡就是白癡！」小三直接扔了一個白眼過去，「你以爲神尊和次神是你想召喚就能召喚得出來的？自從羿神自封以後，所有的次神和四大神尊其餘三個就也都歸隱修煉去了，只有我一個命苦的受命還處於問世的狀態。那天也不知道你這個混賬忽然發什麼神經，居然在水邊作畫，而且一畫居然是三隻足，這才將本神尊給召喚了過來！」

談寶兒笑得嘴再也合不上來了：「沒想到老子無意中的舉動居然暗合天意，哈哈，小……神龜前輩，這也是咱們有緣的不是？」

小三很鬱悶地瞪了某人一眼，最後無可奈何地接受了這個事實：「好吧！就當是咱們有那麼點孽緣吧！你以後也別叫我前輩，還是叫小三吧，聽著順耳些！」

「哈哈，多謝小三，這才是我的好兄弟嘛！」談寶兒喜道，話一出口卻又後悔了，心說老子和一隻王八稱兄道弟的，我自己豈非也是王八了？

小三卻沒有聽到他心中所想，聞言嘆氣道：「老子的年紀幾千歲了，做你祖宗都做得了，卻沒有想到會和你這白癡稱兄道弟的，真是冤孽！」

一人一龜將話一說開，關係便又改進了不少。談寶兒便問為何小三總罵自己蠢材白癡，後者氣得獨手亂顫，指著談寶兒道：

「你還好意思問！歷代羿神筆傳人中，數你天賦最高，學東西最快！但你會學不會用，不是蠢材是什麼？你所學會的凌波之術和一氣化千雷，談容憑此已可在百萬軍中取主帥首級，而你更多了屠龍子教你的陣法，這一路上卻多次歷險，每次都要靠我暗中救你，在剛才更是在有御物術和吸風鼎的情形下，差點被一幫白癡弄得險些喪命，羿神大人要是知道有你這樣的狗屁傳人，不氣死才怪了！」

談寶兒尷尬一笑，死皮賴臉道：「這不是還有小三你嘛！有你這神尊在我身邊，那還不是無往而不利，哪裡需要我親自動手？」

小三冷笑道：「你就做夢吧！本神尊除開本識能力，其餘大多法力也都被羿神封印起來了，之前之所以能多次救你，靠的就是當日屠龍子傳遞過來的百年功力，但因爲我身體裏不能存儲這種低級的法力，用一次少一次，這次發動九靈大陣後，已是耗去大半，所剩的也是來日無多！」

「用一次就少一次？你之前有用過嗎？」談寶兒大奇。

小三氣不打一處來：「你個蠢材！亂雲山呼風喚雨也不說了，就說在偷天大會上你以一敵九，嫁衣之陣沒有我灌注真氣給你，你能發動出來？剛才你又以一敵七，要不是我暗中發動渾圓神光罩，你以爲你能活到現在？」

「渾圓神光罩？」

「就是紫色光球了！這也是羿神大人的獨門法術。只要修煉羿神訣的人遇到危險時，本身真氣自然會放到體外，形成光球，抵擋一切攻擊！你之前落水和在天姥城身上都放出了金色光球，就是渾圓神光罩的自然反應了！」

談寶兒這才明白過來，原來一切之事絕非僥倖。

這時小三已經將牛肉吃完，搖搖頭道：「好了，今日天色也不早，解謎到此爲止，有問題明日再問！你先睡一覺恢復下功力，明日本尊再教你怎麼出山。」說完再不理談寶兒，龜肚一翻白，靠著九靈真人的雕像便睡了起來。

談寶兒這會兒也酒足飯飽，便也一頭倒在地上，呼呼大睡起來。

這一覺卻足足睡到了次日正午。

談寶兒在夢中踏了一晚上的圓，睡醒之後，發現自己功力完全恢復並且似乎還大有長進，大是高興。四處看看，卻發現九峰依舊圍成鼎形，整個羽化臺上並無一人，也不見小三。他吃了一驚，忙下臺去找，卻看到小三在臺下對著太陽在那裏吐氣吸氣，一連串的五彩氣泡在牠嘴裏進進出出，很是好看。

他好奇心起，不由問道：「小三，你這是在做什麼？」

小三將氣泡收回體內，淡淡道：「這叫吐納之術，你現在還不能修煉。我們時間不多，先不說這個，我現在教你真正的一氣化千雷，你看好了！」說完龜身憑空飛起，三隻足裏同時射出一連串的紫色閃電，在空中交織成網。

談寶兒初時見這些閃電除開顏色之外，和自己發出的一氣化千雷並無任何不同，正自不解，卻發現這些閃電並非如自己所發的只有雷霆萬鈞這一種，而是氣象萬千，溫柔處如和風拂柳，剛猛處如開山劈石，迅疾處如白駒過隙，緩慢處卻又如蟻爬蝸行……

再細細一看，卻發現這成千上萬的閃電竟在互相攻防。或者是幾道合力圍成一個大圓，被十餘道如流星之雨的圍攻，又或者平平常常的一道，如起於青萍的微風，卻能讓上十道如雷霆萬鈞的攻勢化爲烏有！一時又驚又喜。

談寶兒學成一氣化千雷之後，便只懂得發射閃電攻擊敵人，越快越好，卻從來沒有想過一道閃電出去還能憑空分成幾十道，而幾十道先後發射的閃電也能組成各種各樣讓敵人無法可逃的陣形，只看得如癡如醉，手舞足蹈間體內真氣流轉，金色的閃電便也憑空發出。

紫色閃電並未立時消失，最後在空氣中形成了一個巨大的電球，各式各樣的閃電形狀便在裏面攻擊，每一道都呈現完全不同的形態，或者是斧鉞鉤叉刀槍劍戟等十八般兵器，又或者是雞羊豬狗等動物，並且瞬息萬變，包羅萬象。

電球形成之後，小三便住手不再施射，回頭對談寶兒道：

「你看好了，一氣化千雷的真諦，關鍵就在一個『化』字上，一道電可以化上萬種不同形態，但萬變不離其宗，說穿了也就是『剛柔』二字。你以前沒有學御物術，所領悟的便只有剛電，沒有柔電，是以無法發出真的一氣化成千雷，現在我教你柔電的方法。聽好了，閃電出指之前，記得附注念力，那麼閃電射出之後，快慢轉折便可完全由你心意……」

說完柔電的釋放之法，然後小三細細解釋了如何剛柔並濟，讓剛柔兩電彼此配合才能釋放出殺傷力巨大的閃電陣，只聽得談寶兒喜不自禁，趕忙操練。

一時間，整個羽化臺上，只見電光縱橫，絢爛奪目。轟鳴的巨雷聲在九峰間激蕩，引起更大的回鳴，直震得天地變色。

但閃電至剛至快，操練起來很是困難。談寶兒從中午開始，一直練到晚上，才算是勉強練成柔電，至於剛柔並濟，那是想也不用想了。

休息一夜，次日再練，足足一日，談寶兒才算學成剛柔並濟，開始左右兩手分別放出不同的閃電變幻陣形互相攻擊，一時樂趣大增。

這日晚間，吃過晚飯之後，談寶兒便要睡覺，卻被小三叫住：「你光是練，沒有實戰，將來遇到高手還是只有挨打的份。我送你去見冰火雙豬那兩個蠢貨，你和他們切磋一下吧！」說完手一揮，談寶兒便見碧光一閃，眼前景物已是大變。

眼前再不是石臺，而是一個山谷，山谷之上有一山峰，看其形狀卻是九靈山九峰之一的白虎峰。

談寶兒正自奇怪自己怎麼到了這裏，卻發現山谷拐角處走出兩人，正是失蹤兩日的冰火雙尊。

冰火雙尊也同時發現了談寶兒，兩人一起叫了起來：「談小子你來得正好，快放大爺們出去！」說時一起撲了上來。

談寶兒嚇了一跳，忙道：「不要上來！」手腕一抖，兩道金色閃電已是隨手甩出。這兩日他修煉柔電有成，這一脫手兩道閃電便不是疾電，反是兩道慢如蟻爬的柔電。

冰火雙尊見此大奇，對望一眼，哈哈大笑道：「小子你這是哪裡弄來的毛毛蟲，怎麼還會閃光？」同時伸手去抓，但才一握住，便聽見「滋」的一聲，那毛毛蟲猛如鞭炮一般炸開，化作幾百道細微電光，四處亂濺射。

「哎喲！這毛毛蟲古怪，會咬人！」冰火雙尊慘叫一聲，慌忙鬆開，但兩人卻各有一隻手被炸掉好幾根手指，一時怒氣沖天，齊聲道：「敢暗算你爺爺，找死啊！」一左一右，手指連點，一冰一火兩道焰劍直取談寶兒。

談寶兒一擊建功，不由信心大增，叫道：「來得好！」左手食中兩指發出兩道疾電，正好擋住冰火雙劍，四道絢麗光華立時消失，隨即右手一動，四道閃電反攻過去，冰火雙尊大驚失色，慌忙出劍相抵擋。

一時只見冰火縱橫，電光馳騁，好不熱鬧。

談寶兒以前發放閃電並無章法，只是看到敵人就釋放，這兩日除了和小三學了閃電的剛柔變化外，還明白了章法的重要。這就好像一個武林高手以前空有利劍，卻只懂得直刺，現在卻明白了這劍要刺得有快有慢，此外還有角度和勁力的大小以及起合轉承，簡言之就是學成了劍招。只是閃電迅快，再加上可分可合，又有柔電這一變數，其中的變化實是浩如煙海，而變化本身更是難有痕跡可循，防不勝防。

冰火雙尊的冰火雙劍本是以凝聚天地間的水火元素爲劍，快捷異常，但談寶兒適應了閃電的疾速狀和其蝸牛狀，對其餘速度便有登泰山而小天下之感，再加上凌波術的快捷，躲避起來也是遊刃有餘。

三人一鬥起來，談寶兒一上來就搶攻，直接將一氣化千雷的變化無方發揮了出來，所有的招式變化便如長河之水天上來，永無重複，永無窮盡，而冰火神劍攻守兼備，冰火雙尊一看勢頭不對，忙轉攻爲守。

但此刻談寶兒的一氣化千雷卻是有御物術統領，可剛可柔，可快可慢，實是當世第一等的神奇劍法，防守倒罷了，一旦攻擊起來時而如雷霆萬鈞，時而微風細浪，鬥不多久，便硬生生逼得冰火雙尊露出了破綻，一縷柔電便趁勢溜了進去。

「哎喲！」柔電正好擊中火尊未受傷的左手，真氣便再也發不出來，空氣中的火元素便再也無法聚集，剩下冰尊單獨抵擋，頓時左支右絀。

談寶兒見此大喜，喝道：「受死吧！」說時十指一起發出閃電，十道閃電合成一道狂電，朝著冰天尊布在身前的寒冰護盾重重轟擊上去。

「啊！」談寶兒這一擊使出，尚不見結果，卻發現眼前景物又已是一變，細看時，自己又已回到飛龍峰羽化臺上。

看到小三在九靈真人雕像下，談寶兒興高采烈地跑了過去，興奮道：

「哈哈，小三，我剛才將冰火雙尊那兩傢伙打得毫無還手之力，我厲害不厲害？」

小三沒有表情地看了他一眼，淡淡道：「一氣化千雷乃是羿神不傳秘學，你學成了要是連兩個蠢貨都對付不了，不如躲進廁所自宮算了！」說完再不理他，徑直睡覺去了。

談寶兒心情大暢，也不和牠計較，自己得意一番，細細揣摩一番今日心得，更覺獲益匪淺，不時入睡，當夜玉洞中閃電縱橫，那諸多變化，剛柔組合更加一一牢記。

次日早上，一人一龜吃過早餐，小三對談寶兒道：

「你將落日弓拿出來！」

「哦，好！」談寶兒想不通這位神尊大人又要做什麼，卻還是答應下來。昨天晚上，小三已經教過他如何從酒囊飯袋裏取東西不用按照次序，這一念動咒語，一試之下，落日弓果然從酒囊飯袋裏瞬間轉移到了手中。

小三道：「我們下臺去，你朝著羽化臺射一箭！」

談寶兒點頭，到了臺下，便要取箭，卻被小二叫住：

「把箭囊丟掉，以後你都用不著它了！你射空弦的吧！」

「哦！」談寶兒答應一聲，將箭囊扔掉，將弓引滿，朝著地面一放，一道無形箭氣應手飛出，羽化臺石壁上頓時形成了一個巨大的深坑，沙石分濺，煙塵飛舞。

談寶兒正有些得意，卻見小三搖搖頭道：

「你果然是個蠢材，一點也不懂得控制力量，我教你個法子，你記住了，你拉弓的時候，用念力將真氣會聚到拈弦的兩根手指中間。記住是一點，不是整張弦！」

「明白！」談寶兒點點頭，之前在講　氣化千雷時，小三已經教過他如何用念力控制真氣，當即如法炮製將真氣聚於兩指間，然後鬆弦放出。

「咻！」這次只是發出了一聲輕響，談寶兒跑過去一看，只見牆壁上只有一個食指粗細的小孔，但卻深不見底，很是恐怖，一時驚異不已，回頭去看小三，後者第一次點了點頭，道：

「孺子可教！不過你要記住，這念力控真氣，絕對不止做到這樣，你可以試試用意念將真氣布滿弦的不同處，那你射出去的無形之箭就不會只有一支，而是無數支，要分成幾箭，全憑你自己的心意！」

談寶兒驚喜交集：「你的意思是說，這一把弓甚至可以同時射出上萬支箭了？」

「這有什麼稀奇的？當年羿神大人憑藉此弓甚至射出過九百萬支箭，射落了九個太陽呢！」小三撇嘴。

「啊！這落日弓也是羿神的嗎？等等不對，我記得傳說裏，羿神射下九個太陽應該是只用了九支箭啊？怎麼成九百萬了？」談寶兒驚愕至極。

「那九支箭，任何一支其實都是百萬支小箭會聚而成的……夏蟲不可語冰，現在說了你也不懂，你將來自己會明白的。」小三搖搖頭，小小的眼珠裏竟然流露出一種悵然的神色，「其實這落日弓並不僅僅是可以射無形之箭。」

「還有什麼？」談寶兒更加好奇。

初升的朝陽，照到羽化臺下，投射出一個四四方方的陰影。

小三現在不巧就站在這個陰影裏，這使得這隻神龜看起來很有些詭異，但這遠遠不及牠所說的話詭異程度的萬分之一：

「天地萬物，無一不可爲箭！」

談寶兒大聲叫了起來：「大家兄弟一場，你還給我玩玄的？」

小三龜頭亂搖，最後嘆道：

「你這小子什麼都好，就是讀書太少。給你說個例子吧，你不是會蓬萊的聚火之陣嗎？你現在將真氣按照聚火陣的排列給我放到弓弦上去，然後射出去！」

「這樣會有什麼用？」談寶兒滿是狐疑，卻還是照做，默默用念力將真氣散布到弓弦上，然後一箭射了出去。

「啊！怎麼會這樣？」談寶兒驚呆了。

這幾道真氣射出去後，一開始也只是尖銳的破空聲，但等這幾道真氣落到石壁上時，那石壁卻在一瞬間燃燒起來，雖然火勢很快熄滅，但卻也在上面燒出了一片烏黑的焦痕。

「爲什麼不可以這樣？」小三搖搖頭，「陣法的真諦是什麼？不過是通過萬物的組合，引導出天地之間的力量爲己所用。這一箭射出去之後，真氣的組合位置依舊是一個聚火陣的形狀，那麼能聚集出一團火也是完全可以理解的了！」

談寶兒本是聰明人，想了想便也明白過來，點了點頭。

小三見此又道：「除開陣法，符咒其實也是可以射的，不過這個你都還不會，以後慢慢琢磨吧！你目前最實用的是射閃電！」

「射閃電？」談寶兒剛剛一發愣，眼前景物卻又已是一變，定神一看，自己所在的地方卻是一個石臺，石臺的對面約莫十丈左右，正站著一個人，仔細一看，身形竟似前幾天在羽化臺見到的那個美女媚娘。

談寶兒還沒有反應過來，耳邊便傳來小三的聲音：

「小子你記住了，這女人的獨門法術叫千嬌百媚術，一丈之內，你的念力不是她的對手，你要不想死，最好別讓她走到你身邊！」

小三話音剛落，媚娘便已經發現談寶兒，愣了一愣之後，臉上頓時綻放出了笑容：

「喲！我當是誰呢，原來是將奴家困在這的談大將軍，這第三天了，你才來找我，小冤家你好狠的心啊？」

也不知為何，看到這女人的笑容，談寶兒竟然覺出腦袋有些昏昏沉沉，全身無半點力氣，腦中閃過小三的話，再不敢怠慢，拉弦開弓，按照一氣化千雷之法將真氣運至拉弦的五指上，猛地一聲大喝：

「開！」

「嗡！」弓弦震動，五道閃電迅疾被射了出去。

談寶兒只覺得眼前一花，尚未看清楚怎麼回事，便見媚娘一聲慘叫，整個人已經被震得倒飛出去，撞到崖上，身體陷了進去，四肢上都多了一個小小的焦孔，正向外冒著青煙。

談寶兒吃了一驚，卻發現眼前景物又已是一變，再次回到了羽化臺下。

只見小三嘆了口氣，道：「你人雖然笨了些，但悟性果然是歷代羿神筆傳人中最高的，矛盾啊！」

談寶兒對此嗤之以鼻，但因爲剛剛領悟了用落日弓射閃電，會比單純的手指發電速度快十倍不止這個道理，心中興奮，卻也懶得和這老王八計較。

小三看看天色，心中默默計算一番，對談寶兒道：

「我用九靈大陣將南疆王府的高手分別困在了這九峰之中，本來希望你能將他們都依次挑戰一遍，以增加你的實戰經驗，但現在時間來不及了。我現在傳你最後兩項法術，羿神的三頭六臂術和我的本識法術一法萬相！」

「三頭六臂？一法萬相？」談寶兒如聽天書。

小三道：「三頭六臂之術，簡而言之，就是可以讓你在一段時間內具有三個頭，六隻手臂，會占很多的便宜，這個法術的威力極人，但修煉起來其實甚爲簡單，我現在將心法咒語傳你，你試試……」

小三將心法和咒語說完之後，一面仔細講解，一面讓談寶兒用心記憶。

足足過了半個時辰，談寶兒終於明白了一些：「原來這三頭六臂之術，其本質就是一個分心三用之法，但那多出來的兩個腦袋和四隻手是怎麼長出來的？」

小三搖搖頭，身體一晃，談寶兒只覺得自己眼前一花，再看時，小三的龜頭已經有了三個，彼此呈三角之形，各顧一面，而身體上也陡然多出了四隻手。

這個狀態維持了約莫十秒鐘，小三的三頭六手各自扭動，幻影似的一疊，三頭合一，六手歸單，再次變成了一隻三足龜。

談寶兒愣了半晌，忽然大喜道：「太好了！」

小三也是一喜：「你這麼快就領悟了？」

「對對對！」談寶兒點頭不迭，「小三，你真不愧是我的好兄弟，還有那個什麼相什麼的，一併教給我吧。」

小三輕笑道：「好，現在我給你說最後一項，也就是一法萬相之術，這種法術，之前我已施展過很多次了！」

「很多次？」

「不錯！」小三點點頭，「你這一路行來，先後扮了談容、楚小魚和周叢，接觸到的人

數不勝數，你知道爲什麼他們都沒有識穿你的真實身分？你機智應變是其中一個原因，但最主要的還是我在暗中用一法萬相之術助你！說簡單點，一法萬相是一種精神術，可以影響和你接近的人，使他認爲你和他自己記憶中的人完全一樣。」

「啊！原來如此！」談寶兒恍然大悟。其實這一路行來，他也奇怪自己的運氣未免有些太好，自己扮誰就是誰，原來這暗中是有貴……貴龜相助啊！

這一法萬相，雖然也是精神術一類，但和御物術卻是完全不同的路子，其中更是牽涉到對他人的記憶挖掘和精神模糊，又要做到神不知鬼不覺，來去不留痕跡，總之複雜到了極處。小三講了許久，談寶兒依舊沒有聽明白。

眼看日已正中，小三點點頭，對談寶兒道：「你暫時將心法記住吧，是時候了，你跟我上羽化臺來！」

兩人上了羽化臺，小三念動一個古怪咒語，隨即龜手朝地面一指。一道紫光射出，地面應勢裂開，立時，千萬道彩光暴射出來，隨即一個青銅巨鼎從地底升了出來。

小三將那鼎接住，念動咒語讓其變小，遞給談寶兒道：

「這是上古九鼎中的洪爐鼎，其屬性是火，功能是煉製法器丹藥，你好好保管，不可讓它落入魔人之手，否則你就是神州的千古罪人！」

「千古罪人？那我不要！」談寶兒嚇了一跳，「既然這鼎如此重要，你把它取出來做什麼？放回地面吧，哦對了，我還有個吸風鼎，你也拿去吧！」

小三喝道：「住口！你以爲我爲什麼教你法術？就是爲了讓你有能力守護九鼎！神州九鼎本來是禹神奉羿神之命所鑄，鑄成後散布於神州各地，共同組成了九鼎大陣，鎮壓妖魔，守護神州百姓安危。只是不知爲何魔人竟然發現了九鼎之陣的漏洞，潛入神州奪取九鼎。因爲救你發動九靈大陣，九靈山中的守護結界已盡毀，那這洪爐鼎也難保不被謝輕眉發現，所以還是由你保管安全些！明白了沒有？」

「明白！」談寶兒無奈接過洪爐鼎，忽然想起一事，「這鼎你自己守護不是更安全些嗎？」

小三搖頭道：「我是因你畫龍召喚術召喚而來，所能幫助你的最長時間就是三個月，今日正好期滿，自然是要回歸北溟洞府。神州九鼎不能離開神州，否則大陣便會被破！」

「這樣啊……」談寶兒呆了一呆，忽然咧嘴一笑，「沒事，你現在回去吧，我過會兒再用神筆將你召喚過來就是！」

小三搖頭道：「不行的！我這次在地面停留三月，法力大減，很長一段時間內是無法回應你的召喚了。今後你就一個人乖乖的吧，來日有機會你來北溟找我就是！」說到最後一句，

物語調裏也滿是悲戚。

一路行來，一人一龜之間已是大有感情，談寶兒想起這就要和牠分離，不由黯然神傷，更念及小三暗中照顧自己的種種好處，一時感激一時不捨，更增傷感，淚水不由奪眶而出。

小三見此罵道：

「又不是生離死別，你哭個什麼？扭扭捏捏的，女孩子一樣，好不討厭！好了，我現在送你出陣，之後我自己也要回北溟去了，九靈大陣三日之後自動撤銷，九峰歸位！對了，這尊九靈小兒的金身你也拿去，煉藥可是大好的材料！好了！再見！」

「等一下……」談寶兒剛一大叫，眼前景物卻已是一變，再細看時，眼前青磚殘牆，自己卻已經在南疆古長城之上，身邊還有一尊石像，卻正是九靈真人的金身。

談寶兒看遠處九峰圍成鼎形，上方更有碧光籠罩，紋風不透，自己既然被陣法大力送出來，沒有小三的允許，自是再也進不去了。

一念至此，他長長嘆了口氣，將九靈真人的金身收進酒囊飯袋，朝著九峰拜了一拜，在城牆邊折下一根樹枝，展開御物之術，朝秦州飛去。

剛飛出沒有多遠，前方忽然出現一小隊騎兵，細細一看，盔甲竟與金翎軍一般無二。談寶兒又驚又奇，心說：朝廷的軍隊什麼時候已經渡過蒼瀾江了。

他凌空飛了過去，擋在騎兵隊伍之前。眾騎士看見有人從天而降，都是嚇了一跳，各自一帶馬韁，然後同時從背上取下長弓，一起鬆弦，頓時一蓬箭雨朝著談寶兒疾射而去。

談寶兒眼見箭雨臨體，卻也不躲閃，念力發動，那一蓬箭雨便在快碰到他衣服的時候靜止不動，隨即他袍袖一甩，大喝一聲：「去！」百來支箭頓時倒轉箭頭，一起反射回去。

「啊！」眼見那箭雨反震回來又快又疾，眾騎兵紛紛不由發出了一聲驚呼。

但這聲驚呼尚未落下，那上百支箭卻同時起火，在堪堪接近眾騎身前時被燒成了灰燼，落到地面。

「是統領！」談寶兒落到地面時候，終於有人認出了他，大聲叫了起來。

其餘士兵見了，一起發出一聲歡呼，紛紛下馬，上前屈膝行禮道：

「參見統領大人！」

談寶兒見到是朝廷的軍隊，而且還是自己人，也不由一陣歡喜，笑道：

「大家都起來吧，說過多少次了，別動不動就亂彎膝蓋。」

眾人依命站起，一個個望著談寶兒都是興奮不已，其中領頭的百夫長激動道：

「統領大人，你可算是回來了，你要再不現身，秦總督大概要找開山隊硬挖九靈山了！」

談寶兒認出那百夫長叫王動，以前一起喝過酒的，於是笑道：

「王動你小子喝多了是不是，說話這麼誇張，我不過消失幾天，老秦至於這麼緊張嗎？」

王動笑得有些曖昧：「因爲有人緊張了，秦總督想不緊張都難啊！」

談寶兒知他說的是若兒和楚遠蘭，心頭湧過一絲暖意，笑了笑，道：

「我走之後，都發生了什麼事情？怎麼你們都過河了？」

王動道：「統領你是不知道了，你去赴宴之後，當日未歸，公主殿下擔心不已，當即命令秦胡兩位總督帶兵過河救你。兩位總督都有些猶豫，咱們金翎軍眾兄弟的命都是你救的，當即就向公主殿下請命做先鋒過河，兩位總督便再不敢推辭，各自帶兵跟上。」

談寶兒聽到這裏不由一陣感動，南疆尚有六十萬帶甲士兵，金翎軍卻只有五千，這些人完全不顧就衝了過來，心中對自己這個統領可是看得比自己性命還重了。

卻聽王動又道：「哪知我們先鋒營過河，便遇到南疆的亂軍，一個個喪魂落魄，被我們輕易打敗。抓了俘虜一問，這些人說九靈山九峰不知爲何合圍成鼎形，山頂更有碧光籠罩，而你和賀蘭耶樹以及南疆王府的精銳都被困山中。公主殿下知道消息，和楚姑娘山下山上地找了一夜，卻沒有發現入山的路口。最後還是楚姑娘見多識廣，認出這九座山峰組成了一個古代的厲害陣法，公主便讓秦總督全面負責這邊的事情，她和楚姑娘親自前往東海找蓬萊羅掌門前來解陣救你！」

「她們去了東海？」談寶兒吃了一驚，「走了幾天了？」

「已有三日。」

「三日！」談寶兒心頭不由一涼，心說：老子就算騎黑墨過去也追不上了，更有可能是她們兩人已經將黑墨給騎走了。

想到這裏，他忙道：「讓兄弟們飛鴿傳書過去，通知公主和楚姑娘回來。」

王動面有難色道：「公主和楚姑娘是買的小船，順天河水東去，速度一日千里，信鴿到達沿途州府的時候她們早已過去了！」

說完之後，他見談寶兒面有憂色，忙又安慰道：「統領放心，楚姑娘法力高強，公主殿下有她保護應該不會有問題的。統領你不如先去怒雪城中休息，靜等她們歸來！」

「怒雪城？」談寶兒一愣。

王動興奮道：「統領你有所不知，公主走後這三日，秦總督一邊讓我們尋找你的消息，一邊卻率領秦夢兩州聯軍攻打南疆，賀蘭耶樹、賀蘭英和南疆王府的精銳與你一起被困，南疆軍群龍無首，沒有打幾個回合就投降了，如今南疆全境皆已收復，秦總督的大軍就駐紮在怒雪城中。我們是負責在這裏尋找你的蹤跡的！」

「哦！這老小子倒是有兩把刷子啊！」談寶兒不由嘆了口氣，不管怎樣，能帶領不足五萬人馬把擁有六十萬軍隊的南疆掃平，不是一般人能做到的。

這話王動就接不下去了，只有乾笑。

正在這時候，卻見遠方又過來一隊金翎軍的人馬。遠遠地，便聽有人怒喊道：

「你們都站在這發什麼愣？還不快去找人？」

王動露出苦笑神色，談寶兒也已聽出那人的聲音，哈哈大笑道：

「無法，你個死禿驢，在那鬼叫鬼叫什麼，還不給老子滾過來？」

他話音未落，便見那隊騎兵裏有人驚呼一聲，踏馬背凌空飛起，如離弦之箭，幾個起落，飛到身前來。

談寶兒哈哈大笑，上前將無法抱住，兩個人緊緊互擁，各自拍打對方的背。

一旁王動等人見了，想起這三日無法沒日沒夜地尋找統領的情景，沒來由地覺得鼻子一酸，忙仰頭向天防止眼淚落下，好容易等他不復情緒，卻發現身邊兄弟也都正仰視蒼天，不由啞然失笑。

第五章　買舟東海

談寶兒和無法擁抱一陣，終於放開。

談寶兒吩咐王動道：

「王動，你去叫人給我準備一艘小船，我這就要去東海！」

王動爲難道：「統領，除了我們金翎軍，秦總督還命令秦州軍和夢州軍這些日子也廣布南疆地找你，你回來若不給他們打個招呼就走，只怕有些說不過去。」

無法也道：「老大，你喜歡美女是不錯的，但可不能重色輕友啊，老秦和老胡都算不錯，這些天沒少爲你的事操心，去東海的事早晚不用急，先去一趟怒雪城再說吧！」

談寶兒想想也是這個道理，當即讓人去通知圍在九靈大陣外的士兵，自己則和眾人一起起程前往怒雪城。

路上。

無法道：「老大，這幾天你到底去哪裡了？是不是真的在九靈峰中？你又是怎麼出來的？」

談寶兒笑道：「你一下子問這麼多問題，叫我怎麼回答？」當下將這幾日的經歷簡略說了。

無法聽得瞠目結舌，好半晌才道：「沒想到小三這廝來頭如此之大，竟然就是個神尊，乖乖，還好佛爺我這些日子對牠不壞，不然死都不知道怎麼死的。」

談寶兒奇道：「神尊的來頭很大嗎？」

無法看談寶兒的眼光立時有些像看白癡：

「不會吧老大，枉你還是羿神傳人，你連這個都不知道啊？按照《眾神志》記載，眾神之中，最大的是羿神，其次就是他手下的次神，譬如禹神、閣神、孔神、祝神、長生天神之類的，再下來是神將，最低等的是神兵。神尊共有四個，是羿神最貼身的四個護法，地位和次神同等，但因爲最接近羿神，地位很是超然！」

「哦！」談寶兒這才明白過來。

九靈山到天姥城的距離並不算很遠，眾人黃昏時候便抵達天姥。現在鎮守天姥關的是胡爲國，見面後對談寶兒單刀赴會的英雄壯舉少不得又是一陣馬屁，之後一頓腐敗。

次日一早，別了胡爲國，眾人起程，到下午的時候，來到怒雪城。

秦雪早已得到消息，親率軍民出城迎接。

快進城的時候，談寶兒的眼光掃到百姓堆裏一人的背影，臉色頓時變了變，一旁的無法見了問道：「老大你怎麼了？」

談寶兒再看時，那人已經消失在人海之中，當即搖搖頭道：「沒什麼，可能是我看錯了！」

進了城，談寶兒才發現怒雪城果然名不虛傳，城裏從房屋到街道全是由冰雪建成，到夜晚時被燈火一映，說不出的晶瑩剔透，如夢如幻，只是身旁少了美女相陪，美景良辰便少了幾分趣味。

進城之後，自然又是盛大的酒宴，席間秦雪問起這幾日的情形，談寶兒便不再和與無法一樣詳說，只是和之前與胡爲國交代一樣，說當日自己單刀赴會，不畏強敵，殺了賀蘭耶樹，卻不小心發動了九靈真人傳下的九靈大陣，經過多日摸索，終於僥倖脫陣而出，其餘真相盡數隱去，饒是如此，卻也已聽得秦雪欷歔不已。

在怒雪城住了一夜。

次日一大早，談寶兒便對秦雪說自己要起程去東海找若兒，秦雪想起公主安危事大，不敢留他，送他和無法到城門口，卻忽然想起一事，低聲囑咐道：

「將軍，此次末將占領南疆全境，卻獨獨沒有捉到賀蘭耶樹另外一個兒子賀蘭傾城，此外，凌步虛座下七位弟子有三位也在逃，將軍雖不怕他們，但明槍易躲，暗箭難防，望路上多加小心！」

談寶兒點點頭，暗暗記在心上。眾人依依惜別。

離了怒雪城，之後出天姥城，來到天姥港的時候，胡爲國早已讓人在港口準備好了一艘烏篷小船和一個船夫。

無法覺得有外人在很不方便，便對談寶兒說自己會划船，不需要船夫。但上船之後，無法卻不拿船槳，直接傲立船頭，那船便如疾箭一般破水飛去。

談寶兒知道他是用念力御船而行，不由哭笑不得，心想：老子看你能堅持多久。但讓他大跌眼鏡的是，無法一邊用念力催動小舟一邊和他說話，居然足足走了兩個多時辰，小船的速度並沒有任何減緩，江上漁民見了慌忙閃避，一時雞飛狗跳，好不熱鬧。

到了中午，兩人停舟休息，吃飯的時候，談寶兒終於再也按捺不住心中好奇，問道：

「無法啊，用念力駕馭船這樣大的東西可是非常耗費精神的，你怎麼可以支撐這麼久？」

無法哈哈大笑道：

「老大，你這話可就外行了，船的體積重量雖大，但讓它行走只需要克服水流的阻力就可以了，所以只需要御船體臨水的那一點，其實並不費力。而念力的消耗，不是也同時有心法在恢復的嗎？你們寒山派難道沒有這樣的嗎？」

談寶兒恍然大悟，回頭去查《御物天書》，果然發現有關念力恢復的記載，一時如饑似渴，仔細研究起來，下午時候便換了他來御船，卻也一般的疾飛如箭。

小舟出了天姥港後，順著蒼瀾江水一直向北，當天晚上兩人來到圓江港。

蒼瀾江和天河這兩條神州大水分別貫通東西縱橫南北，唯一的交會處便是圓江，過了圓江之後，便可踏上天河水道，直取東海。

小船慢慢駛到圓江港中，兩人找了個船位泊舟登岸，一起進城去。

無法嘿嘿笑道：「老大，你可知道這圓江城中有一處重要名勝？」

談寶兒隨意應道：「哦，什麼名勝，說來聽聽？」

無法笑道：「我跟你說，在圓江南城，有一座沉風寺，建造年代據說可以追溯到太祖神武皇帝舉兵之前，凌煙雙相和雲臺八將都有人出自這裏。」

「追隨聖帝開國的凌煙雙相和雲臺八將都有人是出身於寺廟？都是誰？你小子別胡說！」談寶兒一驚之後滿臉不信。

大夏開國太祖皇帝名叫李元，民間呼爲聖帝。當年追隨聖帝平定天下的謀士共有三十六人，而名將也是三十六人，共稱開國七十二賢。後來聖帝平定天下之後，在大風城分別建築凌煙閣和白玉雲臺，讓人描繪這些功臣的畫像雕刻，以供後世觀瞻。之後歷代皇帝也將當時做過巨大貢獻的文武大臣的容貌畫成畫像或者雕刻成碑，供入凌煙閣和雲臺。久而久之，能在凌煙留像和在雲臺留刻，都成了大夏文臣武將的最高榮譽。

事隔幾百年後的今天，七十二賢的名字人多已湮沒在歷史的煙塵裏，神州百姓最能記住的文臣，便只有當時最有名的天機軍師莫邪和無方神相蕭圓，共稱凌煙雙相，而武將一共有八人，人稱雲臺八將。

每日聽老胡說書的談寶兒對這八人的名字自然是熟得不能再熟，一聽無法說這十人中竟然有人是出身在寺廟裏，自然是大吃一驚。

無法撇嘴道：「佛爺我是什麼人？博覽群書，無所不知！我怎麼會胡說？無方神相蕭圓和天王劍皇甫御空沒有入世之前，分別是沉風寺的火工頭陀和掃地僧，法名叫慧圓和慧空！不過這兩人都沒有什麼了不起的，與他們同時代一位大賢才算得真正的風流人物！」

「那是誰?還有比蕭圓和皇甫御空有名的，我怎麼沒有聽說過?」談寶兒大吃一驚。

無法合十，肅容道：

「這名禪師法號上慧下引，乃是位真正的人間奇男子，佛門真菩薩!」

談寶兒聽得發暈：「慧引禪師?我怎麼沒有聽說過，是什麼來頭?」

「不會吧老大，你連奇僧慧引的名號都沒有聽過?」無法看談寶兒的眼神大爲鄙夷，「這位大師品格高尚，敢作敢爲，視一切世俗禮教、清規戒律爲孽障，提倡返璞歸真，嘖嘖，所行所爲，簡直如神龍行於九霄，高深莫測!」

無法嘆了口氣，又道：

「可惜佛爺我晚生了兩百年，只能時常手掩長卷，追思先賢神采，但那也就是鏡裏看花，水中望月。老大，這次我們一定要去看看!」

兩人進了圓江城後，挑了一家酒樓吃晚飯，吃得正酣，談寶兒無意中向樓下瞥過去，臉色陡然大變。

無法詫異問道：「怎麼了?你又看見了那人?」

談寶兒點點頭：「不過這次看見的依舊是背影，我也不能肯定是不是她。算了，咱們先不管她，吃我們的吧!」

晚飯之後，兩人問明路徑，直撲沉風寺。

圓江城極大，兩人向南走了許久，才看見前方竹林掩映裏，露出屋脊簷角，走得近些，卻看見一座破破爛爛的寺院模樣。

再近些，便看見一對金剛佛像守護裏，中間兩扇破舊大門，借著月色看得清楚，大門上方一殘角的匾額上書寫三個紅漆斑駁的大字：

沉風寺。

兩人站在石階下，都很有些失落。

談寶兒奇道：「圓江城如此繁華，這沉風寺又是名勝古蹟，爲何官府竟不出錢整修呢？」

無法也想不明其中道理，搖搖頭上前叫門。

過了許久，才聽到裏面沉重腳步聲響緩緩過來，門縫裏漏出昏黃的燈火，等到大門「咯吱」一聲澀響，一個臉如雞皮的老僧提著一盞燈籠顫巍巍地走了出來，嘶啞著嗓子道：

「兩位施主夜晚來訪，有何要事？」

「阿彌陀佛！」無法宣了一聲佛號，上前道：「這位大師，小僧是禪林寺弟子無法，和這位朋友路過貴地，不慣客棧的床，特求掛單借宿一晚，還望行個方便。」

老僧轉動昏黃渾濁的眼珠，仔細看了看兩人許久，才點了點頭：

「本寺許久不接待外客，但既然是禪林高僧，借你們一宿也無不可。跟我進來吧！」

兩人跟著老僧進了門，只見裏面枯草席地，敗葉堆滿了斷壁殘垣。此時尚是夏末秋初，偌大個院子裏卻再沒有一棵有葉子的樹和一條青綠的草，說不出的蕭瑟。走在殘缺的石磚上，地面傳來陣陣透心的涼意。

談寶兒見此暗暗心驚，悄聲對無法道：

「我看這裏大有古怪，咱們要不先回去，等白天再來吧！」

無法搖頭道：「沒事的，千年古剎是這個樣子的，滄桑厚重嘛！」

談寶兒無奈，只能硬著頭皮跟了下去。

古廟舊寺，一路行去，路上都沒有燈火，只能憑藉老僧的燈籠和淡淡月光看路。

走了許久，好容易前方漏出一點闌珊的燈火，卻是一排破舊的廂房中間掛了一盞破敗的燈籠。

走到起首一間廂房前，老僧停住，推門進去，屋裏陳設古舊，但卻是難得的一塵不染。

老僧將燈籠掛起，合十道：「兩位今夜就請在此安歇吧，井在院子裏，茅廁在尾部那一間。如果兩位沒有什麼事，貧僧先告辭了！」

無法忙道：「大師且慢！小僧聽說貴寺的沉風塔名列天下三大奇塔之一，不知能否讓小僧秉燭一遊？」

老僧抬抬眼皮，淡淡笑道：「禪師說笑了，別說沉風塔早已破敗多時，就算沒有破敗，那也遠遠不及禪林的碑林奇塔，實在沒有什麼好看的。時間已經不早，兩位早點休息，貧僧告辭！」說完轉身出門而去。

老僧的身影消失在拐角，無法立時將門關上，對談寶兒道：

「老大，我覺得這老和尚言辭閃爍，他的話只怕靠不住，一會兒咱們半夜自己去看看吧！」

談寶兒對什麼沉風塔是興趣缺缺，聞言打了個哈欠道：「你別疑神疑鬼的了，對老人家應該保持應有的尊重嘛！好了別鬧了，睡覺吧！」說完自己躺到一張床上，拉開被子蓋上，不時已是鼾聲如雷。

無法無奈，只得到另外一張床上盤膝打坐。

睡到夜半，無法終於還是按捺不住，將談寶兒推醒：

「老大，你知道不知道，古書上說慧引禪師的舍利就存在沉風塔裡，那可是個寶貝，咱們去看看吧！」

談寶兒聽到「寶貝」兩字眼睛一亮，裝出一副勉爲其難的樣子道：

「好吧，好吧，哥哥我陪你去看看，不過回頭有了好處可得分我一半！」

「沒有問題！」兩個惡棍從床上一躍而起，各自扯下一塊衣襟蒙面，從窗戶穿了出去，飛身上房。

站到房梁上，無法掐指算了起來：「紫微在中，北斗在北，這寺院又建築在臨水的南城，乃是藏風納水之局，嗯，老大，根據我的紫微星相術鑒定，沉風塔一定就在……」

「豬頭！」談寶兒一手重重打在無法的光頭上，「這還用算，東邊最高的那個黑影不就是嗎？長眼睛沒有？廢話那麼多，走了！」

「不要打佛爺的頭好不好！」無法摸摸頭，跟了上去。

寺院中破敗不堪，像樣的只有一座主殿，其餘房間全是枯朽，好像一陣風來都能吹倒，月色下看上去一片的荒涼，而沉風塔孤零零地高高佇立，便非常顯眼。寺中顯然人口稀少，兩人穿牆過戶，並未引起任何寺僧的注意，不時來到沉風塔前。

這是一座古舊的石塔，而那老僧果然也沒有說謊，這寺廟的周身已有多處破漏，透著月色更可以看見裏面的青苔，而最嚴重的一處是塔竟然朝著一邊歪斜，好似隨時都會倒塌一樣。

談寶兒看到這個情形，冷冷看著無法：

「無法大師，你覺得這樣的地方有可能有寶貝嗎？」

無法強笑道：「這個……怎麼說呢，英雄多藏於草莽，明珠常常埋塵，這些傢伙不識寶肯定也是有的！都到邊上了，咱們總不能不入寶山空手而歸吧？」

談寶兒無語，知道這傢伙今天不進去一趟是肯定不會甘休的了，便朝塔門走去。但沉風塔雖然破敗，塔門卻很是堅固，而塔上諸層的窗戶也全部緊閉，兩人不便用強，左右找了一遍，終於在三層的地方發現一處失修的漏洞，各自對望一眼，飛身撲了上去。

但就在兩人要飛到洞口的時候，洞裏忽然吹出一陣勁風，兩人猝不及防，竟被這陣勁風吹得摔了下去，但落地之時全身一蕩，竟然穩穩站住，正自詫異，身後有人微笑道：

「塔舊失修，裏面更是破爛不堪，實在難以待客。高僧、施主，兩位還是請回去休息吧！」

兩人回過頭去，卻見先前那老僧不知何時竟已站在自己身後，手上還拿著兩方面巾，覺得眼熟，一摸臉上，已經是再無寸紗。

無法頓時愣在當場，談寶兒卻立時露出了小二職業性的笑臉，陪笑道：

「大師誤會了，我們是看貴塔失修，這個，打算考察一下，回頭捐款聘些石匠來幫忙修葺一下，不是要進去！」

「對對，我們是想幫忙修葺一下，哈哈，修葺一下！」無法趕忙幫腔。

老僧笑道：「多謝兩位的好意，不過要捐款明日找住持即可，現在還請回去休息吧！」

兩人灰頭土臉地回到客房。

眼見無法又要說話，談寶兒忙搶先道：「你別再害我了！那老和尚簡直是個妖怪，我們倆竟然都沒有發現他什麼時候取下面巾的，我勸你還是別再去招惹他。」

無法本不死心，但想起那老僧高深莫測，卻也不敢再造次，乖寶寶似的回到床上，安心盤膝養神。

剛睡下不久，迷迷糊糊中，談寶兒忽然聽見房頂有異響，一個鯉躍翻身起來，卻看見無法已經穿窗跟了上去，當即不敢怠慢，取出落日弓，飛身出窗上了房。

只見月色下，前方一道淡淡綠光在房梁上縱躍如飛，無法踏著袈裟，尾隨其後。

談寶兒跟了上去，見那綠光如一淺綠色的彗尾，向東直取沉風塔，不由暗自大大皺眉，心想無法這廝沒事都要生事，這會卻又是哪個不長眼的傢伙來招惹？

不時已到沉風塔前。

談寶兒兩人慌忙停下，但那綠光並不猶豫，輕車熟路一般直射塔上那個破洞而去。只是那綠光剛飛到洞口，那老僧憑空出現在塔下，僧袍一揚，狂風頓起，綠光竟硬生生被吸納下來，卻是一個蒙面女郎。

這女郎一身綠色勁裝，顯得身材婀娜，一頭漆黑如墨的披肩長髮裏，間或夾雜了一縷縷銀白色的華髮，整個看去更加神秘。

老僧大喝道：「施主夜探沉風塔，不知所爲何事？」

那女郎卻不搭腔，伸手從頭上摘下一根銀髮，屈指一彈，那白髮一化爲十，十化爲百，眨眼泛起一片銀光，直取老僧咽喉。

老僧咦了一聲，不退反進，舉步迎了上去，並右手兩指成剪，在那一片閃亮銀光裏進進出出，那百來道銀光頓時紛紛碎斷成段，如星雨一般，華麗灑落。兩人籠罩其中，遠遠看去光影迷離，朦朦朧朧，只如神仙中人。

卻不知那女郎輕輕念了句什麼，那本是朝地上落的千百華髮忽然光芒大亮，紛紛如離弦之箭一般疾射而起。這華髮之雨本來是籠罩著兩人，近在咫尺下，這便等如有上千柄飛刀在一剎那射向了老僧的身體。

「妖孽敢爾！」老僧大喝一聲，身上陡然金光爆閃，隨即整個身體竟然在一剎那之間碎裂成了上千萬顆細小的金色小塊，那千道銀光從金色小塊的縫隙間穿了過去。

銀光泄去，那千萬金色小塊卻在一瞬間重新復合在一起，再次組成了老僧的身體，和那女郎重新戰到一處。

屋頂之上，無法驚呼道：

「如來分身大法！這老和尚是什麼來頭，怎麼會使這種失傳已久的佛門大神通的？」

這自然是問道於盲，談寶兒鬱悶道：

「天下萬事萬物無一不曉的無法大師都不知道，老子我怎麼會知道？」

他話音剛落，便聽那女郎脆聲道：

「你們倆還在那做什麼？我幫你們牽制住這討厭的老和尚，你們還不快進塔去！」

談寶兒還未反應過來，便聽無法一聲歡呼：

「哈哈，多謝女俠相助！回頭有空佛爺我請你喝酒！」說時身影一閃，已飛身到了那洞口。

老僧大吃一驚，叫道：「不可進去！」

無法哪裡管他，直接鑽了進去。

談寶兒怕這小子莽撞，不敢怠慢，便也飛過去，跟著鑽了進去。

飛進塔裡，兩人卻都是吃了一驚。原來這塔從外面看有七層，但內裏卻並不見分隔的樓板，從頭到頂可以一氣望通，外面那些窗戶設計全是掩耳盜鈴之舉。

好在談寶兒和無法都會御物之術，一驚之後便懸浮在了空中。

塔中並無燈火，好在塔身四處都是漏洞，月光從縫隙裏漏進來，加上兩人功力高強，倒也不難視物。仔細一觀察，兩人卻都傻眼了，因爲這座石塔非但從頭到頂一氣貫通，而且裏面根本沒有放任何物體，偌大一個空間裏空空如也，別說舍利，連舍利的兒子都見不到一個。

兩人面面相覷。

無法摸摸光頭道：「不可能啊，要是這裏面真的什麼都沒有，那老禿驢緊張個什麼啊？」

談寶兒想想也是這個道理，便道：「我們下地面去看看吧！」

石塔的地面是由和塔身一樣的平常石塊鋪就，唯一的區別是地面的青苔比塔身多了好幾倍，又軟又滑。

談寶兒被這些青苔搞得心情很不好，對無法道：

「好了，這鳥塔你也進來逛過了，咱們這就閃吧！」

無法四處看了看，也沒有看出什麼可疑之處，心裏正不甘得厲害，聞言道：

「來都來了，咱們再耐心找找，要知道寶貝一般都隱藏得比較隱秘，不是隨隨便便就會被人找到的，反正外面有女俠幫我們擋著那老禿驢呢，你擔心個什麼？」

「幫人偷東西的女俠？只怕不是這麼簡單。」談寶兒搖搖頭，說著話，他若有所思地摸了摸下巴，「不過說起來這美眉的身材很好，好像在哪裡見過？哎喲，不好，是她！」

但他最後這聲驚呼剛一發出，無法卻同時發出了更大的一聲驚呼：「老大，快向空中閃！」

談寶兒不及細想，當即飛身而起。

兩人雙腳剛一離地，剛才所站立的地面陡然冒出一點星星大小的赤紅色亮光，然後那點亮光在一瞬間向四面八方蔓延，形成一條條赤紅的細線。

猛然間，那千萬條紅線重新會聚一起，形成一個紅色的巨圓。但聽一聲巨響，紅圓陡然炸裂，一個紅色的巨影從裏面一飛而出，撲閃著一對巨翼，沖天而起。

這一連串變化只在電光火石間，這個時候，談寶兒和無法不過才剛剛飛起兩丈高，那紅色巨影速度是如此之快，兩人根本來不及反應，已到了他們身前，一股腥氣撲鼻而來。

「是妖物，老大打他！」無法一聲大喝，同時念力發動，將那紅色巨影鎖住，想使它再不能上前。

但這個妖物的身軀實在太過膨大，幾乎塞滿了整個沉風塔的下面兩丈空間，無法的念力之強已算得上禪林一流高手，卻也只不過是將這怪物的速度降低了一些而已。

黑夜裏，忽有一聲弦鳴之聲，隨即卻陡然金色強光大亮，那妖物身上電光一片，伴隨著轟隆的雷聲，那妖物發出一聲慘叫，身體被重重地砸在了地上——卻是談寶兒用落日弓射出了一氣化千雷。

「啊！這是什麼東西？」借著雷電之光，談寶兒看得清楚，只見那怪物全身赤紅，羽翼如一隻巨大的蝴蝶，但身體卻不是普通的蝴蝶，而是一條巨蠶。

那妖物落地之後，撲騰著就要再飛起來，但這時候，地面卻忽有一點乳白色的光芒冒了出來。雖然是蠟燭似的一點明亮，但卻將這滿地的赤紅壓得動彈不得，那妖物嘶吼著想飛起來，全身卻好似被無形的巨力所制住，絲毫動彈不得。

談寶兒和無法兩人正自好奇，卻不防斜刺裏一道人影閃過，迅捷無比地落到那妖物上方，不待身體落地，卻又已飛起，同時隨手一抄，那點乳白光芒已經消失不見。

談寶兒看得真切，認出這人正是剛才還在塔外的綠衣女郎，當即大喝道：「謝輕眉！不要跑！」落日弓弦一震，一蓬華麗的金色流星雨已是疾飛了過去。

綠衣女郎正是魔族聖女謝輕眉。

眼見流星雨到，她咯咯笑道：「談容，你有 氣化千雷，我有三千華髮！咱們看看誰更厲害！」說時玉手一揚，一片白光抹過護在身前，那金色流星雨撞到白光，頓時激起一片火樹銀花，說不出的璀璨奪目。

只不過談寶兒這一擊，卻是在一氣化千雷之力外再加上了落日弓本身的神力，謝輕眉雖然擋住了閃電，卻被落日弓的巨力震得倒飛而出，嬌呼一聲，重重摔在塔牆之上。

「去死了！」談寶兒大喝一聲，落日弓再次發弦，這次發出的卻是一個聚火之陣，弦聲過後，塔牆上已多了一團烈火。

只是那烈火燃燒了一陣便悄然熄滅，而謝輕眉卻也已消失得無影無蹤。原地唯有一個手掌大小的小孔，將月光接進塔來，似乎在嘲笑著誰。

「哎呀，怎麼忘了這妖女會變鯉魚的！」談寶兒懊惱地一拍腦門。上次在皇宮裏的時候，他親眼見過謝輕眉變身成魚，在陶俑大陣中穿來穿去，這次顯然也是在自己聚火陣到達前，這妖女已化身成魚從那小孔裏游了出去。

早知道用閃電好了，幹嘛非要讓這妖女和老大一個死法呢！

談寶兒正鬱悶的時候，卻陡然聽見無法一聲大叫：

「大事不好，老大咱們快閃吧！」

淡淡的月色從沉風塔的縫隙裏透了進來，在長滿古老青苔的石牆上，在兩個少年單薄的衣衫間，留下斑駁的瓊花一樣的碎影，四周一派的空靈淒美。

驀然間，月光流動起來，卻是在這一剎那，聽到無法驚呼的談寶兒陡然轉身，身後一片的赤色紅潮——方才被落日弓射到地底的那隻蝶形妖物，竟然在這一瞬間動了起來，扇動著巨大的蝶翼，朝兩人衝頂上來。

這蝶妖身形是如此之大，竟將這大半個沉風塔塞得滿滿當當，而牠的速度卻又是如此之快，巨大的風力捲襲著濃重的腥氣，雖然有無法的念力緊緊鎖定，卻依舊在談寶兒轉身這片刻，飛到了他的腳下。

「哇塞！長這麼醜，不要找我，下地獄找你老媽去吧！」談寶兒大喝，落日弓弦一顫，金色的光華瞬間綻放，在紅潮間一閃而逝，彷彿一朵乍放的綺麗的曇花。

上古神弓落日和一氣化千雷，都是至剛至陽之物，正是蝶妖這類至陰邪物的剋星，兩者一旦結合，威力更是驚天地泣鬼神，是以雖然僅僅是曇花一現的攻擊，卻挾帶著欲刺穿蒼穹的神力，一瞬間洞穿了蝶妖龐大的身體，帶著牠朝下沉淪。

沉淪間，蝶妖發出一聲刺耳的尖嘯，嘴裏忽然火光暴漲，鋪天蓋地，不分先後地捲住了猝不及防的談寶兒和無法，密密麻麻，一圈又一圈，卻是一蓬細密堅韌的紅色的蠶絲。兩人瞬間被裹成紅皮的粽子，手足再也無法動彈。然後蠶絲回縮，兩人落到了蝶妖的嘴邊上！

靠得近了，兩人才發現蝶妖的蠶嘴竟是老虎一般的血盆大口，裏面雖然無牙，卻有一種猩紅色的液體在蠢蠢欲動，黏糊糊的，噁心至極。

「老大救我！」無法發出一聲驚呼，然後談寶兒還來不及反應，便眼睜睜地看見無法被乾淨俐落地捲進了蝶妖的嘴裏去，衣角都沒有剩下一塊。

談寶兒知道下一個就是自己，他甚至沒有時間悲傷，恐懼的同時心念電轉，一個失傳幾千年的古老咒語開始在腦中盤旋，隨後破口飛出：「嘰哩咕嚕阿非咯思爾！」丹田的真氣在一剎那間流轉全身所有經脈，腦子中「轟」的一聲巨響，全身的肌肉都是一陣劇烈的疼痛，骨骼好像被什麼東西硬生生地撕裂。

再看時，談寶兒已經變成了三顆頭，六隻手——失傳幾千年的三頭六臂之術在這千鈞一髮之際終於被使了出來。

談寶兒再不遲疑，除開被捆住的一頭兩手不能動彈外，新生出的兩頭四手卻在同一時間動了起來，咒語念動，真氣流轉在新的經脈中，化為一波閃電的狂瀾，從二十根手指裏呼嘯而出，在一瞬間命中蝶妖的嘴。

這一擊集中了談寶兒全身功力，而蝶嘴也遠比整個蝶身來得小，千萬道金色的電光在一

剎那會聚成一顆璀璨的流星，硬生生地洞穿了蝶妖的嘴，同時將那千萬紅色的蠶絲全數切斷。

談寶兒這一擊卻也耗盡了全身的功力，三頭六臂瞬間歸原，而陡獲自由的他也失去御物的能力，如斷線的風箏一樣朝塔底落去。

「阿彌陀佛！種如是因，得如是果。善哉，善哉！」塔內忽然響起一聲梵音，斜刺裏掠過一道清風，談寶兒下墜的身形已然止住，而他腰卻已被　隻枯瘦如柴的手抱住。

「嗚！」身受重創的蝶妖發出一身巨吼，巨大的身軀再次朝上猛撲而來。

「咄！」枯柴手的主人，沉風寺的接待老僧，運指如飛虛劃，指尖過處，空氣中流瀉出一連串的金色梵文字跡，同時口中發出獅子一般的巨吼：

「金剛般若波羅蜜，周天諸佛伏魔神通，封！」

金色的梵文形成一個古怪的符號，在一瞬間全數壓到了蝶妖的身上，塔內四周的石壁上也同時浮現出一片金光，滿天諸佛的形象在一瞬間充斥沉風塔，紅光瞬間被淹沒。金光散去時，蝶妖的身軀已是消失不見，空中剩下無法的身體朝下墜。

「我佛慈悲！」接待老僧長嘆一口氣，伸手一吸，將無法的身軀捲了過來，摟著兩人朝一面牆壁飛去，臨到塔牆，竟如鬼魅般，無聲無息地穿了出去。

談寶兒再次醒來的時候，已是天光大亮，細細一看眼前是一片舊竹牆，他翻身坐起，發現自己正在一間破敗竹屋的竹床上，而在距離自己不遠的地方另外有一張床上，無法睡得很安詳，只是全身有一層淡淡的紅光在緩緩流動。

「無法！你沒事了？」談寶兒發出一聲歡呼，撲了過去。

「不要碰他！」一聲斷喝，竹屋的門打開，接待老僧端著一個碗走了進來。

「大師，這是怎麼回事？他怎麼了？」談寶兒忙問道。

老僧輕輕搖頭，將碗湊到無法嘴邊，將碗裏墨汁一樣的東西給他灌了下去。那東西喝下去後，無法身上的紅光慢慢消失，最後歸於原色。

老僧見此鬆了口氣，將碗放到桌子上，對談寶兒道：

「施主，貧僧早就勸誡你們不要進入沉風塔，沒有想到你們非但進去了，還闖下如此大禍！」

「大禍？大師你別嚇我，小弟年輕不懂事，有什麼事您多擔待！」

老僧微微苦笑：「貧僧嚇你做什麼？我沉風塔的歷史可以追溯到開元之前，蕭圓和皇甫御空也是本寺弟子，算得上是出身顯赫。施主卻知道爲何這些年以來，我寺卻少有修葺過？」

談寶兒心道：「那自然是因爲你們把施主們的布施都花光了！」忙搖頭道：「請大師指

點！」

「那是因爲本寺的沉風塔裏，封了一隻千年天蠶！」老僧目光悠遠，仿似洞穿了那些已經塵封的歲月，「南疆一地，自古便產天蠶。這種生物，本身是一種奇藥，被醫家所用，千百年來活人無數，算是功德無量。但若是任由它自然生長到五百年以上，那它就會結繭，最後破繭變成天蝶。而在它結繭到破繭這一段時間之內，卻需要大肆吞噬人畜之血，卻又算是一種魔物。善惡，原在一念之間。」

南疆天蠶之名，談寶兒之前自然聽過，這種蠶向來與東海神龍、西域火獅和北溟的大鵬齊名，卻並不瞭解其中詳情，此時聽老僧一說，才明白這蠶竟是善惡參半。

老僧又道：「這沉風塔裡的天蠶，修爲早已超過千年，卻不知什麼原因，破繭之後卻只生雙翼，蠶身並未蛻化，比之尋常天蠶又兇惡不少。當年此蠶在九靈山出世肆虐，讓曾經風光一時的九靈道派幾乎滅門，幸虧本寺的慧引禪師及時趕到，以大神通將其降伏，帶回本寺，日夜裏念經洗滌其心，驅除戾氣，歷時三十年，卻終不能將其淨化。」

談寶兒心說：這老禿驢還真是有空啊，竟然花費三十年的時間來對一隻蠶念經，有那工夫還不如像無法多把幾個美眉，無聊！

老僧續道：「當日慧引禪師眼見自己坐化之期將到，無奈下便請了蕭圓居士回寺，兩人聯合佛法，築以沉風之塔，最後又放進慧引禪師的舍利，算是勉強將此獠鎮壓住，但這天蠶極端兇惡，只要聞到人畜氣味，便會破印而出，是以本寺這兩百多年來，一直低調行事，甚至自甘凋敝，爲的就是不希望有人進沉風塔。萬萬料不到，昨夜老僧一時疏忽，竟然被你們三人次第進了塔去！」

說到這裏，老僧嘆了口氣：

「你們倆進去也就罷了，但你們那位同伴取走了慧引禪師的舍利，天蠶少了舍利壓制，凶性徹底暴露，將你朋友吞噬。老僧爲救你朋友，無奈只能將天蠶反封印到他體內，用咒法和驅魔散暫時壓制天蠶的戾氣。但這只是權宜之計，要徹底將天蠶從他體內驅除，卻非要那舍利不可。」

談寶兒苦笑道：「大師有所不知，那取走舍利的是魔族妖女謝輕眉，我和無法都被她騙了！」當下將事情的來龍去脈說了一遍，至於自己兩人的動機，自然是變成了「小弟純粹是仰慕貴寺威名，想進塔去參觀而已」。

老僧嘆道：「沒想到原來施主你就是名震天下的談容將軍，早知是這樣，貧僧之前便該放你進去，也不至於讓魔族妖女有機可乘了！唯今之計，施主還是儘快去找回舍利，無法大師就留在本寺，由貧僧照料吧！」

談寶兒見這老和尚要留人質，忙道：「不可！我答應無法的師父枯月要照顧他周全，可不能隨便丟下他不管，不然到時整個禪林寺都來找我的麻煩，我可擔待不起！」言下之意卻是，我擔待不起，老和尚你只怕也擔待不起吧。

老僧洞徹世情，聞言微微莞爾，想了想道：「那好吧，既然施主堅持，老衲也不勉強。不過，無法體內天蠶妖氣隨時都可能發作，你要帶他走，必須要學會我的六字真言咒法。」

談寶兒一聽只有六個字，不由大喜，忙道：「好啊！一言為定！」

老僧笑道：「那施主聽好了。這六字真言咒，又叫大光明咒，乃一切邪魔剋星，你聽好了，這六字真言咒，依次是唵、嘛、呢、叭、咪、吽……」

這六字真言之咒，看似簡單，其實每一字的念法都大有講究。如念「唵」字時，聲發自氣海穴，沿主脈上升至喉部，張口微聚，出鼻腔，有嗡嗡之聲，這聲音上升到頭部，在口內迴旋，充於七竅，而「嘛」字是開口喉音，「呢」字是舌尖音，分別著重於喉嚨、雙臂、手心等地，各有講究不同。六字念完，從頭到腳都已被鍛煉一次。

最要緊的是這些字念動的時候，體內的真氣要因循一定的氣脈運行，同時手足還要結印，幾相配合才能有效。

談寶兒之前所學的法術包括陣法在內，都是簡單易行，幾曾見識過如此繁複的玩意，學了起首的一個「唵」字便已是頭大如斗，而時間也已到了中午。

老僧其貌不揚，但在寺中似乎地位極高，中午時，竟有人送素齋過來。兩人吃過齋飯後，無法卻依舊沒有醒轉，談寶兒知道是老和尚暗自動了手腳，卻拿他沒有辦法，只能跟著老和尚繼續學第二個「嘛」字。

這個「嘛」字卻又學了半日，到晚間時候，前面的兩字合在一起念，卻又足足花費了兩個時辰來領悟。

談寶兒心中掛著若兒和楚遠蘭，有心不學這破玩意，但現在無法命在頃刻，無奈只能強自定心學習。至於無法，卻一直處於昏迷狀態，身上偶爾有紅光閃現，卻都被老僧的咒法和那叫驅魔散的黑色藥物給壓制了下去。

第六章　與子同行

眨眼之間，過了五日。

這日早間，談寶兒將六字真言連在一起念頌了一遍，老僧聽完嘆了口氣，道：

「貧僧當年學這六字真言足足花費了十年時光，談施主天賦奇才，居然在五日之內全數領悟，可真是與我佛大大的有緣啊！」

談寶兒聽得全身發涼，忙道：「大師千萬不要誤會，小弟在這紅塵中打滾，快活得很，大師你慈悲爲懷，放過小弟吧！」

老僧笑笑道：「修行之要在心，在家出家又有什麼區別了？好了，如今六字真言你已學成，可以帶無法大師走了。不過你記住，每日除開要早、中、晚各爲他念一次真言咒外，還要給他服一劑驅魔散，這樣才能鎮住他體內天蠶的妖性，路上切忌讓他大耗念力。但這都是治標之法，要治本，還是在找到舍利之後，直接給他服下。」

談寶兒這才明白老和尚果然是一片慈悲之心，不由大生敬意，恭敬點頭答應下來。當下老僧將一百多包驅魔散和其配方交給了談寶兒收起，運起法術，將無法喚醒。

無法昏迷了近六天，醒來之後神智昏沉，一副無精打采的樣子，談寶兒和他說話也是愛理不理的。談寶兒只以爲這小子沒有睡醒，也未在意，深怕老和尚再爲難自己，忙提出告辭，拉著他就離開了沉風寺。

出寺之後，談寶兒在圓江城採購了一些日常所需，來到圓江港。

幾日不見，港口水面卻漲了許多，他四處巡視一下，卻悲慘地發現竟然找不到來時的小船。一問旁邊漁夫，才知道原來這圓江港乃是個自由港，並無人管理船隻。這幾日秋雨連江，前天晚上更不知爲何河潮大漲，淹到了碼頭之上，許多小船都被沖出港口，隨波逐流去了。

談寶兒聽得暗自罵娘，四處看了一遍，果然發現港口裏只有幾艘巨大樓船，小船卻一條也未見。他心知自己已經耽擱太久，若不乘小船用御物之術連夜趕路，那是絕對追不上若兒他們了，一時大是焦急。

正一籌莫展，忽見江面上遠遠來了一個黑點，再近些卻是一艘烏蓬小船劃破水面而來。談寶兒大喜，忙掏出一疊銀票，叫道：

「船家，這裏來！」

港上眾人見到這公子哥拿出這麼大一疊銀票，都是眼珠子暴紅，要不是光天化日的，只

怕都早已撲過來搶了。那船家自然是遠遠地看見，忙不迭將船划了過來。

船到近前，船家直勾勾盯著談寶兒手裏的銀票，艱難道：

「客官有什麼吩咐？」

談寶兒也懶得和他囉唆，直接抖抖手裏的銀票，大咧咧道：

「你將這船給我，這些銀票都是你的了！怎樣？」

「公子爺，你不是說笑吧？」船家不信。

「老子這幾天忙得連泡妞的時間都沒有，哪裡有空和你說笑？」談寶兒很有些惱火，「一句話，願不願意？」

船家兇猛地一把將銀票搶過，將竹篙交到了談寶兒手裏，他本要再寫張交割文書，卻被談寶兒嚴詞拒絕了——他實在不敢保證以自己的文字水準，會不會簽了一張賣身契而不自知。

上了小船，談寶兒看也沒有看一眼，直接將依舊迷糊的無法扔到後艙裏，撐起篙離了港，沿著江面轉了一圈，便進入了天河，一路向東而去。

向前行走一段，漸漸遠離繁華，人煙變得稀少，談寶兒將竹篙放下，用出御物之術，頓時小船貼著水面飛行如箭。

但船行不遠，後艙裏卻傳出一聲驚呼。

談寶兒吃了一驚，停下船，便見之前睡得像死豬的無法豹子一樣從後艙裏躥了出來，指著後艙，緊張道：

「有……有鬼！」

「我呸！小和尚沒有見過世面，這世上哪裡有姑娘我這麼風華絕代、顛倒眾生的鬼？」一個婉轉清脆之聲從後艙裏傳出，然後便見一個白裙赤足的少女語笑嫣然地走了出來。

「謝輕眉！你怎麼在這裏？」雖然這魔族妖女依舊是紗巾蒙面，但談寶兒卻還是憑藉著聲音和身材直接將她認了出來，一驚之下，落日弓便已到了手上。

謝輕眉捂著胸口，露出一個楚楚可憐的表情道：

「容郎，奴家為了你千山萬水地跟來，你就忍心這麼凶巴巴地對人家？」

「容郎？」無法一聲驚呼，轉而一臉敬佩地看著談寶兒，長嘆道：「老大就是老大！果然是相識滿天下啊！」

談寶兒見到謝輕眉這仇人，臉上本來是殺氣嚴霜的，被無法這麼一說，頓時變成哭笑不得：「都什麼和什麼啊！這是魔族的妖女好不好？咱哥倆也別和她廢話，動手先宰了再說！」說時落日弓弦便已張開。

謝輕眉卻不驚不慌，望望一臉愕然的無法，施施然地坐了下去，笑吟吟道：

「反正我生是你談家的人，死是你談家的鬼，容郎你喜歡儘管殺就是。只是可惜有一顆叫什麼舍什麼利的東西，我本來是打算用來作嫁妝的，這下子怕也只能隨著奴家香消玉殞了。」

她怎麼知道我要舍利？談寶兒愣了一下，隨即卻嘿嘿一笑：「妖女，你有沒有聽說過我們人族有句話叫『殺人越貨』？即是說殺了你，那舍利自然也就到手了。」

謝輕眉咯咯笑道：「我自然聽過。不過容郎你有沒有聽過，我們魔族有一種奇功叫『玉石俱焚』？」

「玉石俱焚！佛爺我聽過！」無法嚷了起來，「這是一種自殺的奇術，據說甚至可以在真氣被封的情況下施展，而一旦施展開來，能將施法者和他身上一切物品都燒得一乾二淨，對不對眉嫂子？」

謝輕眉但笑不語，予以了默認。

談寶兒微微一愣，立時將落日弓收了起來，並趕快換了一副笑臉：

「哈哈，這個怎麼說的來著？大水沖到龍王廟，大家都是一家人，這天氣又這麼好，說什麼殺啊死啊的，真是太破壞氣氛了！來來來，我的小親親，來讓老公抱抱，好久不見可真是有點想你，小別勝新婚……無法，你還愣著做什麼？還不快給嫂子煮碗茶去！」

「小親親？」謝輕眉微微一愣，隨即淺淺一笑，竟然真的風情萬種地走了過來——但卻完全無視談寶兒張開的堅強臂彎，在對面施施然地坐了下去。

「這倆人搞什麼飛機啊？」無法摸摸光頭，他看不清這兩人的關係，卻看出暗流洶湧，知道這種男女之事外人插手不得，便真的到後艙煮茶去了。

談寶兒尷尬地將張開的雙臂放下，小心翼翼地坐到謝輕眉身邊，壓低聲音道：

「妖女，你到底想玩什麼花樣？」

謝輕眉嫣然道：

「容郎你這是怎麼了？剛才還親親的叫得多親熱，呵呵，轉眼就翻臉不認人了！上次在皇宮的時候，你可是看過了我的樣貌，這天下人人欽羨的魔族聖女的丈夫一職，可是非你莫屬了！」

談寶兒聽她一提，頓時記起她在葛爾山脈的時候果然說過，誰要看到她面紗下真面目就嫁給誰的話，當即笑嘻嘻道：

「老婆你不說，我還差點忘了有這回事！怎麼著，今天來是要謀殺親夫還是怎麼的？」

謝輕眉看看他，一臉幽怨道：

「當日被你這狠心的冤家打傷之後，奴家在大風城外可是休養了十來日，傷好後立時來尋你，知你來了南疆，我便跟來了。我剛到怒雪城，你就離開，我自也跟來。你要去沉風塔，我幫你擋住那老和尚，現在你要去東海找兩位妹妹，我就先來幫你準備船陪你同去，我這樣對你，你……你卻這樣說人家？」

謝輕眉說到後來，臉上神情悽楚，眸中更是清淚隱隱，便是百煉鋼見了也要立刻化作繞指柔了。

但談寶兒卻是不為所動：「大家都老大不小的了，盡說些瞎話，你以為有意思嗎？說吧！你到底想怎樣？」

謝輕眉一臉無辜：「人家都說了，你偏不信，那又有什麼法子？」

談寶兒伸手過去：「要我信，你先將那舍利給我！」

謝輕眉卻似沒聽見，只是好看地伸伸懶腰，道：「等了你五天五夜，好倦哦，我休息會兒，茶好了叫我！」語罷全不管談寶兒反應，便那樣風情萬種地躺了下去，淡眉流動間，雙眼已然輕輕合上。

妖女！談寶兒恨得牙癢癢，他自知這妖女對自己以身相許和天上掉金子的機率相差無幾，但真要動手自己未必就能打得過她，最重要的是舍利還在她身上，並且有那玉石俱焚之術可依恃，饒是他素多機智，投鼠忌器下卻也毫無辦法，想了半晌，最後卻只能重重朝天河裏吐了口唾沫，心中發狠：

「臭婆娘，算你狠！你要跟著老子就儘管跟著，早晚老子給你找成百上千個老公，讓你巨爽而死！」

船行不久，進入天河，之後水勢由東向西，去東海卻是逆水而行，加上船裏多了一人，御船所耗念力便遠較來時爲多，行了個多時辰，談寶兒便覺得頭腦昏沉，四肢乏力，卻是念力消耗過度之兆，無法見此道：

「老大你來休息一會，我來御船吧！」

談寶兒點頭答應，撤去念力，坐到謝輕眉身邊看管。只是此舉卻是徒勞，謝輕眉自躺下之後，竟然真的有恃無恐地陷入熟睡，一直未睜過眼。

談寶兒想起自己辛苦得半死，這搭順風船的傢伙卻睡得如此舒坦，一時大爲不平，便一邊咽著口水，一邊惡狠狠地瞪著謝輕眉的雙峰看，算是折些船錢。

正看得高興，卻忽聽一聲慘叫，談寶兒慌忙側頭看去，只見無法全身紅光暴閃，抱著頭，臉色極是痛苦。

談寶兒暗叫不好，雙手忙變幻手印，同時大喝六字真言：「唵嘛呢叭咪吽！」手印和真言形成的聲浪同時朝著無法轟了過去。

「嗡！」無法如遭雷擊，翻翻白眼，軟倒在地，而身上的紅光卻也終於消失不見。談寶兒知道他體內妖氣暫時被鎮住，大大地鬆了口氣，走過去將他扶起，放到烏蓬籠罩的後艙，給他灌下驅魔散。

忙完這一切，談寶兒嘆了口氣，正要走到船頭御船，卻見謝輕眉不知何時已起身坐了起來，衝著他似笑非笑道：

「原來容郎你會六字真言咒啊，害得人家白白爲你們兄弟擔心了這麼久。只是你知道不知道這咒可是治標不治本的哦？」

談寶兒覺得這丫頭還真是個妖精，好像什麼事情都知道，表面卻嘻嘻笑道：「什麼狗屁六字真言，老子什麼都不知道！」徑直走到船頭，開船去了。

謝輕眉笑笑，也不再說，和無法一樣繼續睡覺。

直到晚間時候，這兩人才次第醒來。

因爲少了無法的輪替，談寶兒一個人驅船，少不得中間要休息，速度自然有所降低，但這一日行程卻也有千里之遙。

這日晚間時候，三人已經到了九萬里天河的中段，進入了天州地界的水羊城。

無法清醒之後，談寶兒便將這幾日發生的事細細說了一遍。無法聽完先是大驚，隨即拽著談寶兒的手道：

「老大你說的可是真的？那隻蝴蝶真的已被封印到了我體內？」

在得到談寶兒滿懷歉意的肯定答覆之後，這小子卻哈哈大笑起來：

「這事情真是太有意思了，那傢伙那麼大個身軀，究竟被封閉到了我身體裏哪個角落？說不定在我那東西裏，哈哈！我來看看！」說時竟然在身上四處亂摸，揚揚得意地自顧自看了起來。

眼見天色已晚，談寶兒止住無法胡鬧，將竹篙插入河心，泊船水中央，從酒囊飯袋中取出食物，和無法分了食用，卻並不招呼謝輕眉。

謝輕眉笑笑，也不見她如何做法，卻從河裏抓出幾條大魚，輕輕一拍魚頭，那魚再不動彈，她將魚放在船頭，過不得多時，直接捧起就吃，居然熱氣繚繞，脂香四溢——那魚竟然早已熟了。

談寶兒和無法兩人看得瞠目結舌，心說魔族妖女果然古怪。

吃過晚飯，談寶兒念力耗盡，自是不能趕路，念及無法體內妖氣作祟，便讓他去休息增加念力用以鎮壓，自己則守著謝輕眉，看她究竟要玩什麼花樣。

是時明月如霜，照在天地之間，更顯海闊天空。河岸萬家燈火，河上漁舟唱晚，水鳥扶搖，船泊其間，如在畫中。看談寶兒望著自己，謝輕眉衝著他微微一笑，忽然抹去面紗，散去長髮，將一雙白玉纖足伸進天河，感受那水流冷暖。談寶兒定神看去，一時竟是癡了。

一時四野無聲，天地一片靜謐，唯有船頭一豆漁燈，畢剝流聲。

也不知過了多久，忽見謝輕眉指著河上水鳥，輕聲道：

「扁舟從此逝，江海寄餘生。容郎，你看那些比翼的水鳥，是何等自由！你說如果人魔兩族沒有交戰，你我能不能真的攜手並肩遨游江海？」

談寶兒聞言一怔，隨即笑道：「你跟我說這個屁話有什麼意思？好像這兩次人魔戰爭，都是你們挑起的吧？」

謝輕眉淡淡道：「千載之前，採我黍離者，豈非君之族乎？」

談寶兒不是真的談容，這麼文謅謅的話，他自然聽不懂，正不明所以，忽見前方河面星火大起，喧鬧聲大作，忙起身站了起來。

「發生了什麼事？」吵嚷之聲卻連無法也驚醒了，這小子一個箭步躥到了船頭來，禿頭搖晃，東張西望的。

河上明月朗照，煙水朦朧，一條小船划破水波，如箭一般朝這方划了過來，而在這條小船的身後，卻有著上百條同樣大小的船隻，隨後追趕。

靠得近些，卻見爲首那條小船上站著的是一名青衣少年。

那少年看到談寶兒所在的船，好像是苦海見到明燈，不由高呼道：「救命！前面的大俠救命啊！」說時小船朝著他們划了過來，身後諸船自然是窮追不捨。

「大俠？不是叫我吧？老子全身上下有哪一分像大俠？哈哈，肯定不是叫我的嘛！」談寶兒眼見這人身後那麼多船，頓時仰天打了個哈哈，御船便要離開——一個謝輕眉已經夠煩的了，他不想再惹禍上身。大俠這種東西，說好聽點是大俠，說難聽點就是免費打手冤大頭，這種吃虧不討好的事，談大英雄素來是沒有興趣做的。

但這時，場中的局面卻又已發生了變化。只聽少年身後眾船中忽有人發出一聲大叫：

「昊天盟辦事，不相干的人滾遠些！」

叫聲才落，眾人齊齊一聲驚呼，但見爲首一船陡然離開水面，凌空飛起五丈之高，在空中一個旋轉，如經天神龍一般，劃破十丈長空，陡然一折，橫落到那青衣少年的船頭之前，擋住去路。

小船之上本有一盞漁燈，但小船從飛起到落下，那漁燈竟然一晃未晃，而駕駛小船的持

刀大漢更是由頭到尾的雙足緊貼在船上，衣袂不見任何飄動！

昊天盟眾見此不由齊聲歡呼，而那青衣少年卻大驚失色，慌忙划船折向，但昊天盟其餘諸船卻已次第跟上，在一瞬間對他形成一個合圍之勢，再也逃無可逃。

他本來皮膚雪白，此時身陷重圍，一張臉便更顯得全無血色，四處張望的驚惶雙目，好似被困的獸瞳，猙獰中充滿絕望。

橫船的大漢似乎是昊天盟此次行事的首領，手中刀光一閃，身形帶起一蓬幻影，瞬間躍到那少年船上，大刀帶起冷月似的光輝，朝著少年頭頂砍落下去。

那少年有心躲閃，但卻不知為何力不從心，雖踉蹌退了兩步，這一刀卻還是砍在肩膀上，頓時血流如注，還待掙扎，大漢刀背反轉，已將刀刃架在了他脖子上，一時再不敢亂動分毫。

大漢兩招制敵，臉上卻並無得色，只是衝著那少年冷笑道：

「小子，你可真是好狗膽，竟然半夜跑到我昊天盟分舵來偷東西！說！你是何人門下？受誰指使？」

青衣少年臉色變了變，忽道：「是不是我說了，你們就放過我？」

大漢點頭道：「可以饒你不死！」

青衣少年咬咬牙，抬起手指著談寶兒三人的船，大聲道：

「是他們！當中那人就是天火神將談容，旁邊兩人是他手下，就是他們讓我來你們分舵偷名冊的。」

「啊！談容？」昊天盟眾人聞言都是大吃一驚，齊齊望向談寶兒三人的船上，眼中都滿是敵意。昊天盟素爲朝廷大敵，而談容卻是朝廷最近的風雲人物，一聽他到了這裏，眾人自是如臨大敵。

那大漢沉吟片刻，猛的一刀砍在那少年膝蓋處，一條小腿硬生生被削去。

少年痛得慘叫不絕，末了赤紅著眼瞪著大漢，顫聲道：

「古三同，你言而無信！爲什麼斷我的腿？」

古三同冷笑道：「老子只說饒你不死！可沒有說不能砍你的腿！你給老子在這安分點，不然我回頭再將你另一條腿也砍了！」說時再不管那大罵著的少年，飛身落到自己船上，也不見他如何用力，小船如箭般向著談寶兒這方快速過來。

無法氣得暴跳如雷，對談寶兒道：

「老大，這小子信口雌黃，我們什麼時候認識他了，讓我去教訓……咦，老大，你拿抹布蒙臉做什麼？」

「這個……河上風大，遮遮臉，保持皮膚水分，這是我保持青春美貌的不二秘方！」談寶兒回以乾笑，他自然不知那少年爲何隔了如此遠還能認出自己，但昊天盟的人中難保有認識少盟主楚小魚的，而謝輕眉就在身旁，若是讓這魔族妖女知道堂堂談大將軍和昊天盟少盟主長得一模一樣，散布幾句謠言，天下還不得大亂？

「真的？哈哈！我也試試！」無法信以爲真，伸手從旁邊也拿起一塊抹布弄濕了，將臉遮了起來。謝輕眉更是早在無法從後艙躍出來的時候，已將紗巾蒙上。

於是等到古三同可以看清楚二人面容的時候，看到的只是三塊抹布。

古三同愣了愣，雙手緊握刀把，將刀尖下豎，高聲問道：

「在下昊天盟水羊分舵舵主古三同，請問三位是否就是談容將軍、無法大師和楚遠蘭姑娘？」

天姥城一戰，除開談容，隨他左右的無法與楚遠蘭也同時名揚天下，古三同眼見船上一個和尙一個年輕美女，才有此一問。

無法一愣，喝道：

「你怎麼知道佛爺就是佛祖繼承人無法大師？」

此言一出，古三同神情已是一緊。

一旁的謝輕眉更是依樣畫葫蘆，笑問道：

「你怎麼知道我就是神州第一美女楚遠蘭大小姐？」

「果然是你們！」古三同再無猶豫，刀光一閃，飛身朝著談寶兒飛撲過來，同時大叫道：「兄弟們一起上，盟主有令，殺死談容，賞黃金十萬兩！」

「阿彌陀佛，佛爺我賞你大便十萬兩你要不要？」無法大喝一聲，五指虛抓，念力已經鎖在了古三同刀光之上。

古三同驀然覺得手中單刀重如萬鈞，自己氣勢洶洶的一刀再也劈不下去，當即哈哈大笑道：「不愧是禪林中人，好強的念力！」運足功力，將刀後抽，身體落到談寶兒眾人船頭的水面，刀勢凌空一個旋轉，一刀砍向無法，只是刀才一揮出，那刀便又已重如千斤，卻是又被無法的念力捉到，無奈下只得再次變向，如此反覆。

古三同出刀速度雖快，但再快卻又怎麼及得上念力的速度？只要無法眼睛一到，念力便到，幾乎是沒有任何的停歇，古三同無論怎麼變招，那把大刀很快就會被念力鎖住，只有不斷改變方位，堪堪擺脫控制，想要傷人就難上加難。

在這兩人糾纏的時候，那百多條小船卻已開了過來，船上昊天盟眾人如水鳥一般騰空飛起，長夜裏，像極一群蝙蝠，遮天蔽月的，隨後如密雨一樣朝著談寶兒三人所在的船隻砸了下來，刀光劍影閃成一片，將小船四周照得有如白晝。

無法見此火大萬分，明明知道佛祖繼承人在此，還敢放肆，實在是太不給面子了，當即大聲叫道：「老大、眉嫂子你們別管，看我的！」說時意念沉入天河之中，立時地，河水化流點滴，成千上萬的水滴從河裏飛起，如離弦之箭，四面八方朝著空中射了過去。

那些昊天盟眾並非庸手，眼見水滴飛到，紛紛將刀劍舞得密不透風，將身體四周護住，水滴撞到刀劍上，頓時一片叮噹之聲不絕。

此時古三同的刀卻已到了身前，無法側身錯過，一掌輕輕拍在刀背上，將刀蕩開之後。古三同覺出雖然刀背離開了無法的手，但一股潛力依舊隨著刀背傳來，不由大吃一驚，叫道：「禪林潛龍掌！」

無法大笑道：「有見識！老古，咱們再來！」飛身一掌朝著古三同撲去，同時伸手一揮，天河之中又是水花亂濺，水花化作千萬水滴，朝著空中疾射而去。

可憐那些昊天盟眾，剛剛被前一波水箭沖得還沒有落下，卻不得不奮力揮舞刀劍，接受第二波衝擊，只搞得手臂酸麻，苦不堪言。

無法見此哈哈大笑，一邊用枯月傳的武功禪林潛龍掌和古三同遊鬥，一邊不斷用意念御著水滴攻打著天上的昊天盟眾，雖然因爲念力分散威力大減，並不能洞穿金鐵，但水滴的衝力卻也讓他們在空中停著，並不能落下。

一時間河面上波濤洶湧，河面上兩條人影如龍虎爭鋒，形成幻影千條，而天空中萬滴成雨，幾百人被水流衝擊不能落地，浪濤聲、金鐵鳴聲、慘叫聲和大笑聲交織一團，在河風裏飄流搖曳，蔚為壯觀。

談寶兒看得又是好笑又是好氣，心說：這小子還真是會胡鬧啊。

一旁的謝輕眉卻是嘆了口氣，道：

「師父說神州藏龍臥虎，如今看來果然不假！」

談寶兒咦了一聲，奇道：

「你師父真的這樣說？我以為你們魔人都是自大無知的呢，不然也不會總癡心妄想占據我神州山河了！」

謝輕眉白了他一眼，道：

「你們人族才自大無知呢！別以為前幾天打了幾次勝仗，就能阻擋我魔族大軍！過幾日，天魔大人親臨神州，看你們怎麼辦？」

「天魔？那老小子還活著？」談寶兒大吃一驚，隨即指著謝輕眉哈哈大笑，「小親親，你還沒有睡醒吧？你們那個狗屁天魔，早已經被我們的羿神大人給掛掉了！」

謝輕眉但笑不語，端起茶杯，用一種近乎憐憫的眼光看著談寶兒。

談寶兒被她看得發毛，沉著臉喝道：

「再看！再看，小心老子將你就地正法！」

謝輕眉輕輕抿了口茶，很是優雅地笑道：

「好，好，我不看就是，只不過，你若再不動手，你的好兄弟可就要掛了！」

「啊！什麼？」談寶兒呆了一下，慌忙朝無法看去，只見這小子依舊和古三同諸人鬥得開心，只是全身都已經紅光暴漲，不由大吃一驚，叫道：

「無法快回來！」

但無法卻似對此完全沒有察覺，只是哈哈大笑道：「老大，你和眉嫂子多親熱會兒，我再玩一會兒就過來！」說時念力再次注入河水之中，便要帶動水流上沖，頭腦裏猛然一陣針扎似的劇痛，不由抱頭慘叫。

恰在此時，古三同一刀正好砍來，落到大腿上，頓時帶起一片血霧，但古三同卻也連人帶刀被無法身上的紅光反震開去十丈之遙。談寶兒急忙飛身去救。

這時候，空中那幾百受盡虐待的昊天盟弟子沒有了水流沖擊，如隕石一樣一起掉了下來。這些人之前已被無法耍得很慘，早已有些暈頭轉向，一得自由，也不分敵人是誰，朝著談寶兒就猛地撲了過來。

談寶兒火大喝道：「找死！一氣化千雷！」十指顫動間，十道金色閃電脫手飛出。每一道閃電離指之後，卻如煙花一般綻放，再次分出十道更細小的閃電，好似一條條金蛇，朝著半空中的昊天盟眾疾射過去。

昊天盟眾人幾曾見過如此恐怖得可以操控閃電的人，大駭下，只能本能地揮刀劍去擋，但這一氣化千雷可不比無法射出的水珠，刀劍才一碰到，紛紛被閃電的巨大能量所擊穿。而鑄刀劍的金鐵更是最佳導體，偶有寶刀寶劍沒有被閃電擊穿的，電力卻順著刀劍進入了持有者的身體。

一時慘叫悲鳴聲不絕，血雨紛飛。

上百條金蛇狂舞之後，便有上百條昊天盟好漢的性命被奪走，屍體無一例外地落到了小船之外。其餘昊天盟眾見了心膽俱裂，慌忙在空中狼狽轉身，堪堪在要碰到談寶兒這個煞神的時候，主動選擇掉到水裏。

談寶兒又驚又喜，他本意是用閃電將這些人擊退，卻沒有想到經過小三的指導之後，這一氣化千雷的威力竟然達到了如此恐怖的境界，從今之後，只怕再也不用怕圍攻了。

他正高興，卻忽然聽見一聲巨吼，眼前紅光大作，驚醒過來，朝無法看去，頓時呆在當

場。

月光之下，無法抬頭望天，臉上的抹布已不知何時不見，一張臉扭曲變形，雙目變得如同火色的琉璃，最讓人不可置信的卻是，在短短一瞬間裏，他的兩肋竟然生出了一對巨大的火翼！之所以說是火翼，是因爲這一對翅膀，形狀像蝶翼，卻完全由血色的烈火所包圍，根本看不透裏邊是由什麼東西組成。

談寶兒和昊天盟眾人正自驚愕，無法卻仰天一聲長嘶，雙翼扇動，立時地，無數點拳頭大小的血色焰火，像流星雨一樣，從翅膀間傾瀉而出，眨眼間籠罩了方圓百丈之內。

談寶兒、古三同和謝輕眉三人都是大驚失色，慌忙展開輕身之術，朝後飛退，以最快的速度脫出火雨包圍。

火雨落到水面上卻並不熄滅，而是熊熊燃燒起來，火焰騰起十丈之高，好似天河中的不是水而是油。

眨眼間的工夫，河面上熱氣騰騰，水泡咕咕響，方圓百丈之內的河水竟好似被煮沸了一樣。撕心裂肺的慘叫聲中，來不及逃脫的昊天盟眾和各種各樣的魚蝦水產一起，翻著白眼，被煮成了一鍋好湯。

謝輕眉臉色大變，翻江煮海這種事以前只在神話中聽人說過，萬萬料不到竟有機會親眼目睹。談寶兒則早已是臉色慘白，心說丫丫個呸的，連水都能當油燒，這只怕少說也要一百張燎原符才能辦到吧？

不時刮起大風，火借風勢，燒起昊天盟眾人駕來的那百多條船，一時更加的火光沖天。小船隨風漂動，火勢順勢蔓延，沿著天河之水，像西奔流，足足傾瀉出千丈之外，燒了一刻鐘，方才停息。夾岸漁民看了，只以為火神老祝發怒，驚慌失措下，焚香禱告之聲此起彼伏。

待到火勢止息時候，無法雙翼收斂，面容恢復正常，軟倒在水面上，和許多屍體一起隨波逐流朝西流去。

談寶兒忙展開凌波之術飛了過去，只見他四周水泡直冒，蒸氣沸騰，伸手抓住他衣領，想將他從水中撈起，卻只覺得熾熱難當，忙重又放進水中。細看時，才發現無法身上衣服雖然完好，但衣服包裹裏的身體卻全是通紅，好似一塊火炭。

為防無法身體隨水流走，談寶兒發動真氣，在其四周布下一個封水之陣，將水流封住，總算是暫時將無法的身體定在了河中央。

做完這一切，談寶兒念動六字真言，但一陣「唵嘛呢叭咪吽」下去，無法身上火熱卻絲毫不退。眼見天色將明，若是被人看見如此局面，只怕會惹來許多不必要的麻煩，談寶兒不由心憂不已。

這時候，謝輕眉飛了過來，微笑道：

「容郎，你兄弟剛才消耗念力過多，現在已被火氣攻心。不過，我有辦法將你兄弟的體溫降低，讓你平安將他帶走！」

「那你還站著做什麼？動手啊！」談寶兒瞪了她一眼。

「嘻嘻，要我做事，你總要付出點代價吧？」謝輕眉笑得很嫵媚：「其實也沒什麼，就是不能再向我討要舍利，答應讓我陪你去東海！」

「大姐，你別忘記你可是魔族中人，大家不共戴天的！你跟一段路就夠了！以後再與我同行，老子會身敗名裂，死後還要天天在口水裏洗澡的！」談寶兒覺得這女人實在太狠毒了。

「那可不關我的事了！」謝輕眉眨眨眼睛，俏皮無比，落到談寶兒眼裏，卻實在欠揍得很。

談寶兒暗恨自己大意，沉風寺的老僧明明說不可讓無法大耗念力，而之前更有無法御船就引發妖氣膨脹的先例，自己竟然放任這小子亂搞，這才不可收拾。事已至此，只能先穩住這妖女了，咬牙道：

「好吧！答應你了！」

「好，夠爽快！」謝輕眉嫣然一笑，雙手合十，赤足離開水面，雙腿盤起，身體慢慢升了起來，不時飛起九丈之高。

也不見謝輕眉如何作勢，談寶兒陡然覺得眼前一暗，隨即光華大盛，再一細看，她全身已是白光大盛——本來籠罩整個河面的明月之光，竟在這一瞬間全數集中到了她身上。

談寶兒恍惚之間湧起一種錯覺，這白衣赤足的魔女，在這一瞬間竟然顯得神聖無比，眸子中清澈聖潔的目光，讓他不敢逼視。

卻見謝輕眉伸手一指，一道柔和的月光從指尖射出，直接落到無法身上，同時她自己身上的月光變得暗淡許多。這種情形，好似謝輕眉本身是一面聚光鏡，將滿天分散的月光聚到自己身上，然後會聚成一點，落到無法的身上。

月光落到無法身上後，頓時發出「哧哧」的聲響，那情景好似一盆冰水澆到一塊火炭上，唯一有差別的是沒有冒白煙而已。過得片刻，無法身上忽然紅光暴起，順著月光反射回謝輕眉身上，兩人臉上神情都是一般愉悅。

良久之後，謝輕眉收回手指，身體降落，貼著水面飄了過來。

談寶兒上前一看，無法身上的火紅顏色終於消失，一探鼻息，悠長均勻，卻是早已進入酣睡狀態，頓時放下心來。

河上小船大都已經被這場煮海大火燒成了灰，唯有談寶兒買的船因為距離無法最近，反而並未遭殃。

此時古三同早已嚇得逃之夭夭，談寶兒將無法弄到船上，當即御船離開這是非之地。

但船才開出不遠，水面上忽然冒出一顆人頭，張嘴叫道：

「救命啊！談大俠救命啊！」

談寶兒定睛看去，發現那人正是之前被古三同所擒住的青衣少年。今夜種種禍事，全是因這少年而起，他心頭大恨，有心任這混賬在河裏自生自滅，只不過行俠仗義雖不是他的本職，見死不救這樣缺德的事他卻終究做不出來，嘆了口氣，將船划了過去。

將這少年拉上船來，談寶兒這才發現這人渾身是血，懷裏居然還抱著一段血淋淋的小腿，細看才發現他左腿竟已是齊膝而斷，不由發出一聲驚呼，下意識地鬆了手。剛才隔得太遠，古三同對青衣少年做了什麼，談寶兒並沒有看太清楚，只是聽到少年說自己指使他偷什麼名冊，然後古三同給了他一刀，卻不想這一刀竟是削斷了小腿。

那少年斷腿尚在淌血，臉色慘白，但雙眼中卻透著一種堅毅，眼見談寶兒放手，他竟然雙手支地，強撐著將另外一條未斷的腿跪在船舷上，對談寶兒道：

「談大俠大恩大德，小青此生不忘，來日必有厚報！」說完這話，再也忍受不住劇痛，雙眼一翻，昏死過去。

「呸！你又不是美女，連最流行的以身相許都不成，還說什麼厚報老子？」談寶兒對他的話嗤之以鼻，「不過看你這小子還算硬氣，老子就好人做到底！」

他打架經驗豐富，應付跌打損傷的手藝自也不差，幾下子便將少年的斷腿和原來的腿重新接在一起，綁上夾板之後，末了想了想，又將夾板拆去，將小三留給他的那團神靈散敷了一小塊到少年的肩膀和斷腿處。

做完這一切，談寶兒將少年扔到後艙和無法待在一起。他生怕昊天盟的人找自己麻煩，不敢再待，迅疾御船離開這片水域，向東而去。

船行之後，無法和那叫小青的少年卻都陷入了深度昏迷。

小青的狀態很穩定，有了神靈散這神藥，傷口癒合很快，雖然昏迷，但各項生理指數都很正常，想來再過幾日便會康復。反是無法，昏迷中身體不時便有紅光暴閃，談寶兒又是給他服驅魔散又是念動咒語，效果卻不如之前的顯著，多虧謝輕眉施法在一旁協助，才再沒變身成蝶。

只是謝輕眉的法術乃是引月光之力，只有晚上有用。白日時候就只有靠談寶兒，他一邊駕船，一邊還要一遍一遍地念頌六字真言，念得兩日，已是口焦唇裂，苦不堪言，反觀謝輕眉卻每日睡著美容覺，好不愜意。

到第三日正午，念完一遍真言之後，談寶兒終於忍耐不住，掏出落日弓，對準謝輕眉道：

「妖女，老子不和你玩了！你今天再不將舍利交出來，老子讓無法和你同歸於盡。」

謝輕眉嘆了口氣，道：

「事到如今，我也不瞞你。當日我取走舍利，只是一時好奇，但沒有想到，那東西竟是我魔族中人的剋星，一到我手裏，便自動鑽進人家身體裏去，和我身體融為一體，這些日子，你看我在睡覺，其實不過是在運功壓制舍利的正氣而已！」

「有這樣的事？」談寶兒不信。

謝輕眉淡然道：

「我幹嘛要騙你？你殺了我四師兄，師父讓我必須殺了你，難道我高興和你這臭男人張口閉口郎來郎去的嗎？那還不是因為我需要找無法化解我體內的舍利正氣！」

「他能幫到你？」談寶兒吃了一驚。

謝輕眉道：「當日舍利進入我身體之後，舍利正氣攪得我痛不欲生，費了三日時光，才勉強將其威力壓制住，根本無法將他逼出來。最後我終於想到，舍利是用來壓制沉風塔裏的天蠶的，反過來說，天蠶的力量也可以克制舍利。但後來我再探沉風塔，那天蠶卻已消失不見，憑藉舍利的靈感，我發現那氣息進入了無法體內，只是有那老禿驢阻礙，我不能接近你們。我知道你肯定要去東海，這才作法發動一場大水，將圓江港的小船都漂走了，自己找了艘小船專門等你們……」

談寶兒聽得大怒：

「你個妖女，那水是你引發的？你知道那些小船都是漁夫們的謀生工具，你……你竟然爲了讓我上你的船，一下子全給人家漂走了！你知道不知道，就因爲你，多少家庭從此將斷了生計？」

「那是他們的事！」謝輕眉不以爲然，「還是說眼前吧！我體內有舍利，無法體內有天蠶，都是正邪衝突，這幾日我每日以引月大法將我們體內的氣息交換，每施展一次引月大法，能交換我和他體內大約二十分之一的氣息，彼此痛楚大減。你若信我，十八天之後，到達東海的時候，舍利之氣和天蠶之氣交換完成，彼此都再不會受反噬之苦。到時你我就分道揚鑣，再相逢時分生死就是！你若不信，現在就殺了我，大家一拍兩散就是！」

談寶兒認真看了看謝輕眉，沉吟半晌，最後道：「就這麼辦吧！不過，你若不能治好無法，別怪他日談容殺你魔族不剩一人！」

當下收起落日弓，自回船頭去了。

謝輕眉只覺他說這話時殺氣逼人，神威凜凜，全不似平日裏嬉皮笑臉的無賴少年模樣，心中沒來由的一顫。

兩人達成共識之後，繼續上路。

第七章　天人之力

這一日，眼見白日依山而盡，談寶兒撤去御船的念力，停下休息。

用過晚飯之後，談寶兒笑著對謝輕眉道：

「小親親，此去東海路途遙遠，你既要跟去，若不幫忙駕船，可有些說不過去。白天歸我，這晚上可就看你的了。」

謝輕眉淡淡一笑：「不就是駕船嘛，有必要弄得筋疲力盡的嗎？」說時雙手分開，一手朝天，一手指海。不時天上一道月華垂下，落到小船之上，將整個船身渡上一層淡淡銀光。

談寶兒正自驚異，忽聽船後一聲水響，小船已如箭射出，回頭看去，只見船位潮水跌宕起伏，一波未平一波又起，不斷推動小船遞進。

談寶兒何曾見過如此奇景，驚道：「這算怎麼回事？」

謝輕眉笑道：「容郎該知我魔族法力來源便是這天上明月，這區區引月驅潮之術，不過是小道，難道竟不知道麼？」

談寶兒撇嘴道：「老子怎麼可能不知道？不過是一時沒有想起來罷了！」

謝輕眉但笑不語。事實上，魔族法力源泉是明月不假，但這種引動潮汐明月之力爲己所用的法術，施展之後，只要明月在，潮水驅動的物體就永不會停，在魔法之中卻也是一種高級秘法，掌握它的除開魔陸三大高手，也僅有謝輕眉一人而已，並且這四人也從沒在人族面前施展過。談寶兒好面子胡吹，謝輕眉聽在耳裏，自是覺得好笑。

兩人晝夜替換趕路，如此過了兩日，無法雖然依舊昏迷不醒，但身上紅光卻漸漸轉淡，氣色大好，同樣，白日裏謝輕眉睡覺的時間也越來越少，顯然兩人體內氣息交換卓有成效。

這日晚間，小船進入天河有名的九曲十三峽的第一峽烏湯峽，輪到謝輕眉駕船，談寶兒正在後艙休息，忽然覺出身前寒氣襲體，不由大喝一聲：

「妖女，找死！」

他無奈與魔族妖女同行，心中一直有著戒備，深怕受到暗算，此時得理，便是全力出手，十道閃電脫手飛出。

一片叮噹聲中，有人叫道：「大俠請住手，一場誤會！」

談寶兒定睛看去，只見那青衣少年小青臉色慘白，正手持半截斷刀，單膝著地，身上卻多了幾處血洞，鮮血正自朝外汩汩亂冒。

談寶兒愣了愣，隨即問道：

「你這是做什麼？你什麼時候醒的？」

小青抹去嘴角鮮血，苦笑道：

「回談大俠的話，小人剛醒來不久。小人知道進入九曲十三峽之後，昊天盟勢力大盛，而這烏湯峽一帶最適合埋伏暗算，眼見大俠熟睡，深怕你受他們暗箭所傷，便想持刀守護，不想驚醒大俠，真是罪過！」

談寶兒恍然，過去將他拉起來，拍了拍他肩膀，笑道：

「小子，你倒夠義氣。不過，以後千萬別半夜跑到老子身邊來，不然我稀里糊塗地把你給宰了，可就不大妙了！」

「是是是，小人知道了！」小青被他一拍，很不自然，便要躲開，但卻被談寶兒土匪似的一把抓住：「你跑個什麼，快過來讓老子看看你的傷勢，你個混賬小子又得消耗老子多少靈藥啊，回頭照價賠來！」

「是是！」小青唯唯諾諾。

這次敷的卻是尋常金創藥，弄好之後，談寶兒冷冷瞪著小青道：

「好了！傷我給你治好了，小子，你現在是不是該對我說實話了？說吧！你和昊天盟到

底怎麼回事？最後竟然還誣賴上了老子？」

「小人該死！」小青屈膝跪倒，磕頭如搗蒜「小人上有八十歲兒子下有八歲老母，談大俠慈悲為懷良心發現，饒小的一條狗命！」

「上有八十歲兒子？下有八歲老母？」談寶兒失笑，「好了！別廢話了，究竟怎麼回事，先給我說清楚了！」

「是是是！小人本來只是水羊城中一個小混混，在城中實在混不下去了，昨天就想去昊天盟分舵的銀庫偷點銀子好跑路，哪知道不小心被他們發現了，還被他們以為我要偷他們什麼名冊，不得已下只能逃跑，我知道他們昊天盟的人最怕談大俠你，所以一看到江面有人，便說是談容，哪裡想到，誤打誤撞竟然撞到真神！冒犯之處，還請大俠見諒！」

「老子就說，隔了這麼遠，你怎麼能認出我來的，原來是瞎貓碰到死耗子啊！」談寶兒搖搖頭，「那你現在有什麼打算？」

小青立時跪下，抓住談寶兒的褲腳：

「談大俠，小人已經無處可去了。想今後就跟著你，報效國家，請大俠成全！」

他本以為談寶兒會考慮很久，下面一套求情的說辭已然準備好，那知談寶兒不假思索就答應下來：

「很好！我也是這麼想的，真是英雄所見略同啊！你以後就跟著我吧，不過別叫老子大俠了，那是罵人傻冒白癡的話你知道不……叫什麼？叫老大啊！快叫一聲來聽聽！」

「老大！」小青大喜過望。

兩人又說了一陣話，談寶兒讓小青躺下休息，自己跑到前面船頭曬月亮。

謝輕眉本在假寐，見他過來，傳音笑道：

「容郎，可別怪做老婆的不提醒你，這小子心狠手辣，還誣陷你，剛才那番鬼話更是未必靠得住。你現在讓他留在船上，將來吃虧的可是你！」

談寶兒淡淡回音道：

「你以為老子不知道麼？不過和老子玩花樣的，沒有一個有好下場，你等著瞧吧！」說時從酒囊飯袋裏取出筆墨紙硯，龍飛鳳舞地寫了一張什麼東西。

那東西寫好之後，談寶兒回到後艙，將小青叫起來，在後者疑惑的眼神中，親熱地摟住他的肩膀，笑嘻嘻道：

「小青啊，既然現在大家是兄弟了，咱們之間的賬，我也就要和你算清楚了。親兄弟明算賬，是不是？」

「是是，老大請說！」小青還搞不清狀況。

談寶兒正色道：

「剛才我在昊天盟手上救了你一條性命，是真的吧？聖人說得好啊，救人一命，勝造七級浮屠，你想來是知道的！這浮屠呢，就是寶塔，七級浮屠就是七層寶塔。咱們哥倆感情那麼好，這寶塔肯定要白玉來造，對不對？所以這一層寶塔的造價，按大夏的物價呢，就是一萬三千兩黃金，七層呢，就是九萬一千兩，零頭不要，就九萬兩！所以現在，你已經欠我九萬黃金了，對不對？」

「這個……」小青目瞪口呆。

「別這個那個了，男人嘛，爽快一點認了吧……對嘛，這才乖！還有，你之前詆毀我的聲譽，說我堂堂朝廷的一等天威侯鎮南大將軍會去做偷名冊這種雞鳴狗盜的事情！這名譽可是無價，不過算了，大家兄弟，算你十萬兩好了！我給你治傷的靈藥，乃是上古羿神所傳，又是無價的，不過算了，大家這麼熟，算你十萬。還有，你讓我從今開始和昊天盟正式為敵，日夜都要受他們追殺，這法力消耗費、湯藥費、精神損失費、保險費……一樣十萬不算多吧？看，你也搖頭，那就真是不算多了！這雜七雜八的加起來，也就一百萬兩金子的樣子，不過我看你現在也拿不出來，欠條我已經寫好了，你簽了吧！」

邊說談寶兒邊將剛才寫的那張紙條遞了過去。小青見這流氓赤紅的眼睛，一副自己要不簽，就要被扔下河去餵王八的架勢，哪裡還敢遲疑，接過筆龍飛鳳舞地簽下了一個大名。

談寶兒接過瞟了兩眼，隨即卻又從背後摸出一張紙，笑咪咪道：

「小青啊，你看是這樣的哈，無法哥哥為了救你呢，現在正躺在後艙昏迷不醒！你是不是也該表示一下？哈哈，我看你如此純潔善良的眼神，我就知道你是同意的了。來來來，將這張欠條也簽了，也不多，只有九十九萬兩的樣子，比我可少一萬兩呢，誰叫他是我小弟嘛……喂！小青，你別想不開，跳河做什麼？大家有事好商量嘛！小青……」

「撲通！」一聲水響，濺起浪花一片。

天河之水，從東海發源，流入西崑崙山滔天谷，歷程九萬里，以狂放奔流的大氣派享譽神州。但這九萬里路段之中，九曲十三峽卻奇峰迭起，山巒相連，山水交融，河水總是在崇山峻嶺間流淌，景致與秀麗險奇出名的蒼瀾江有了異曲同工之妙。

談寶兒眾人從圓江港出來，過了天州，出水羊城，進入禹州不久，便正式進入了九曲十三峽。進入十三峽的第一峽烏湯峽之後，天河之水陡然變得湍急起來，小船行走之時，兩側總有險峰對夾，天光黯淡。

進入九曲十三峽後，無法的氣色一日比一日好，但並未甦醒，按照謝輕眉的說法，這是她自己動的手腳，因爲無法體內天蠶之氣大盛，如果讓他甦醒，就會再次化蝶，到時可就無人可治了。

小青的傷勢有了神藥的治療已然痊癒，這小子天生的心靈手巧，做得一手好菜，談寶兒雖然懷疑他來歷，但神靈散除了能療傷外更可解萬毒，就放心地讓他包辦了每日做飯燒菜，算是多了個免費的廚師。

談寶兒自己白日御船趕路，增長念力，長夜對星而臥，或思索天地宇宙陣法之極，或夢回無名玉洞，展開三頭六臂，學習一氣化千雷和陣法配合之妙，經過小三的指點之後，他對法術陣法都有了脫胎換骨的理解，進境一日千里，許多之前沒有領悟的蓬萊陣法都融會貫通，赫然成爲一名陣法高手。

偶有閒暇，談寶兒也和不睡美容覺的謝輕眉拌幾句嘴，聽這美女說一下魔族的風土人情。兩人對得久了，談寶兒發現自己對她敵意大減，暗自惶恐，卻也拒絕不了美女的魅力，依舊沉湎其中。

唯一美中不足，卻是無法一直昏迷，談寶兒放心不下，不敢上岸打聽若兒和楚遠蘭的消息，心中著實掛念得很。

昊天盟立足神州，敢於朝廷對抗的根基便是控制了天河兩岸的黑道勢力，而他們勢力最大的地方除了東海的總部昊天島之外，便是這九曲十三峽，只因爲這裏水流陡急，險峰林立，實在是太好盤踞，朝廷曾多次派人圍剿，都無功而返。

談寶兒知道無法將昊天盟三百多人煮成海鮮湯的事，昊天盟肯定會算到自己頭上，一路謹慎不說，進入烏湯峽之後，更是格外小心，只是一路行來，讓談寶兒奇怪的是，掛著昊天盟旗號的船見了他們，竟是遠遠避開。

這一日，九曲十三峽行了一半，到了十三峽的第七峽藏劍峽。

藏劍峽雲霧縹緲，兩岸的山峰都是細長高聳，且是越向上便越尖，像極了一把把寶劍。此處水流卻也最險，談寶兒控制小船比之在前面時候更加費力，好在這些日子他每日以意御船，無形中念力大增，並且對水性的掌控也已是熟悉萬分，這才有驚無險。

時近正午，小青在後艙做午飯，前面就只有談寶兒和謝輕眉。謝輕眉此時已將昨夜吸收自無法體內的天蠶魔氣消化乾淨，優雅地站了起來，看了看前方，問談寶兒道：

「據說這藏劍峽中藏有十萬神劍，乃是你們人族大神孔神的藏劍之所，這些山峰都是神劍所化，不知是不是真的？」

九曲十三峽乃是天河主要地段，談寶兒自然沒有少聽老胡講裏面的傳說，聞言點頭道：

「不錯，據說孔神昔年奉羿神之命鑄劍，共鑄成神劍十萬零一把，神魔大戰結束，你們的天魔被幹掉之後，羿神只留下了一把，其餘十萬盡數放到了這藏劍峽中。怎麼了妖女，莫非你又想打什麼歪主意？我可告訴你，這些劍只是傳說，你根本找不到，就算找到了那也是我們人族的！你別想帶走一把！」

「小氣！誰稀罕了！」謝輕眉輕輕撇嘴，「你們有藏劍峽，我們還有埋兵塚呢！我只是忽然想到在東海蓬萊山，有一個叫做困天壁的地方，傳說是你們人族最厲害的陣法囚籠，號稱天下至堅至固，無物可破！而這藏劍峽中所藏的十萬神劍都是號稱無堅不摧，要是讓神劍遇到困天壁，不知是壁破還是劍斷呢？」

談寶兒聳聳肩：「這只有蓬萊掌門羅素心自己才知道了，不過小親親你要進去試試，我倒不介意幫忙！」

說話間，前方水流一轉，拐過彎來，陡見雲霧裏一對巨劍並排矗立，裂雲穿空，聲勢驚人。

謝輕眉指著左邊那稍高的巨劍驚呼道：

「莫非這就是十萬神劍第一峰的巨闕峰？對啦！它對面的可不就是湛盧峰嗎？」

談寶兒以前沒有來過九曲十三峽，自不認得，眼見謝輕眉這外族妖女居然比自己這個大夏子民還熟悉神州地理，一時大是沒有面子，只有唯唯諾諾。

他見前方水道轉窄，僅有三十餘丈，不由叫道：「前方水急，大家坐穩了！」自己集中精神，全力御船而行。

小船漸近巨闕湛盧兩峰之間，卻在此時，忽聽雲霧裏有人朗聲道：

「藏劍峽風景怡人，談將軍何妨多留片刻，與楚某共謀一醉！」

這人聲音本不算太大，但話一出口卻並不消失，而是在諸峰間回蕩，回音重疊之下，好似有千萬人在同時說話一般，如雷轟鳴，直接將滔滔河水之聲給壓制了下去，而藏劍峽內鬱積的雲氣竟也被聲音震得煙消雲散，露出一座座光禿禿的劍峰。

「楚某？難道是楚接魚親自來找老子麻煩？」談寶兒聽這聲勢，已是一驚，再聽到這人的自稱，更是大驚失色，忙在臉上纏上一塊抹布，並不答話，只是將念力都注入船身，御船如箭而飛，朝著藏劍峽出口的巨闕湛盧兩峰間射去。

「談將軍如此心急，也太不給楚某面子了吧！」那人一聲朗笑，便見巨闕峰上一點亮光驟閃，接著便是「轟隆」一聲驚天動地的巨響。

「什麼？」小船之上，談寶兒、謝輕眉和小青一起發出一聲驚呼，全是不可置信的神情。

只見那座巨闕峰竟然齊腰而斷，峰頂平飛而起，向右飛出不遠，落到峽口，掀起百多丈的滔天水浪！

水漲船高，小船直接掀到了巨浪之尖，談寶兒忙全力控制船身，水勢落下時，小船凌空連續旋轉十餘次化去衝力，被意念控制，好像一片落葉，從空中悠悠飄落回水面。做完這一切，談寶兒已是臉色慘白，全身濕透。

再看時，那巨闕峰的峰頂已經堵在了藏劍峽的峽口，五十丈大小的峽口竟被這塊巨石堵得嚴嚴實實，水流竟然為之停頓。

巨石之上，一名青布麻衣的中年男人負手而立，意態悠閒，正朝著船上諸人微笑——完全一副欠揍的絕食高手的醜陋嘴臉。

天河之水，本是自東向西而流，藏劍峽峽口被封之後，水勢落差逆反，小船從逆水變成順水，船上諸人為這人剛才移峰斷流的神威所震，落下後全忘記了控制小船，直到這小船已行到這人身前十丈，談寶兒才慌忙止住船行。

眾人震驚神色裏，中年男人朝著談寶兒微微拱手，朗聲笑道：

「昊天盟楚接魚見過談容將軍！久聞談將軍於百萬軍中取過魔人首級，乃是當世難得的少年英雄，今日得見，果然是聞名不如見面，不枉楚某不遠萬里專程從東海趕來！」

果然是四大天人之一的楚接魚，還專程爲老子來的！

談寶兒不由暗吸一口涼氣，表面卻朗聲笑道：

「原來是楚大哥，久仰久仰！那個，大哥你公務繁忙，難得有休假的時候，你看這個大老遠的從東海跑來看我，搞得小弟我多不好意思的！沒有說的，一會到前面港口小弟作東，大家好好喝幾碗！不過現在，麻煩大哥行個方便把這塊石頭搬走，小弟好行船過去！」

「談將軍客氣了！」楚接魚灑然一笑，「只要談將軍將殺害古三同舵主手下四百多人的兇手無法交給我，楚某立時讓路離開！」

談寶兒大笑道：「不勞楚大哥費心，小弟昨天晚上已經將那小子剁成八百塊，扔進河裏餵王八去了！哈哈，楚大哥這就請回吧！」

楚接魚淡淡一笑：「談將軍既不肯交人，少不得要楚某親自來取了！」

他話音方落，右手掌成爪一吸，談寶兒衆人只覺腳下不穩，向後便倒，忙運功穩定身形，再看時，腳下小船竟已凌空斜飛而起，向著數十丈高處的楚接魚飛了過去，不由同時失聲驚呼。

驚叫聲中，談寶兒忙將全部念力注入小船之中，而謝輕眉見此也使出魔宗所傳的定神術，都想止住小船飛行之勢，但哪知這兩位當世一流高手聯手，卻僅僅是使小船頓了一頓，便又已飛行如故。

談寶兒搖搖頭，仰天長嘆道：

「老子最煩的就是你們這些江湖匪類，三言兩語不合，就大打出手，目無王法，也不知書達理，太沒有教養了！老子可是朝廷欽封的一等神威侯，豈能隨便冒犯的……還不停手！」

他說話之際，落日弓已到手上，弓弦一震，雷聲轟鳴，金光亂顫，一道細如繡花針的閃電頓時離弦而出，直取楚接魚的臉。

經過小三指點之後，談寶兒對落日弓的控制已是今非昔比，這一次射出的閃電不同以往的力量分散，而是直接將所有的真氣集中到一點上，威力相差無法計算。

楚接魚眼見這道閃電剎那間便到了眼前，不由的微微動容，驚道：「好強的弓！」

他說話的時候，這道閃電卻已經到了他的左眼，相距不過半寸，眼看便要貫腦而過。遠遠地，談寶兒幾乎要發出一聲歡呼了，卻見楚接魚的眼皮動了動，然後輕輕合上。

「叮！」閃電命中眼皮，如中金石，在一瞬間被反彈出去，力量頓時分散，落到天河之中，河水爆炸，驚起千堆碎雪，復又落下。

「不是吧！太誇張了吧？」談寶兒瞠目結舌。他清晰地看見，楚接魚自始至終都是站在原位，只是在被閃電擊中的瞬間身體微微地顫抖了一下，而整個過程之中，小船依舊如見到磁鐵的針一樣朝著他飛過去，甚至連飛行的速度自始至終都是分毫不差一樣的速度。

此時小船距離楚接魚已不足十丈。

楚接魚哈哈大笑道：「談將軍若再不出全力，無法可就要落入我手，今日一戰，可算是楚某勝了！」原來他竟然將能否爭奪到無法，當成了和談寶兒之間的戰爭了。

「ㄚㄚ個呸的，想帶走無法，哪裡有那麼容易！」談寶兒心想：老子賭了，當即大喝道：

「嘰哩咕嚕阿非咯思爾！楚老兒，再接老子一箭試試！」

一道閃電又已離弦飛出。

這一次速度更快，楚接魚這次是全神貫注地關注著談寶兒，但才反應過來，那閃電卻已到了眼前。感覺到這次閃電所攜帶的風雷之勢更加不可阻擋，楚接魚嚇了一跳，忙伸出左掌，一股掌力劈了上去。

「轟！」掌力和閃電撞到一處，直接炸開，發出驚天動地的巨響。楚接魚更是被爆炸所產生的衝擊波震得踉蹌後退三步，胸中氣血翻騰，險些吐出一口血來，而一直向他飛行的小船卻也在瞬間失控，朝河裏掉了下去。

楚接魚覺出這一箭比之先前那一箭威力大了十倍不止，正自驚駭，眼前卻又已是電閃雷

嗚，金光一片，忙使出天河長流掌，左接右擋，也不過堪堪將閃電擋住，一時只有招架之功，全無還手之力，不由大驚失色，借著餘光看去，發現遠處發箭的談寶兒，失聲驚呼道：

「上古神術三頭六臂！」

電光縱橫裏，談寶兒果然已經變成了三個頭和六條臂膀，其中一隻手握住落日弓，其餘五隻手則分別抓著弓弦不同的位置，發箭時五隻手一起鬆開，五道閃電離弦後迅疾彙聚成一。

事實上，三頭六臂之術最厲害的並非是讓施法者的手變成了原來的三倍，可以同時施展許多法術，而是其功力也跟著連續加倍了三次，變成了原來的八倍。現在談寶兒每一隻手都聚集著一氣化千雷，五隻手一起使用，便等於原來的五倍疊加。是以現在他射出的一箭，功力就是原來的四十倍，所以以楚接魚之能，卻也只有招架之功。

一邊小青的臉色都白了，他早知道談容很強，卻沒有料到竟然強到可以變化三頭六臂這種變態的程度，他眼中神色變幻，卻看不出喜憂。

謝輕眉卻心中暗自做著比較，要是換了師父厲九齡，只怕也沒有把握能突破談容的閃電狂射吧！從這一刻起，這俊美少年挽弓發箭的英姿已深深烙印她心中，一生一世，再也無法忘懷此時的風姿。

只是這種法術卻是在一瞬間抽取全身功力，並不能持久，談寶兒以五手連發，更是極大地消耗了潛力，在射出幾箭之後，真氣已然不繼，雖然依舊是五手發射，但威力已與一手相若。

楚接魚感覺壓力一輕，已知端倪，不由長嘆一聲，朗聲道：「談將軍學究天人，可惜年紀太輕，若是再過十年，必能與楚某一戰!可惜，可惜，可惜！」他連說三個可惜之後，猛然拍出一掌，磕飛一道閃電，隨即雙掌合璧，兩掌平推而出。

交手以來，楚接魚第一次反擊。

一股攜帶著驚濤拍岸氣勢的氣流暴泄而出，朝著小船襲擊過來。談寶兒感覺到這氣流中排山倒海的壓力，頓時臉色大變，不由叫道：「小親親，再不動手，你就等著守寡吧！」說時六隻手一起泄出真氣，面前水光驟閃，用六個封水陣，在身前結出一道厚厚的玄冰之牆。

同一時間，謝輕眉不等談寶兒招呼，也已從頭上拔下三根華髮，迎風一抖，化作千絲萬縷，絲縷交錯，迅疾編製成一面雪色光牆。

「嘩啦！」氣流擊中玄冰牆，玄冰碎裂，冰屑四濺。氣流去勢不止，撞到雪色光牆，光牆從中央發出一聲顫動，好似水波一般，向四方蕩漾。但那氣流實在太過強大，終於光牆也發出一聲好聽的裂開之聲，被氣流穿裂而出。

「轟！」一聲巨響，氣流命中小船，小船碎裂成片，木屑飛濺，談寶兒和謝輕眉如遭雷擊，狂吐一口鮮血，昏迷過去，各自飛出去。

小青和無法自也無法倖免，同時被擊落船下。這一剎那之間，四個人被分散成四個方向散落而去。

「諸位，好走不送！」楚接魚淡淡說了一聲，真氣灌注手掌，便要出手。卻在此時，藏劍峽上方陡然光影一黯，半空中有人叫道：「楚施主手下留情！」

「楚某要殺的人，管你天王老子來了也不留情！」楚接魚哈哈大笑，頭也不抬，雙手連動，瞬間拍出四掌，四道掌力分成四個方向，分別擊向空中掉落的四人。一代梟雄，此時終於露出幾分霸氣。

但出乎他意料之外，四道掌力眼見便要擊中四人，四人好似被一隻無形的巨手所抓住，全無道理的憑空移位，避過掌力的襲擊，然後朝著天空飛去，速度之快，只如電閃雷奔。

「什麼人？」楚接魚大吃一驚，抬頭向上，視力穿越百丈高空，卻見藏劍峽的上方天空，此刻正停著一隻巨鳥。

這隻巨鳥一身金色，雙翅如垂天之雲，左右各約有百丈，鳥身碩大無比，奇的是鳥背上上密密麻麻地布滿了樓閣，屋宇間密密麻麻地盤膝坐著幾百人，而且都是女人，其中更有絕大部分做尼姑打扮。

楚接魚失聲道：「九木神鳶！傳說中的九木神鳶怎麼會出現在這裏？」

他發愣的剎那，談寶兒四人已以肉眼難見的高速飛越了百丈高空，落到了那巨鳥身上，淹沒在眾尼身影裏。

「想走，沒那麼容易！」楚接魚冷笑一聲，身體立地而起，自創的流光遁影輕功使出，好似一道流光朝著巨鳥飛掠而上。

但當他飛到距離那巨鳥尚有五十丈距離，卻聽見鳥上有人清聲念道：「阿彌陀佛！」楚接魚的身體在這一瞬間竟然被定在半空，任他運足全身力氣掙扎，卻再也無法動彈分毫。

楚接魚大駭，要知道當今之世，即便是四大天人之一，號稱神州念力第一的禪林空雨禪師，也沒有可能完全將他鎖定到一動不動。

這時候，巨鳥上眾尼分開，一名青衣老尼陪著一名妙齡少女從鳥身探出頭來。

老尼合十微笑道：「抱歉了楚施主，九木神鳶上不是佛門弟子，就只能是女施主，不方便閣下上來，怠慢之處，多多見諒！」

楚接魚認出那人，不由叫道：「原來是寒山清惠師太！佛門廣大，師太何以厚此薄彼，談容既不是佛門弟子，也不是女人，憑什麼他能上去，我就不能上去？」

老尼淡淡笑道：「佛門雖廣，卻只渡有緣之人。談容已是我寒山水月庵當代聖僧，與施主不同。施主請回吧！眾弟子，送楚施主下去！」

「是！」眾女尼齊聲答應。然後楚接魚便覺頭頂一股巨力壓下，本是絲毫不能動彈的他，陡然間身體重如萬斤巨石，身不由己地朝著地面掉去，落到水面時那巨力不減，竟硬生生將他壓入水面之下，深陷淤泥之中，直至口鼻皆沒。

楚接魚身為神州四大天人之一，一身武學驚天動地，幾時受過如此遭遇，無奈窩火至極。唯一欣慰的是，他發現那壓制著他不能動彈的念力在慢慢減弱。

也不知過了多久，藏劍峽的水面終於陡然爆出一身巨響，滔天巨浪裏，楚接魚沖霄而起，他大吼一聲，將真氣遍布全身，將周身水汽蒸騰一空，極目望去，那隻九木神鳶卻已經只剩下一個小小的黑點。

望著漸漸消失在天邊的九木神鳶，楚接魚冷哼道：

「好你個水月庵，竟仗著人多欺楚某孤身一人！等楚某除掉蓬萊那臭女人，必集齊十萬徒眾，上你寒山！」

說完之後，楚接魚雙掌聚力，猛然朝腳下一揚，道無形的剛猛氣流，朝著藏劍峽的峽口擊落下去，撞到堵著峽口的巨石，發出「轟」的一聲巨響，石頭碎成千萬細塊，被集聚多時的水流沖得四散分逃，天河水道復又暢通。

楚接魚再不停留，身影一閃，落到十丈之外，再一閃，已在百丈之外，片刻後卻又已在千丈之外，瞬間消失在藏劍峽外。

河水奔流不息，唯有那被截去一段的巨闕峰，在陽光照耀下，分外刺眼。

天地一片陰暗，一點鬼火晃晃悠悠。鬼火上是一口油鍋，鍋裏熱氣騰起，嫋嫋娆娆，被陰風一吹，似散非散，從「鬼門關」三個血紅大字前飄過，帶起一陣讓人不寒而慄的顫慄聲。

牛頭馬面兩個面目猙獰的傢伙，雙手冰冷，分別拽著談寶兒的一條手，將他朝鬼門關裏拖。談寶兒死皮賴臉地將腳勾住關門口的一隻石獅子，叫道：

「老子還有幾十萬銀子沒處花，無數漂亮美女等著嫁我，今天打死也不進鬼門關！」

牛頭冷笑道：「人都到了鬼門關前，還由得你嗎？」說時另一隻手裏忽然多了一把寒光閃閃的大刀，朝著談寶兒的雙腳就砍了下去。

「啊！」談寶兒發出一聲撕心裂肺的慘叫，昏死過去……

「聖僧，你醒醒！」迷迷糊糊中，談寶兒聽見有人在耳邊叫自己，他睜開眼睛，眼前卻是一名清麗可人的少女，正衝著他微笑。

「哎呀！怎麼在地府也有這麼漂亮的美眉？早知道我早來了！」談寶兒大喜，一把握住

那少女的小手，「小弟談容，不是什麼剩僧，美女怎麼稱呼？今年幾歲，有無婚配，在閣神座下身居何職……咦！閣下到底哪位啊，怎麼看著這麼眼熟？」

那少女臉蛋一紅，掙脫他的手，嗔道：

「聖僧，我是秦觀雨，若兒的朋友，寒山水月庵的，你怎麼不認得了？」

「啊！原來是秦姑娘！哎呀，我以爲只有我這麼善良有趣的人死了才下地獄，怎麼你也下來了，這個嘖嘖，哈哈，真是人生何處沒有縫，幸會幸會！」談寶兒大笑。之前他去大風城外寒山找若兒的時候，正巧認識了這位京城四大美女之一的可人兒。

秦觀雨乾咳一聲，道：

「聖僧不要亂說話，我師父在呢！」

「你師父？」談寶兒翻身坐了起來，這才發現自己之前一直是睡在床上的，四處一望，卻發現自己在一個屋子裏，屋子裏陳設簡單，除開床之外，就只有一張桌子，桌子邊正坐著一名額頭爬滿皺紋的老尼。

見談寶兒望向自己，那老尼宣了聲佛號，合十鞠躬道：

「清惠參見聖僧！」

「什麼剩僧？」談寶兒一愣，「第一，我不是僧人，第二，我也不喜歡吃人家的剩飯的，所以剩僧什麼的，我想師太你是搞錯了吧？」

清惠師太神色尷尬，搖頭苦笑道：「清惠告退，聖僧有什麼不明白的就問觀雨吧！」說完再朝談寶兒鞠一躬，出門而去。

「客官走好，不送了！」談寶兒習慣性地張羅一聲，回頭低聲問秦觀雨道：「觀雨妹妹，咱們關係不錯，你告訴我這個剩僧究竟是怎麼回事？」

秦觀雨笑道：「不是剩僧，是聖僧，意為聖靈之僧，呵呵，不是吃剩飯的……你還記得不記得上次你來寒山找若兒的時候，帶走了《御物天書》，當時我就和你說過，從今之後，你就是我寒山派至高無上的聖僧了！」

談寶兒想了想，猛然一拍大腿：「哎呀，好像真有這麼回事，我當時還以為你開玩笑呢！」

秦觀雨白了他一眼，道：

「《御物天書》乃我派至寶，傳承之責何其重要，怎麼能當成兒戲呢？當日我和師父說了這事，師父次日就去楚尚書府找你，卻被告知你已去了南疆。十天之前，師父算出你這個天書傳人有大劫，就啓動九木神鳶，帶上我派六名長老和全部的八百弟子，乘神鳶來幫你，到達南疆後，聽說你來了東海，便趕快追來，正好到藏劍峽的時候看見楚接魚欲對你和你同伴不利，大家合力將楚接魚趕走，將你們救了下來！大家知道你要去東海，現在神鳶正在朝那邊飛呢！」

「你師父是神仙嗎？還會掐算？」談寶兒越聽越奇，「等等，你是說我們現在八百多人都在那個什麼神鳶之上？可是眼前這屋子……」

秦觀雨笑道：「眼前的屋子本身就是建在神鳶之上的，你自己先出去看看吧！」

不待她說完，談寶兒已推門出去。外面雲煙繚繞，地面呈現純金色，四周樓宇精美，金壁輝煌，其間綠草茵茵，鳥語花香，儼然是個仙境。

談寶兒呆了片刻，展開凌波術離地飛起二十餘丈，再看時，天如琉璃，雲似白錦，身邊清風陣陣，腳下山如土堆，河似溪流，自己果然正是在天上！

正自發愣間，那腳下樓宇卻悄然移動，竟遠遠離自己而去，細看時，那許多樓宇竟是伏在一隻金色巨鳥身上！想來這就是那所謂的九木神鳶了。

這隻九木神鳶身長最少有百丈，寬二十丈，而兩翼的寬度也是百丈，最奇特的是，這隻巨鳥明明馱著如此大片的樓宇在飛行，但翅膀卻一直展開，並沒有像尋常鳥兒一樣扇動。

談寶兒奇怪地看了片刻，忽然發現這隻巨鳥毛羽迎風不動，他落回地面，伸手摸摸鳥羽，卻發現堅硬如鐵，輕輕扣擊，竟然空洞作響，形同木質，一時驚詫不已，落回秦觀雨身邊時候，嘴張得老大，再也說不出話來。

秦觀雨笑道：「這隻九木神鳶，絕跡江湖也已有兩百年之久，乃是昔年的無方神相蕭圓所造。失傳多年，百載之前巧爲本派前輩所得，之後收藏，一直沒有面世。據說此鳥建築之時，分別採集了生長於神州東西南北的九種神木，聚以能工巧匠十年方成，因此得名。」

談寶兒大吃一驚：

「你說這鳥是木頭造的，是隻假鳥？那……那牠怎麼自己會飛呢？」

秦觀雨笑道：「你跟我來。」

兩人繞過幾座樓閣，來到一個廣場裏。

廣場裏很有秩序地坐著幾百尼姑，一個個盤膝合十，嘴裏念著什麼。

秦觀雨指著這些尼姑道：

「聖僧你看見沒有？這些師姐妹們，她們每個人的念力都足以能驅動一艘小船，這裏有四百人，她們的念力彙聚在一起，移動一座小山峰只怕都不是問題吧？」

「啊！」談寶兒明白過來，但心中卻猶自覺得不可思議，「你……你是說，這巨鳥和鳥上這些房屋，竟然全是靠她們的念力在駕馭飛行嗎？」

秦觀雨點點頭：「沒錯！寒山有八百弟子，被分成了兩撥，日夜替換。飛行之速，一日萬里。聖僧你三天之後就可以到達東海了！」

談寶兒徹底呆住了。他素來知道念力神奇無方，練到高深處，心思一動就可移山塡海，但那畢竟只是天書中的記載，並不曾親見。但眼前這隻巨烏加上上面這些房屋，只怕不下萬斤之重，四百寒山弟子合力居然就可以讓牠飛到萬丈高空，還日行萬里，這是何等威力！

秦觀雨看他發呆，忙問道：

「聖僧你怎麼了？」

「我沒事！」談寶兒搖搖頭，「觀雨妹妹，你能不能別叫我聖僧，這名字聽著彆扭得很！叫我談大哥就可以，當然了，如果你要叫老公、相公、親愛的、達令什麼的，我也是不會反對！」

秦觀雨白了他一眼，又是好氣又是好笑道：

「你現在是寒山派的聖僧，是我派至高無上的地位，就連師父都要聽你的，今後你說往東，她不會往西的，我可不敢對你不敬！」

談寶兒聽得頭皮發涼，記起前陣無法還在說自己帶領八百尼姑縱橫江湖之期已經不遠，才幾天，這些人果然傾巢而出找自己來了，今後只怕自己走哪裡她們就要跟哪裡了。乖乖，這八百多號人，光吃剩飯就能把老子吃得褲子都不剩！丫丫個呸的，老子這是造的什麼孽啊！

談寶兒甩了甩頭，索性不再想這些破事，自己能從楚接魚的手上逃得一條性命，已經是不幸中的大幸了。

想到逃命，談寶兒這會才有空記起無法等人，忙問秦觀雨。

秦觀雨道：「那位青衣少年已經醒了，無法師兄和你那位女伴都還沒有醒，不過，他們的情形都很奇特，據師父說他們兩人體內都有魔人的魔氣。不知是怎麼回事？」

談寶兒放下心來，搖頭道：

「那不是魔氣，是天蠶的妖氣。這事太過複雜，一時半會兒也說不清楚。你告訴你師父別管，我自己會處理。」

秦觀雨道：「我知道了，不過那位姑娘被楚接魚傷得很重，師父說，她只怕最快也要三日之後才會甦醒……有些人可要受相思之苦了。」

「要三日後才醒嗎？」談寶兒沒有聽出秦觀雨話裏的調笑之意，只是心念電轉，忙問道，「那位姑娘在哪裡？你帶我去，我想過去看看她！」

第八章　困天之壁

兩人出了門，繞轉樓閣，不時來到一棟兩層小樓。

上了樓，秦觀雨將談寶兒領到一間房前，道：「就是這裏了，你自己進去吧，我就不打擾兩位了！」說完掩嘴一笑，轉身離去。

談寶兒看她神情竟然將謝輕眉當成了自己的情人了，一時哭笑不得，卻想起這事越解釋越麻煩，索性懶得多說，只管推門進去了。

屋子裏只有一張床，謝輕眉正躺在床上，雙眸緊閉，睡得正香。談寶兒將房門插上，坐到床邊。眼見謝輕眉果然沒有醒來，他放下心來，伸手將謝輕眉臉上紗巾去掉，頓時露出一張絕世容顏來。

談寶兒並非第一次看到謝輕眉的真面目，心中依舊不由發出了一聲讚嘆：

「沒有想到魔族中也有你這麼漂亮的小娘們！要是你沒有殺我老大，說不定老子一個大發慈悲，就准你加入神州籍，並將你收入府中！」

讚嘆一陣，談寶兒伸手探進謝輕眉腰間，找到一個荷包，不由大喜，摸出來一看，裏面卻是幾個小小的瓶瓶罐罐，拔去塞子，裏面裝的都是一些膏狀物品，或清香撲鼻或惡臭逼人。

「怎麼沒有舍利？」談寶兒不由大失所望。

謝輕眉說那慧引禪師的舍利被她奪取後，已經自動進入她身體，談寶兒自然不信這樣的鬼話，只是之前形勢比人強，不得已才接受了這個說法，現在得到機會，自然要仔細找找，如果找到了，非但以後不用受制於人，甚至還可以將這妖女殺死為老大報仇。

談寶兒在謝輕眉身上從頭到腳的搜了一遍，卻依舊沒有發現一個疑似舍利的物體，不由嘆了口氣：「看來這臭婆娘沒有騙我，那東西還真到她的身體裏去了！」

他沮喪著想要放棄，目光卻落到那一蓬黑錦緞似的頭髮上。

謝輕眉的頭髮很長，最長的幾乎到了腰，但卻有一部分是盤在頭頂做成一個優美的髮髻，平添幾分成熟的嫵媚。

談寶兒將謝輕眉扶起靠在自己肩上，拔掉髮簪，頓時一頭烏雲散開，落到臉上，麻酥酥的癢，說不出的舒服。

忽然之間，談寶兒的眼光定住了，因為他發現在謝輕眉之前被頭髮遮掩的頸背上，竟然隱隱約約地有些歪歪曲曲的粗細不一的線條。線條近乎透明，和肌膚的玉色一致，但整個組合起來，卻是一副寫意的山水畫，大有山意。

「大風……九靈……蓬什麼東西？這字是念來嗎？蓬萊？」談寶兒細看之下，卻發現線條之間有三組文字，這三對文字之間都有一根隱約的紅線相連，而那紅線穿過「蓬萊」後露出一截，隨即便消失不見，卻也不知是什麼意思。

紅線啊，到底是什麼東西？不過怎麼寫上地名做什麼？談寶兒正思索著，忽覺一股大力撞到胸口，頓時不由自主地從床上跌落下來，再看時，床上的謝輕眉不知何時已醒了過來，正柳眉倒豎，殺氣騰騰地望著自己。

「啊哈！那個小親親啊，你怎麼這麼快就醒了，為夫剛才還擔心你呢，哈哈……既然你沒有事，我先走了！」談寶兒打個哈哈就要向外溜。

謝輕眉厲聲喝道：「你給我站住！你……你剛才對我做了什麼？」

談寶兒乾笑道：「這個……其實什麼也沒有做，只是擔心我的小親親，所以這個……，哈哈，那個……呵呵……」

他做賊心虛，話說一半，索性腳底抹油，奪門而去。謝輕眉有心要追，卻發覺渾身酥軟，有氣無力。

談寶兒回到自己房間，心裏鬱悶無比，秦觀雨明明說這妖女要三日後才會醒，怎麼一下子提前了三日？他胡思亂想一陣，終究放心不下，將落日弓放在手邊，做好謝輕眉隨時會來找自己麻煩的準備。奇的是，一直等到天黑，謝輕眉也沒有追殺過來，搞得他疑惑不已。

到了吃晚飯的時候，清惠設素宴款待眾人，秦觀雨、小青和一干寒山弟子全在的時候，談寶兒卻在飯桌上看到謝輕眉。但謝輕眉卻似個沒事的人一樣，巧笑嫣然，整個飯局之間和眾人談笑風生，甚至還好幾次給談寶兒挾菜。

談寶兒滿腹疑竇，也微笑著回應這位便宜老婆的好意，只是謝輕眉挾的那些蘿蔔青菜卻是怎麼也不敢送進嘴的，以尊老敬賢之名塞給了清惠師太和寒山派的六名長老，搞得一干老尼姑心花怒放，覺得這位新聖僧知書達理，是個有修養有理想有前途的三好青年。

酒席散去，一夜無事，次日也無事。

而與寒山派相處久了，談寶兒才瞭解到自己這個聖僧的地位很是超然，在寒山幾乎相當於一種信仰，根本不需要管什麼事，只需要看管天書和危機時候守護寒山的傳承即可，不由暗自鬆了口氣。

又過一日。

這天，談寶兒正在裝模作樣地向秦觀雨請教佛法，以藉故親近美女，卻見小青屁顛屁顛地跑來說無法已經醒了。談寶兒大喜，跟著他去一看，果然發現在九木神鳶的尾巴部位，無法正像一隻穿花蝴蝶一樣，圍著寒山派的俗家弟子們一個個打轉。

談寶兒和無法說起他當日水羊城外翻江煮海的壯舉，這小子竟全無印象，聽到談寶兒一說反而是嘆息連連，埋怨談寶兒爲何要把他治好，說是能一抖翅膀就烈火滔天是何等威風，氣得談寶兒哭笑不得。

談寶兒想起無法乃是謝輕眉的護身符，怎麼還沒有到東海就將他給治好了？難道她就不怕老子忽然翻臉將她做了？一時心中更加疑惑不已。但他素知謝輕眉詭計多端，一時卻也不敢輕易毀去之前的承諾。

當日下午，談寶兒去外面看天的時候，發現前方地面一片大水，說不出的煙波浩淼，茫茫不知邊際，知是東海到了。果然過了一會兒秦觀雨來說東海已到，清惠請他過去議事。

到了清惠的房間裏，談寶兒和秦觀雨坐下。

清惠道：「聖僧，眼下已到東海，今日晚間就能到達蓬萊山。只不過以神鳶飛行迅速，雲蒹公主和楚姑娘此時只怕還沒有到蓬萊山來，不如貧尼將九木神鳶降落到大海，讓觀雨陪著你們去蓬萊山求見羅掌門，在那等她們。不知聖僧以爲如何？」

談寶兒本想拉著清惠一起去，但想想羅素心雖然位列四大天人，不過老子好歹也算是抗魔英雄朝廷的大將軍，大家雖然沒有交情，但自己賞臉去她家住幾天，那是她的榮幸，怎麼也不至於要收自己房租吧？於是點頭答應下來。

又向前飛了約莫個多時辰，天色已晚，明月之下，遠遠看見海面出現一個黑點，卻是蓬萊山到了。寒山眾人一起合力，九木神鳶飛行方向傾斜，如大鵬臨世，朝著水面俯衝下去。

九木神鳶重逾萬斤，這一下落，兩百丈長的雙翅，帶起猛烈的風，寒山眾人雖已刻意收斂，但神鳶落到水面上，依舊捲起了滔天巨浪，發出一聲巨響，聲勢驚天動地。

神鳶為木所造，落到水面，自然漂浮，只如一座水上宮殿一般。談寶兒看得讚嘆不已，心說有了這神鳶，就等於有了一座可以移動的在海、陸、空都能居住的完美行宮，設計這行宮的蕭圓真是個天才啊！

神鳶停穩之後，清惠師太對談寶兒道：

「聖僧，神鳶太過驚世駭俗，貧尼不想讓蓬萊諸人發現，就只能送你到這裏了。剩下的這一段路，就只能麻煩你自己乘船過去了，你們走之後神鳶也會駛入東海深處，如有什麼吩咐，可通過觀雨傳遞給我。」

「嗯！」談寶兒點頭表示瞭解。

當下清惠師太讓弟子從鳶上抬出一艘小船，放入水中。談寶兒諸人便要上船，謝輕眉卻

道：

「師太，能不能再給我一艘船？」

清惠師太愕然道：「你們不一起去的嗎？」

談寶兒想起之前的約定，知道謝輕眉要和自己分道揚鑣了，便笑道：

「她要去做些別的事，師太再給我一艘船吧！」

清惠師太讓人再抬出一艘船，放入水中，謝輕眉跳到船上，引動圓月潮汐之力，小船如箭而發，如一抹輕煙，消失在滄海麗月之下。

談寶兒看那一衣帶風的倩影漸行漸遠，奇怪的心中並沒有下次見面就可以取她性命的興奮，反而湧起一股淡淡的憂傷。

這時卻見月華冉冉裏，謝輕眉忽然回過頭來，衝著他嫣然一笑，順著長風飄來一句：

「容郎，不用太想我，用不了多久，我們就會再見面的！」

談寶兒嚇了一大跳，叫道：「鬼才會想你！你個妖女，下次相逢，等著本將軍取你性命！」

海天蒼茫，月潮奔湧，聲音隨風送出時，謝輕眉早已去得遠了，卻也不知道聽到沒有。

當下談寶兒、無法、小青和秦觀雨一起上了另外一艘小船，談寶兒發動念力，小船划開水面，朝著東方那個黑點如飛而去。

此前談寶兒從沒有到過大海，在這明月之下，全力駕駛著小船，行了許久，卻發現遠處那黑點不過大了少許，而天地依舊一片蒼茫，永無窮盡一般，一時胸懷大暢，不由仰天發出一聲長嘯。

一旁無法見了，也依樣畫葫蘆，運足功力大叫。兩個賤人嚎叫聲此起彼伏，只震得四周平靜的海面狂潮洶湧，水浪排空。

秦觀雨眼見兩人這一番大叫，捲起的海潮裏有許多魚蝦翻白，心生不忍，忙勸道：「聖……談大哥，無法師兄，你們不要叫了！這海裏的魚蝦都被你們殺了許多！」

談寶兒想起清惠曾經說這丫頭天生的慈悲心腸，不喜打打殺殺之事，見她急得臉頰緋紅，終究英雄難過美人關，收斂聲音，唯有無法這廝卻是充耳不聞，反而哈哈大笑，叫聲更大。秦觀雨大急，不由發出念力去保護四周的海水，讓他們不被無法音波捲起。

無法見有人和他較勁，自是歡天喜地，越發的放聲大叫，秦觀雨一邊念著阿彌陀佛，一邊用念力平復海水，兩人功力相若，這一拼鬥，四周水流更被攪得翻天覆地。

談寶兒搖頭苦笑，不小心目光瞥到小青身上，卻見這來歷不明的少年正望著自己，眼中

寒光一閃而逝。談寶兒暗自一凜，心想：老子不就是讓你開了兩張空頭支票給我，難道還暗中恨上老子這個救命恩人了?小心回頭老子就幹掉你。

無法一路嬉鬧，小船借著月光快速行駛。天邊那個黑點漸漸變大，靠得再近些，那黑點卻分散開來，粗略看去，約有三十多個，卻是一個島群，如一個圓弧形星羅散開。

再靠得近些，眾人卻又發現這些小島上竟然都各聳立著一座巨峰，一座座直插雲霄，月光下霧氣繚繞，如在仙境。船上眾人都沐浴在一種聖潔氣息裏，連無法也停止了鬼叫，天地一片靜謐，唯有水流潺潺之聲從各人心中輕快流淌。

也不知過了多久，忽聽無法嘆道：

「早聽說蓬萊三十六島山，奪天地造化，鍾陰陽靈秀，乃昔年群仙會聚之所。今日一見，雄偉大氣固然不比方丈山，但靈秀這一點卻將方丈山遠遠比了下去，果然有些仙家氣派！」

蓬萊靈秀甲天下，方丈雄奇世無雙。談寶兒想起以前在天牢的時候，屠龍子曾經也跟自己說過的這兩句和無法類似的話，不由怔了一怔。屠龍子生前最大的願望，就是悟通九九窮方大陣後回蓬萊一次，可惜最後他陣是破了，人卻也掛了，臨死之前眼睛還望著東方。

談寶兒一陣欷歔，暗下決心，回頭見了蓬萊掌門羅素心，抽空就將那幾種陣法告訴她好了。他一邊想，一邊順著無法指明方向，駕馭著小舟，朝著三十六島正中的瀛州島駛去。

瀛州島有蓬萊第一島之稱，和昊天盟的昊天島齊名，並稱爲東海上的兩顆明珠。小舟駛進三十六島所圍成的圓弧之後，借著月色已經隱隱可以看見瀛州島的輪廓，但見這島上樹木蔥郁，仙雲繚繞間一座石峰拔地而起，比其餘島上的山峰都高處許多，顯得孤傲不群，確然是靈秀逼人。

再靠得近些，卻見那石峰之上有一塊光禿禿的石崖，崖上一左一右雕刻了兩排碩大文字，形成一副對聯：

自此名山不需看；

從來尋仙到此還。

字跡飄逸中顯出遒勁，入石三分，四周布滿青苔，卻也不知歷經多少甲子。

談寶兒艱難認出這些文字，不由大笑道：

「這蓬萊派還真是會吹牛，去過他這裏其餘的名山就不用去了，要尋找仙人的找到這裏如果還找不到，就可以回去了。哈哈，搞得仙人都他家養的一樣！」

無法聞言嘆了口氣，對一旁的秦觀雨道：

「觀雨師妹，看見了吧？沒文化，真可怕！」

秦觀雨嗔道：「無法師兄，你幹嘛這樣說談大哥，他每天學的都是兵法征戰之事，對這些江湖上的逸聞自然不大清楚。」說完又對談寶兒道：

「這副對聯不是蓬萊派自吹自擂，而是昔年南疆的九靈真人所寫。據說當年九靈真人拜訪蓬萊，和當時的蓬萊掌門玄清真人比拚仙家陣法，歷時三月，最後大敗虧輸，卻心服口服，臨走時候揮筆在上面刻下了這副對聯，以示對蓬萊一派的推崇。」

「這些字是用筆寫上去的麼？」談寶兒吃了一驚。他在大風城外亂雲山上，也曾看見過張若虛的筆跡，也好像是用筆寫在石上一樣的，但那字大小卻和尋常毛筆所寫一般大，眼前這字每一個都有一人大小，天下幾曾有這樣大的筆？

秦觀雨正要回答，卻忽聽小青咦了一聲道：

「怎麼蓬萊派知道我們要來麼，竟然派人出島來迎接我們？」

談寶兒大是詫異，定睛看去，果然發現瀛州島上此時竟出來一艘小船，正朝這邊駛了過來。

從瀛州島出來的那艘小船直朝談寶兒他們這艘小船駛了過來。靠得近些，談寶兒發現那船上站的是一名中年男子。

兩艘小船距離尚有十丈，對面船上那中年人便拱手問道：「前方來的是哪裡的朋友？」聲音雖不大，但談寶兒諸人卻聽得清清楚楚，顯然此人功力不弱。

談寶兒朗聲答道：「在下談容，攜禪林寺枯月禪師座下弟子無法，以及寒山派秦觀雨姑娘等一干朋友特來拜訪！」

「原來是抗魔英雄談容將軍！」對面那中年人失聲驚呼，隨即腳下升起一朵碧雲，然後整個人陡然離船，騰空而起，落到談寶兒諸人的船上，碧雲消失。

中年人衝著談寶兒一抱拳道：

「蓬萊左連城見過談將軍！」

原來這人竟然是蓬萊七星的老大左連城！無法和秦觀雨對望一眼，兩人都是一愣。要知道七星是指羅素心最傑出的七名弟子，這七人更是蓬萊鎮派陣法「北斗誅神陣法」必不可少的組成部分，是以地位超然，並不會做出外迎客這樣的低賤事。

談寶兒不知道左連城是誰，但卻是興高采烈，抱拳回禮，道：

「左大哥客氣！你剛才這一起一落間所用的，是不是蓬萊的揠木之陣，你腳上穿的是不是登雲靴？」

左連城看清談寶兒的相貌，輕咦一聲之後，眼中卻閃過一絲異彩，聽到問話，立時笑道：

「談將軍好見識，這正是揠木之陣，我腳下的也正是登雲靴，不知將軍有何指教？」

蓬萊有五種基礎陣法，其中「揠木之陣」是木系的基礎陣法，這種陣法取意「揠苗助長」，是以本身真氣強行催動大地中的木元素力量，借草木生長時的勃勃生機爲己所用。因爲草木並非隨處可有，所以這種陣法攻敵時的效果不大，但卻可以用於輕身飛躍。

據屠龍子所說，蓬萊弟子的靴子底全都是由瀛州山上的一種神奇古木製成，這種古木被分割成塊之後，插入地面就能生長，即使做成鞋，依舊能保持生機達十年之久，一旦將真氣按揠木陣的排布釋放進去，立時就能引出木中生機，蓬萊弟子便能借助這種生機之力飛躍。

談寶兒沒有登雲靴，還從來沒有試過揠木陣飛行，想明白左連城腳下爲何青氣如雲，這才噢了一聲。聽左連城承認，他忙從懷裏摸出一張銀票，陪笑遞過去道：

「左大哥，聽說貴派的登雲靴做工精美、冬暖夏涼，除了能防雨防火之外，款式還很新潮，小弟是仰慕已久，不知道能否賣一雙給我？」

談寶兒的話才一說完，左連城的臉色頓時變了。

無法低聲嘟囔道：「沒文化，真可怕！」

秦觀雨忙一把將談寶兒拉了過來，低聲道：

「談大哥你難道不知道嗎？登雲靴是蓬萊弟子的獨門標誌，視如性命，你問他買登雲靴，就表示要取他性命，這不是挑釁嗎？」

談寶兒所知道的江湖知識都是來自老胡東鱗西爪的拼湊，如何知道這些門派的規矩禁忌，聞言嚇了一大跳，忙對左連城道：

「對不住，對不住，小弟不知貴派的登雲靴是不賣的！」

「好說！談將軍廟堂中人，不知江湖規矩，情有可原！」左連城臉色瞬間已恢復正常，微笑問道：「不知談將軍光臨鄙派有何要事？」

談寶兒忙將自己在南疆所發生的事情細細解說了一遍。

左連城很有教養地仔細傾聽，自始至終臉上都保持微笑，只是在聽到九靈大陣發動之時，微微動容，問道：

「九靈山上遺留有的九靈真人所創的九靈大陣，知道此事的只有九靈掌門、我蓬萊和昊天盟的楚接魚，卻不知談將軍是從何得知，又是怎麼知道發動陣法的方法的？」

談寶兒為免驚世駭俗，將小三出現的事情已經隱去，聽他詢問，只得硬著頭皮瞎扯道：

「此事乃是我一個兄弟告知的，至於他的身分，實在不便為外人透露。」

「原來如此！」左連城點點頭。

等到談寶兒完全說完了，左連城沉吟半晌，道：

「鄙派這幾日將有大事發生，本來不便見客，但談將軍乃是我神州人人敬仰的抗魔英雄，左某就替師父作主，破例允許諸位在此等候雲蒹公主和楚姑娘！只是上山之後，還需聽我安排，且莫胡亂走動！」

談寶兒眾人自是千恩萬謝，搖頭晃腦的答應下來。

不時小船到達瀛州島，眾人將小船繫了，棄舟登岸，在左連城的帶領下，朝著瀛州山頂走去。

蓬萊諸山雖以靈秀出名，但這座瀛州山的險峻卻也不讓九靈山，山間多的是小路，曲曲折折，本已崎嶇難行，更加上草木茂盛，霧嵐亂雲，這大半夜的，若無人指引，只怕連上山的路都找不到。

好在同來諸人大都身懷絕技，走懸崖如履平地，倒也不覺得有什麼爲難。唯有小青，似乎輕身功夫並沒有他自己吹的那麼高明，一路跌跌撞撞，好幾次險些摔下懸崖去，談寶兒嘆了口氣，走過去攙扶他，但卻被後者拒絕：

「老大，我跟著你，可不能成爲你的累贅，你們前面走，我一定能跟上的。」

談寶兒看他眼神倔強，苦笑著搖搖頭，卻也只得由他。

之後一路向上，談寶兒四處亂看，一邊嘴裏還發出嘖嘖的怪聲，末了問左連城道：

「左大哥，沒有來蓬萊之前，我聽人說上蓬萊的路是『人在陣中遊』，就是說你們這每一處地方都極有可能藏有陣法，但爲何我這一路行來，看到的都是些隱而不發的五行陣法，但都是最基礎的設置，中高級的陣法卻一個都沒有？」

走在前面的左連城的肩膀似乎顫了顫，回頭笑道：

「人人皆知我蓬萊陣法是以五行爲主，初、中、高三級一脈相承，卻少有人能看出這其中的區別，談將軍一眼就能辨別出其中差別，對我蓬萊可說是瞭解至深啊！」

談寶兒本想說老子會呼風喚雨陣，你難道沒有聽說過嗎，老子知道的蓬萊陣法可比你師父還多，但想想做人還是低調些好，便笑了笑，不再言語。

眾人就著山月之光，順著山間幽徑一路向上，在雲霧之間穿梭，一路上人影難見，想來對於蓬萊來說，陣法已是最好的防守，若在路上還增加守衛，未免貽笑大方了。

也不知走了多少時候，忽見前方出現一塊石碑，上書四個大字：

瀛州廣場。

再向前幾步，拐過一個彎，眼前陡然大亮，前方果然是一片廣場。廣場大約可容納萬人左右，上面點燃了上百盞的水晶風燈。

談寶兒看出這風燈看似平常，但其實是以天罡三十六和地煞七十二的位置擺放，只不過每一種都被掐頭去尾的只擺了一半，只要有人亂闖進去，將在瞬間任意變換成天罡陣和地煞陣，將入侵者殺死。

廣場的東邊是一排石階，一路向上，通往瀛州山的最高處，不知有幾許深淺，只讓人以爲是登天之路。廣場的西邊和北邊卻也是有著平整的道路，顯然也有通向。

眾人走到廣場中央，左連城指著那排不見尾端的石階道：

「這石階上面就是我派重地凌霄城，只是眼下家師此時已經休息，不便打擾，諸位不如跟我到客房先行休息，明日再拜會家師？」

主人都這樣說了，談寶兒眾人自也不能有意見，於是左連城帶著眾人向西走去。西邊是一片竹林，穿過竹林之後，卻又是一片松林，被風一吹，松濤陣陣，竹葉連聲，卻更將四周襯托得一派的幽靜。

眾人在疏離的月影中穿梭，心境都是一片平和，連無法這樣聒噪的傢伙臉上也顯現出幾分高僧的氣度來，無人嬉笑。

穿過松林之後，前方卻是一片峽谷，兩邊相距約有二十丈。峽谷上一座鐵索橋悠悠蕩蕩，隔著峽谷的雲煙，可以清楚地看見對面山崖下築有一排精舍。

左連城笑道：「對面就是了，大家請跟我來！」說完率先展開揠木之陣，整個人好似腳底生雲，朝著對崖飄了過去，自始至終沒有碰過鐵索。

無法和秦觀雨都是御物高手，隨便摘下一片竹葉朝著對岸一拋，便也借力過去了。

談寶兒瞟瞟小青，嘿嘿笑道：

「這鐵索橋上可沒有幾塊木板，明顯是整人用的，你要自己過去，還是老大幫你？」

小青看看那橋，橋下雲霧繚繞，也不知有幾許深淺，不由一陣雙腿打顫，卻強笑道：

「老大你自己先過去就是，我自己慢慢過來。」

談寶兒看他神情倔強，微微搖頭，展開凌波術，眨眼到了對岸，回頭過來，卻見小青已經扶著鐵索，如履薄冰地朝這面走了過來。

左連城見此微微有些尷尬，對談寶兒道：

「此橋年久失修，怠慢了……要不，由在下去接小青兄弟過來吧？」

談寶兒一本正經道：「不用了，小青這孩子說要鍛煉自己的平衡能力，我們還是不要打擾他了。」

左連城看看那在鐵索上掙扎的可憐孩子，好似一陣風都能將他吹下去，卻點了點頭，也

沒說什麼，繼續向前帶路，無法隨後跟上。秦觀雨本想過去幫忙，卻被談寶兒一把抓住，朝她搖了搖頭。

精舍共有四棟，排列是按青龍、朱雀、玄武和白虎的四相之位，但卻似乎都很久沒有人住，屋裏屋外都沒有亮燈。左連城領著三人走到東方青龍方位的一間閣樓前，讓眾人等在門外，他自己推門進去。

不時，屋子裏亮起水晶風燈的光輝。

左連城又走出門來，拱手笑道：

「山居簡陋，還請談將軍和諸位多多包涵！三位裏面請！」

透過朱漆大門，談寶兒看屋子裏裝飾精美，紅色精綢鋪地，四壁都是古董名畫，傢俱無一不是巧奪天工，不由笑道：「這還叫簡陋？皇帝住的也就這樣了！」領著無法和秦觀雨兩人魚貫進門而去。

但他們腳步剛一跨進屋門，卻陡然發現屋子裏的景物瞬間大變。雕梁畫棟的樓閣竟然在一瞬間變成了一個巨大的山洞，屋子裏的傢俱變成了石桌石椅，四壁懸掛的名畫變成了一片殘舊的壁畫。

談寶兒三人大吃一驚，忽聽一陣大笑聲響起，回頭望去，卻見剛才的大門已變成了一塊高三丈寬兩丈，上面布滿各種奇怪圖紋的紫色琉璃，將這個山洞的出口封得嚴嚴實實，左連城正隔著琉璃笑得很是猙獰。

談寶兒三人面面相覷，全不知這傢伙搞什麼飛機。

笑了大概有一炷香的樣子，左連城這才停住笑聲，指著談寶兒道：

「楚小魚，任你奸詐似鬼，今日落入這困天壁中，你也是插翅難飛了！」

楚小魚？困天壁？無法和秦觀雨望望談寶兒，又望望那紫色琉璃，一時呆若木雞。

談寶兒愣了片刻，卻已想明白其中關鍵，忙大叫道：

「左大哥你誤會了，小弟是談容，不是楚接魚那王八的兒子！」

左連城大笑道：

「楚小魚，你罵自己老子也沒用了！你以爲你一直深居簡出，我蓬萊就沒有人認得你嗎？嘿嘿，三年之前，左某曾潛入昊天島竊取情報，不巧得很，正好看見你去島上的天王寺求香，雖然當時因爲有你盟中護法在，沒有能取你性命，但你的容貌左某可是早已牢記心中。」

談寶兒暗暗叫苦。蓬萊和昊天盟同處東海，一山難容二虎，明爭暗鬥極多，恩怨糾纏已達三十年之久，江湖共知。他記得上次在秦州的時候，楚小菊曾經說過昊天盟最近就要和蓬萊徹底了結恩怨，難道之前左連城說的大事也是指這個嗎？他之前已經有兩次被昊天盟的人誤會

成是楚小魚，可見談容和楚小魚的容貌是何其相似，這下子麻煩大了！

果然，只聽左連城續道：

「楚小魚，你知道我們兩派決戰之期臨近，便假扮談容將軍，跑上山來，或者到時好和你爹裏應外合。可笑，你除了容貌出賣了自己外，還有幾個大大的破綻不自知！」

「什麼破綻？」談寶兒大奇。

左連城不慌不忙道：

「首先就是九靈大陣。當今天下，知道九靈大陣的只有九靈派、蓬萊和昊天盟！如你是談容，你如何得知？最重要的是發動九靈大陣需要多大的法力，你知道不知道？即便是我師父親自出馬，也未必能夠，你以爲談容一個年輕人可以做到？雲蘼公主什麼身分，怎麼會爲一個臣子遠赴萬里求破陣之法？你的故事編得未免太假了點吧？此外，談容不是我蓬萊弟子，憑什麼對我蓬萊的陣法瞭若指掌，而除開蓬萊弟子，對我們蓬萊如此瞭解的，就只有你們昊天盟了！你還敢說你不是楚小魚？哼！左某還有要事要處理，沒空和你囉嗦，你就在困天壁裏老實待著，等你老子來救你吧！不過依我看，就是百個楚接魚也未必劈得開困天壁，哈哈！你等著終老在此吧！」說完拂袖轉身而去。

談寶兒忙叫道：「喂！老左你不要走！我跟你說，本將軍只是不巧就和楚小魚生得一模一樣，啓動九靈陣法的不是人，是羿神座下一隻會說話的王八，而公主願意為我來東海，是因為和我上過床……」他說著說著就自己閉了嘴，因為這些話連他自己都不信了。

左連城自是沒有轉身，一意孤行到底，不時身影消失在眾人視線中。

「喂！老左你快回來……」談寶兒放聲大叫，但他才一叫，洞外卻傳來一聲更響亮的尖叫：「啊！」隨即卻是一陣金鐵交鳴之聲。

三人同時一愣，隨即秦觀雨最先反應過來：「好像是小青，差點忘了他還在外面！」

「是他！」談寶兒眉頭一挑，「這小子多半和左連城打起來了。不行，我得劈開這絕壁出去看看！一氣化千雷！給我轟！」說時十指連動，十道金色閃電出手，最後彙聚成一道，朝著那紫色琉璃上轟了上去。

十道閃電足以裂開金石，但落到那琉璃之牆上卻就好似吹了一口氣，連印痕都沒有留下一個！

談寶兒愣了一愣：「好硬的東西！媽的，聚火陣，給我燒，裂土，給我裂開大地，封水、分金……」

他急紅了眼，一瞬間將生平所學法術全用了出來，最後甚至大吼一聲，三頭六臂術使出，落日弓攜帶著閃電撞了上去。

但這一切都是徒勞，他這一番折騰下來，琉璃上依舊連一點裂痕都沒有。等他停下來的時候，外面的廝殺聲已經隱去，想到小青已然著了左連城的毒手，談寶兒恨恨不已，重重一拳砸在琉璃壁上，鮮血頓時流了出來。

無法走過來，拍拍他肩膀，低聲道：

「算了老大，這困天壁看似簡單，其實集合了蓬萊陣法之大成，號稱連天神也能困住，所以除非有絕世神兵，不然斷難破壁而出。我知道你重情重義，但人死不能復生，你不要太傷心了！」

「你說得輕巧！」談寶兒怒吼起來，像一隻發情的獅子，「那個混賬小子還欠我兩百萬金子，我不傷心，你賠我啊？」

秦觀雨和無法對望一眼，都覺得自己一顆俠義之心很受傷，便將自己安靜地扔到一邊，而談寶兒經過一番折騰，也幾乎要散架，鬱悶地坐到地上，大口喘氣。

圓月的光輝，透過琉璃，落到山洞的石地上，撒下一層淡漠的紫色，將三人的影子牽強地拖到一起，好似一個圓球。

三人坐了一陣。

無法最先站了起來，伸手摸摸那琉璃，又敲敲四周的牆，嘆氣道：

「人人都知道蓬萊有個困天壁，卻誰能想到這玩意從外面看來卻是個華麗樓閣。蓬萊的陣法可真是有一套！對了老大，左連城怎麼會誤認你是楚小魚的？」

談寶兒苦笑著將自己之前兩次邂逅昊天盟中人的事細細說了一遍。

聽完之後，秦觀雨詫異道：「沒有想到世上竟然還有人長得如此的像，連至親好友都分辨不出。」

無法則是臉色古怪：

「老大，你說現在無縫天衣就穿在你身上？」

談寶兒搖頭道：「那破衣服太過詭異，我拿來後私下試過，但怎麼也穿不上，看來和我是無緣了！要不我送給你好了！」說時，就要伸手去酒囊飯袋裏找。

「不行，不行！」無法嚇得忙擺手，「那衣服水火難侵，是所有精神類法術的剋星，在我禪林可是禁忌，誰要穿上那衣服就是禪林死敵。乖乖，方丈山上三千弟子，一起發出念力，整個方丈山也能給壓成粉。佛爺我還想多活幾年，可不想去招惹那群怪物。」

「啊！方丈山也能壓成粉？你不要胡扯！」談寶兒嚇了一跳。

「我倒希望是！」無法搖頭，「你是不知道，我是親眼見過的！當年有個狂徒，前來挑戰空月長老。當時空月長老正好閉關了，住持據實相告，那人就認爲禪林寺瞧不起他，於是當著住持和四大護法長老的面，仍然一氣連殺了十幾名禪林弟子，住持被惹火了，當即擺出了一千零八人的羅漢大陣，雙方在不老峰前大戰。那人法力通神，卻也不敵，最後無奈使出了伏山咒……」

「伏山咒？」一旁的秦觀雨驚了一驚，「就是傳說中可以強行將人的身體和山峰結合在一起，並因此擁有天下最強防禦的無敵咒語？」

「無敵個屁啊！」無法搖搖頭，「那人當時是將自己和不老峰結合在一起的，乖乖，那是多大一座山峰，方圓足足有百里！你猜怎麼著？一千多人同時發動念力，硬生生將一座不老峰給夷爲了平地！從此方丈八峰，就變成了七峰。」

「不會吧！」談寶兒震驚至極，隨後大是惋惜，「太可惜了！一代狂人就這樣掛了！不過，他也算死得值了，一個人在有生之年，能同時接受這麼多高手的攻擊，那是何等的榮幸啊！」

無法嘆了口氣，道：

「老大，你可猜錯了，這人可根本沒有死！伏山咒是上古神咒，山雖然碎了，卻也吸收了絕大部分的念力攻擊，這人僥倖活得一條殘命，逃出了方丈山。只是傷好之後，一身法力化爲烏有。這人卻是個牛脾氣，經此一戰，他認定法術是小道，沒有了法力，他正好開始學武，專攻劍法，不出十年，終於成了一代武學巨匠，名聲直追楚接魚。」

「真劍無雙軒轅狂！」秦觀雨不由失聲。

無法點頭。當今之世，要說有人的武功能和楚接魚相比，就只有神州十劍之首的軒轅狂了，卻不想這人竟然還有著這樣的一段經歷。

談寶兒拍拍胸口，慶幸道：「連軒轅狂都搞得法力盡失那麼悲慘，好在那天衣不合我的身，不然穿上去早晚得變成肉泥！」

無法撇嘴道：「老大你搞錯了，但凡神兵仙器都有與之匹配的咒語，你之所以穿不上天衣，那是沒有找到咒語而已。」說完他又嘆了口氣，「要是軒轅狂在，憑藉他的無雙劍，只怕可以劈開這困天壁也不一定！眼下麼，只有希望老大你那兩位嫂子能快點過來，給老左他們解釋一下了。」

「眼前只有如此了！」談寶兒點點頭。

三人又談論一會，各自覓地睡去。

次日醒來，天光大亮，三人這才發現困天壁外竟是一片荒山，全無昨夜所見的樓閣成群景象，又是一陣欷歔。

三人試著從山洞的地底或四壁出去，哪知這四周的石壁竟也和那困天壁一樣的頑固，任各人神通使盡，卻也僅是在牆上畫些刻痕而已。

談寶兒聽無法說，這山洞乃蓬萊前輩高人所設計，集合了蓬萊陣法之大成，但四處觀察，卻並未發現陣法運行痕跡，暗暗奇怪不已。

須知陣法之道，雖是借天地之力，但布陣的卻是人，只要是人為，便一定會留下痕跡，同道中人只要跟著這些痕跡順藤摸瓜，找到陣眼，便有機會想出破解之法。眼前這陣法明明在運行，卻完全沒有痕跡，讓人根本無法弄清楚它是什麼陣法，自是讓談寶兒這個屠龍子的傳人也無從破起。

談寶兒將這個疑慮和無法與秦觀雨說了，秦觀雨嘆道：

「道家說『大道無形』，佛家說『一切有為之法，如夢幻泡影』，想來越是厲害的神通，便越是近乎無形無為，讓人無可捉摸。」

談寶兒兩人深以為意。

左連城將這三人關在這裏之後，竟似將他們忘記了，任談寶兒每日對著洞外嘶吼卻也無人現身。談寶兒的酒囊飯袋裏乾糧不少，三人本不至挨餓，但人有三急，山洞局促，方便起來卻大大的不方便，三人意識到這一點時，便自覺地減少了進食。

眨眼過了一日。

這日晚間，三人僅喝了些酒，連話也懶得說便去休息，減少體能消耗。秦觀雨盤膝打坐，而談寶兒和無法這兩個憊懶的傢伙卻直接躺到了地上。

睡到半夜，談寶兒忽然覺得尿急，起身運功蒸發，但他眼光落到地面上，不由一愣。原來困天壁上有著各種各樣的古怪圖紋，三人曾經辨識過，卻也沒有看出個所以然，到了晚上時候，這些圖紋被月光一射，卻有許多陰影落到地面上，只是很多時候，這些陰影雜亂無章，依舊不知道這些圖紋說的是什麼意思，但談寶兒現在卻發現，這些陰影居然聚合到了一起，形成了兩隻巨大的鳥爪！

談寶兒將無法和秦觀雨叫了起來，兩人忙也去看那些陰影。隨即無法卻搖頭道：

「不對啊老大，這明明是一條大魚的尾巴啊，你怎麼說是鳥的爪子呢！」

秦觀雨卻也道：「不對，這分明是一對鹿角啊！」

三人面面相覷，隨即各自換了個位置，然後再看，發現自己所見果然完全不同了。三人正自奇怪，卻忽然發現一地的陰影又已分散開來，變成一地的碎黑，之後再不聚合。

談寶兒隱然想到這是破解陣法的關鍵，卻又全無頭緒，只得將那三個陰影的形狀刻畫到牆壁上。

到了次日晚上，月光一起，三人便按座位排好，各自等著那陰影現形。等到子丑之交的時候，那一地的碎影果然聚集起來，三人各自收集陰影形狀，刻畫到牆壁之上。

這次得到的形狀，卻與昨日不同，竟然是一對牛眼、一張虎口和一根蝦鬚，每一樣東西的大小和昨日所得到的比例相若，顯得碩大無比。

三人望著這堆東西，愕然不已。

到了第三日晚上，三人所收集到的只是一條盤延整個山洞的巨蛇形狀。

再到第四日，那些陰影卻散了一地，如樹葉，如魚鱗。而第五日之後，那些陰影復又歸於第一日所見到的形狀。

三人將牆壁上的陰影彙聚一起，仔細揣摩，卻全無頭緒。

到第六日時，無法忽異想天開道：

「這裏有如此多的動物的鱗片爪了，莫非這裏本身也是一個九靈大陣，而裏面封印了九種神物，只要解開這九種動物的封印，便能破壁而出？」

他這話一說出來，談寶兒忽然叫了起來：

「我明白了！」

無法和秦觀雨的眼神同時落到了談寶兒身上。無法喜道：

「老大，你知道這些陰影的意思了嗎？」

「不是！」談寶兒搖頭，「只是我忽然明白了，這困天壁的陣法，應該是萬星照月大陣！」

「萬星照月大陣？」秦觀雨不明白。

談寶兒點點頭：

「這是我以爲蓬萊幾乎要失傳的陣法了。萬星照月，顧名思義就是引天上星月之力爲陣，陣眼就是天上的明月，難怪我之前一直沒有認出這陣來。困天壁投到地上的陰影之所以每日不同，從不同的角度看也不同，那是因爲天上星辰的位置和月亮的圓缺每日不同。」

無法喜道：

「老大，你果然是個天才！那我們可以出去了吧？」

談寶兒道：

「今夜天上紫微、天市和長庚這三大帝星的位置，北斗七星和南斗七星的位置，青龍、白虎、朱雀和玄武四大主星座的位置，仙女、獵戶、大熊、小熊、射手、水瓶……凡此十八副星座的位置，加上月亮的圓缺度，最後是月光和這些星座之間的夾角的弦值，只要你都能推算出來，我就能破陣而出。」

秦觀雨在一旁聽得眉頭大皺，她對天文之學涉獵不多，知道要瞭解這麼多星座的運行位置本身已極難，而計算如此多的值更是難上加難。不想無法聞言，卻哈哈大笑道：

「這對天文地理無所不知的佛爺我來說，那還不是小菜一碟麼？你們就瞧好吧！今天是十四，太陽與黃道的夾角是三十二度，那麼月光投影到紫微星上的位置……」

他邊說邊走到困天壁前，望著洞外，掐指算了起來。

第九章　東海龍宮

談寶兒素知自己這個便宜小弟於天文地理之學上的造詣遠遠強於他的念力，看他如此有信心，也是一陣欣喜，忙去回想當日屠龍子關於萬星照月大陣的各種解釋，只等無法將數值一算出來就破陣出壁。

秦觀雨見兩人如此，便也不打擾，自去一旁，看那牆上的陰影。看了一陣，她忽然輕輕咦了一聲，念力一動，在旁邊牆壁上畫了起來。

談寶兒初時還未在意，過了一陣，發現牆上石粉脫落加快，抬眼望去，不由呆住。秦觀雨越想越快，壁上刻畫便也更快，不時間，一條粗大蟒蛇的身體便畫了出來，緊隨其後，四隻巨爪被移到蛇身下，然後是魚鱗、鹿角、魚尾、虎口……凡這幾日所見陰影，悉數被她組合在了一起。

「這是……龍！」談寶兒看清楚那圖形後，不由叫了起來。雖然這條龍的眼睛還沒有畫，但這許多東西組合一起，已經看出是一條巨龍！這困天壁上所描繪的花紋，聚集到一起竟然是一條龍，這算怎麼回事？

秦觀雨道：「這確然是一條龍，只是很奇怪，為何這條龍的龍鬚竟然僅有左邊有，右邊卻全然沒有呢？」

談寶兒道：「可能是當時我們收集得不仔細給遺漏了吧！」

秦觀雨搖頭道：「不對，我看這龍的右邊龍鬚竟似天生就沒有的一樣。」

「天生就沒有？」談寶兒心中一動，「你先別畫眼睛，讓我來！」

秦觀雨不明所以，但還是點了點頭，收去念力。

談寶兒拿出羿神筆，按照九靈山上小三說的法子，將真氣透入羿神筆，頓時金色顏料湧出筆尖，隨即看看旁邊那雙陰影裏的牛眼，凝神定氣，一筆點了下去。

這一筆才點下，談寶兒便覺得一股大力從筆尖傳了回來，手腕一抖，神筆幾乎把持不住。他慌忙將手縮回，頓時就只聞一陣風雷疾響，整個山洞似乎都顫抖起來。

緊隨其後，當日在葛爾山脈下天河中發生的事再次發生，牆壁上青光一閃，隨即一聲龍吟之聲，牆上那條刻龍竟然在一瞬間破壁而出，化作一條五丈長的青色巨龍，在洞裏呼嘯遊走，引得沙石飛走，好不壯觀。

「老大，我算出來了！」無法歡喜轉頭，猛然看見身後一條青色怪物，似曾相識，指著那青龍，手指顫抖，再說不出一句話來。

談寶兒神態肅穆，忽然將神筆一揮，指向洞外，大喝道：

「青龍，去！」

青龍一聲狂嘯，五丈長的身軀一擺，順著神筆指引方向，從無法頭頂掠過，朝著困天壁衝了過去。只聽得一聲驚天動地的巨響，那紫色琉璃在一瞬間碎裂成塊，如紫色的星雨，繽紛地灑落一地。

眼前天光大亮。談寶兒道：「我們出去吧！」一馬當先，大步跨了出去。無法和秦觀雨這才反應過來，忙跟了上來。

夜風慵懶，洞外明月如鏡，樓閣連綿，卻再不是之前所見荒蕪景象。明月之下，青色巨龍化作一道青光，在天際吟嘯、遊走、翻騰，五彩的雲霞在牠身邊聚合。

秦觀雨聽到那青龍的嘯聲，沒來由的鼻子一酸，眼眶一濕，幾滴晶瑩淚珠竟然順著臉頰滴落下來。

無法也收起一慣的嬉笑，合十念佛。談寶兒眼中光華閃動，不發一語，卻也不知在想些什麼。

也不知過了多久，那青龍終於停止吟嘯，朝三人飛了回來，停在他們空中三丈距離，龍口一張，翁聲翁氣道：

「小子，老子剛才正在龍宮洗澡，才洗了一半，你慌慌張張地找我來，有什麼大事嗎？」

「啊！」秦觀雨和無法聽這青龍竟然會說話，直接傻眼。

談寶兒也是愣了一下，問道：

「那個……您老真的就是青龍神尊？」

青龍頭一仰，傲然道：

「除了本尊，誰還能如此英俊瀟灑玉樹臨風？」說時身形縮小，落到地上，竟然變成了一個風流倜儻的中年人。

這一次，包括談寶兒在內，三人都是大吃了一驚。談寶兒詫異道：

「不會吧，青龍大哥，你還會變人形？」

青龍道：「這有什麼奇怪的？羿神座下四大神尊，哪一個沒有人相和本相？玄武那傢伙更是具有萬相，可以隨意變化。對了，你小子就是當代羿神筆的傳人對吧？不過，這門畫龍召喚術和我的本尊形象都已經五百年沒有傳承了，你都是怎麼找到的？」

談寶兒將自己遇到小三的經過，以及剛才在困天壁裏的情況細細說了一遍。青龍聽完大笑道：

「本王還以為自己是最倒楣的，沒有想到玄武這傢伙才是最鬱悶的。我好歹還有一個剪影，他卻是什麼都沒有，就直接被你給找到了，還被人取名叫小三，哈哈！不過小子，你怎麼那麼肯定那困天壁裏的龍形就是我？」

談寶兒嘻嘻笑道：

「一開始我也不肯定，不過我臨時想到，小三只有三隻腳，你只有一條龍鬚，可見大凡四大神尊，必然都有些不同尋常之處。再加上您的高貴形象居然被分散到萬星照月大陣裏，必然是有著非同凡響的威力。當今之世，除開你，我還真不知道有哪一條龍值得別人如此大費周章？」

青龍點點頭：「不錯，四大神尊為示與眾不同，身上各有一處殘缺，而其形象更不能輕易公諸於世，但卻又不能失傳，用陣法分散在一面牆裏倒是不錯的選擇，這小子倒是有心了。」

「哪個小子？」談寶兒忙問道。

「嘿嘿！這個可不能告訴你，你自己想去。好了，你們已經破壁而出了，沒有什麼事的話，我就先走了！」青龍說完就要走。

「等一下！」談寶兒慌忙大叫，「嘿嘿，人家小三可是陪了我三個月，什麼神靈散啊，一氣化千雷啊，三頭六臂術啊……給了我一大堆，好歹你也是和他同級的神尊，好不容易從窩裏出來一次，不給我們這些晚輩一點見面禮，然後再留下你的住址聯絡方式什麼的，你就好意思走？到時候我跟小三說起來，你不是很沒有面子？」

秦觀雨眼見談寶兒連神尊都敢厚著臉皮敲詐，直接就是一身冷汗，心說真是遇人不淑。無法則是看得雙眼冒光，暗道：「老大就是老大，我對你的敬仰之情猶如滔滔江水，連綿那個不絕！」

青龍嘆了口氣，道：

「歷任羿神筆傳人中，只怕就你這麼無恥。手裏明明握著世上最厲害的法術和寶物，卻還要向別人要。寶物我身上沒有，只要你們不怕死，就跟我去龍宮。那裏多的是。」

談寶兒撇嘴道：

「龍宮在哪裡？要是走個三年五載的我可不幹！」

「就在東海裏！你小子問題還真多。」青龍沒有好氣道，「你們去不去吧？要去就到我背上來，我要走了！」說時青光一閃，又已化身成龍，離地騰起三丈。

「去去去，當然要去了！」談寶兒大喜，率先飛身上了龍背，坐到了龍脖的位置，雙手握住龍角，意氣飛揚。

無法自然也不會客氣，大笑道：「老大，我來了！」飛撲到談寶兒背後，將他攔腰抱住。

談寶兒見秦觀雨還在地面，便叫道：

「觀雨妹妹，你怎麼還不上來？」

秦觀雨道：「談大哥，小青生死未明，不如你們去東海，我在這四處找找吧？」

談寶兒高興之下還真的將小青給忘記了，聞言微微有點慚愧，但此時尋寶重要，那小子來歷古怪，既不是美女又不是無法這樣的好兄弟，自然是可以置之不理的：

「別傻了觀雨，我之前給那小子看過相，起碼活到一百歲，沒有我允許，想死哪有那麼容易？」

一旁的無法詫異道：

「老大，你還會看相？你幫我看看如何？」

「你？」談寶兒看了看滿目期待的小和尚，「眉分八采，目如朗月，鼻如豬膽，人中寬闊，牙口整齊……乃是標準的無恥之相！」

「呸！美女當前，不用說這麼直接吧？」無法非但不怒，反而有些洋洋自得，「低調，

低調！知道嗎？」

談寶兒覺得自己被無法給打敗了，鬱悶道：「沒有辦法，我就是這樣一針見血！」

「血呢？」無法很無恥地問。

「想誣賴我是吧，你的早都破了，哪裡來的血？」談寶兒更無恥。

聽得一邊的青龍冷汗直冒，心想真是江山後浪推前浪，一浪更比一浪猛啊！

談寶兒看無法一臉崇拜，不由有些小得意，回頭見秦觀雨臉頰緋紅在原地發愣，忙道：「你還愣著做什麼？快上來啊，到我這裏來！」

秦觀雨遲疑片刻，還是飛身落到了談寶兒身前坐下。

談寶兒哈哈大笑，道：

「好了，青龍大哥，咱們走吧，去龍宮尋寶去了哦！」

青龍仰頭一聲吟嘯，周邊頓時五彩祥雲聚合，然後身形猛地一動，鑽入九天。

其時月明星稀，蒼穹璀璨，三人騎在神龍背上，御風弄影，星辰彷彿俯首可摘；俯首地面，蓬萊三十六島燈火通明，如珍珠般散落成鏈，一時只覺天地浩大，胸懷大暢。

青龍飛行之快，實是三人生平僅見，以秦觀雨的功力，卻也被罡風灌得滿口，話也說不出一句，她不由自主朝談寶兒懷裏倒去，一時間只覺得這裏才是世上最溫暖最安全所在。

談寶兒被她長髮撩撥在臉上，鼻中香氣繚繞，不由一陣發癡。

無法躲在談寶兒背後，無狂風吹拂之慮，見此情景不由放聲高曲起來。

向前飛了片刻，三十六島便已漸不可見，地面唯有碧波蒼茫。青龍忽道：

「龍宮在大海深處，那裏水壓極大，如無咒語，你們根本下不去，所以現在我傳你們碧水訣，此訣發動，萬水辟易……」

碧水訣其實該叫避水訣，說穿了其實就是一套由真氣或念力配合的咒語，念動時候，念咒者得到青龍法力加持，天下海洋皆可去得。談寶兒三人都是絕頂聰明之人，各自用心學習，不時掌握得七八成。

飛了約莫有半個時辰，也不知飛到了何處地界，只聽青龍大聲道：

「下面就是龍宮所在，我要下去了，你們坐好！」

說時龍尾一擺，龍頭朝下俯衝而去，頓時帶起一蓬更強烈的罡風。

談寶兒被刮得臉頰生疼，不由叫道：

「青龍大哥，你能不能飛慢點？」

青龍笑道：「怕了的話，我現在就送你們回去！」對談寶兒的話充耳不聞，反而速度更快。

談寶兒罵道：「你個老小子少來，爺爺一輩子天不怕地不怕，會怕這點鳥風！」話說得大，手裏卻只能緊緊抓住龍角，使自己不用掉下龍背去。

秦觀雨反身抱住談寶兒的肩膀，而無法則摟住他的腰，三人抱成一團，抵抗著越來越猛的罡風。

不一時衝臨水面，青龍喝道：「我們下去了，快默念碧水訣！」談寶兒三人聞言，忙將真氣和念力各自灌注全身經脈，同時心中默念歌訣。

眼前一蓬水花一亮，清涼撲面，談寶兒三人已經進入水下。但讓三人驚奇的卻是，他們雖然到了水中，卻好像和之前在空中時並無區別，呼吸自然，行動自如。

更神奇的是，青龍入水之後，便向著大海深處游去，速度比之剛才在九天之上甚至還要快捷許多，但在這漆黑海底，三人視力非但沒有減退，反而視物比在陸地白晝還要廣闊，視線似乎能順著水流向著無限深遠處延伸，只見四周柵瑚林立，各種聞所未聞的奇魚游來游去，一時又驚又奇。

過不得多時，忽見前方一片大亮，奪目的光華耀得三人幾乎睜不開眼來，再看時，卻是已到了東海的海底，前方一座透明的水晶造就的宮殿氣派非凡，想必就是東海龍宮了。

果然，青龍停止游行，道：

「前面就是龍宮了，你們下來吧！」

談寶兒三人忙從他背上跳了下來。青龍身形一抖，再次化身成了人形。

青龍前面帶路，談寶兒三人跟在身後，東張西望，好奇不已。

向前行了不遠，便來到水晶宮前。靠得近了，三人才發現這座宮殿宏大至極，談寶兒在皇宮中待過，覺得永仁帝的金殿比起青龍來實在是很像狗窩。

水晶宮的宮門口正有兩個少女守門，看到四人過來，忙上前對著青龍行禮道：

「參見龍王！」

青龍擺擺手道：

「不用多禮，今日本王有貴客光臨，叫他們給我好好準備一桌酒席！」

「是！」其中一名少女答應，進宮去了。

三人跟著青龍進了宮門，頓時又是一陣驚呼。先前在宮殿外一看，已覺得這座宮殿華麗異常，但真的進入宮內，才發現大殿裏邊各種珠寶璀璨奪目，讓人難以睜眼。

首先，整座宮殿是由十二根巨柱支撐，這些巨柱每一根都有十人合抱粗細，高約百丈，最要人命的是這些柱子的材料是比黃金還貴一百倍的紫金製成。大殿裏鋪地的是一種碧玉，人走在上面，只覺得全身氣息勻暢，卻不知其名。

每兩根巨柱之間，都有一張淡銀白的椅子，光澤流動，談寶兒初時還沒在意，細看之下，卻發現這些椅子竟然呈現出珍珠一樣的光亮，立時知道這些大小不一的椅子竟是各由一顆人大的珍珠雕刻而成，一時嘴再也合不上來。

最要命的還是在宮殿最深處，也和人間的皇宮一樣有一張龍椅。這張龍椅巨大非常，通體無色透明，卻不是水晶，而是一顆碩大的鑽石雕成！

除此之外，天花板上鑲滿了各種璀璨的寶石，一眼望去，只如晴夜星河，萬星爭輝。每把椅子旁邊，都有兩名年輕美女，每人都是輕紗如縷，短裙上膝，身上佩飾倒也不多，但都寶光流動，並且沒有一樣是談寶兒叫得出名字的。

青龍見談寶兒面有苦色，眉頭人皺，顯然是忍受不了這許多寶物的誘惑，不由笑道：「到了我這裏，就等於到了家裏。有什麼事，你想做就去做，即便是這裏的東西，只要你們看得上眼的，也可以儘管挑去！」

「真的麼?什麼事都可以去做?」談寶兒大喜。

「對！」青龍點頭，心想：你小子還不中計，這些東西看起來雖然價值連城，卻終究只是金銀珠寶一類，但你拿了這個，可不好意思再問我要別的東西了吧。

「太好了！」談寶兒如釋重負，將頭湊到青龍耳邊說了一句話。

青龍愕然至極，機械性的伸手叫過一名侍女，領著談寶兒出去了。

談寶兒剛走，無法便走了上來，青龍看他神色詭秘，不由問道：

「無法小兄弟，你又有什麼事嗎？」

無法低聲也說了一句，青龍又是一愣，便又招手叫過一名侍女領著無法出去。

最後大殿裏只剩下了秦觀雨。

秦觀雨也走到了青龍身邊，低聲說了一句，青龍幾乎沒有跳起來：

「什麼？小妹妹，你也要去洗手間！難道你們之前一起亂吃東西，一起吃壞了肚子？」

秦觀雨臉色緋紅，卻搖了搖頭。青龍不好再問，忙又叫來一名侍女，帶著她下去了。

卻不知這三人非但不是吃壞了東西，而是在山洞中根本沒有怎麼吃東西，只不過未進困天壁前肚中陳糧已多，早已消化，卻顧著大高手的身分，偏偏不敢在那方寸之地放肆，表面雖然談笑風生，暗自裏只有運功將體內穢物托住，好不辛苦，此時到了地方，自然要先方便一下。

青龍自不知其中曲折，思索半晌，忽然一拍腦袋，驚呼道：

「哎呀，不好了！我指著這裏的珠寶給他們，他們卻去茅房，可不是要告訴我說自己視

金銀財寶如糞土嗎?天啊!沒有想到今次的羿神筆傳人如此高風亮節!」

過不多時，談寶兒三人陸續回來，坐在龍椅上看他們的青龍，眼神便與剛才大大不一樣。

三人在珍珠椅上坐下之後，立時便有侍女擺上長條的碧玉桌，放下一盤赤色的大圓海果，並各倒下一杯淡紫色的茶。

青龍舉起茶杯，笑道：

「三位不妨喝一點，這種茶是採自東海深處的扶桑山，每百年才得一杯，對身體大有好處。」

不待他說完，談寶兒就已將茶灌了進去，只覺得入口淡而無味，正要破口大罵老龍騙人，卻不想丹田升起一團熱氣，走遍全身經脈，一時說不出的舒服，感覺功力又自深了一層，不由大喜過望。

無法和秦觀雨也隨後飲了幾口，只是秦觀雨只修有念力，不像談寶兒和無法一樣感覺真氣增加，覺得淡而無味，便飲得不多。

三人都飲完茶，青龍又指著那赤色果子道：

「這是盤龍果，也沒有什麼神奇的，卻只能增加一些念力。大家嘗嘗吧!」

盤龍果鮮美甜蜜，只是念力這東西不到使用之時，誰也不能知道是否有增加，三人吃了只覺得神清氣爽而已。談寶兒卻不管這麼多，直接將桌上果子吃完才算。

青龍看得直瞪眼：「小子，你吃這麼多水果，一會兒正餐上來，你可怎麼吃得下？」

談寶兒拍拍酒囊飯袋，很是無恥道：

「吃不下還不能打包麼？我的袋子裝不了，還有無法和觀雨的嘛！」

無法和秦觀雨裝作沒有聽見，掉頭不看這賤人。

不時水果撤去，第一道菜端了上來。青龍大手一揮，笑道：

「一點家常菜，三位不要客氣，當自己家，龍宮就是你們家！」

談寶兒看看面前的菜，忽然道：

「哎呀，不知道怎麼我忽然飽了！」

「對對對，我也飽了！」

無法和秦觀雨望著盤中佳餚，剛舉起的筷子也不由放下。

青龍只道他們客氣，笑道：「你們別看這魚生得醜陋，但卻是東海罕見的比目魚，益氣補血，通經活絡，三位多吃點啊！」說時，抓起自己面前一條正活蹦亂跳的大魚，張口送進嘴裏，頓時「咯喳」作響，鮮血順著他嘴角流了出來。

談寶兒三人正倒吸一口涼氣，接著其餘的酒菜便陸續端了上來，有在盤子裏蛇一樣蠕動的電鰻，揮舞著大鉗子的有一人多高的大螃蟹，還有墨魚子四處亂游的墨魚湯……。

青龍吃得很香甜，風捲殘雲一般將酒菜吃了個空，回頭見談寶兒三人面前菜肴依舊在活蹦亂跳，不由有些感動：

「三位真是太客氣了，知道我龍宮今年糧食欠收，竟然一口不吃爲我節省！」

談寶兒三人對此唯有回以苦笑，心中暗暗咒罵。

酒席撤去。青龍話入正題：

「好了，酒席用過，三位請跟我來選寶物吧！」說完回頭領路，談寶兒三人如釋重負，快步跟了上去。

四人在水晶宮中四處轉折，不時來到一間府庫面前。府庫的大門由紫金造就，上面鎖了一把石鎖，大門上方有一匾額，上書四個大字，談寶兒一看幾乎沒有吐血：

「寶貝之家！青龍大哥，你還真是有性格！」

「普普通通啦！」青龍很得意地擺擺手，大口一張，一縷青光從他嘴裏游出，游入那石鎖，石鎖應聲而開。青龍隨手一揮，兩扇石門應聲而開，頓時珠光寶氣投射而出，讓人難以睜眼。

三個人好似鄉巴佬進城一樣，小心翼翼地跟著青龍走進門去，四處望去，滿眼都是璀璨。與之前在大廳所見不同，這裏的光芒除了有一部分是由珠玉寶石所散發，更有一部分卻是來自各式各樣的兵器。

除這兩樣之外，還包括各種古玩字畫，這讓談寶兒看著青龍奇怪不已——這生吃活物的傢伙，難道對人族的文化也有獨到見解嗎？

眼見談寶兒和無法兩人眼珠都快直了，青龍笑道：

「這裏就是本王的寶庫了，別說本王小氣，我允許你們每人任意挑一件，只要你們看上的，就都可以帶走。」

「呸！只准挑一件，還說不小氣！」談寶兒不依。

青龍氣結：「小子，你知足吧！庫中寶物乃是本王歷經五千多年的收藏，任何一件寶物拿出去，都可以做任何一個門派的鎮派之寶！本王要不是看在羿神大人和玄武兄的面子上，可沒有這麼爽快！」

「早知道老子將金翎軍的兄弟都叫過來，給你老小子搬空！」談寶兒搖搖頭，「無法、觀雨，你們先挑吧！」

其實不用他說，無法已經老實不客氣地在寶庫四處亂逛起來。

這傢伙自幼熟讀禪林寺中各種各樣的古書，庫中寶物雖然大多不識，但卻見識高明至極，他每拿起一樣東西，無不是極品中的極品，直看得青龍心跳加快，不由自主地將視線鎖定到他身上。

秦觀雨看看無法，笑道：

「談大哥，我看我還是不要了，你們倆挑就可以了。」

談寶兒搖頭道：

「這有財大家發，見者有份，不用和老龍客氣。」

秦觀雨無奈，四處看看，最後眼光落到一串紅色珊瑚打磨成圓串成的佛珠上，勉為其難道：

「那就這件吧！」

「你確定是這一件嗎？女娃娃！」青龍望過來，臉色微微有些變了。

秦觀雨點點頭，將那串佛珠套在手上，道：

「庫中寶物大多晶瑩璀璨，不太適合出家人，這個珊瑚珠算是光澤較暗的了！青龍前輩可是覺得有些不合適？」

青龍嘴張得老大：「你……你說這是珊瑚？我的天！這是血舍利好不好……算了，說了你們也不明白。喂！小和尙，你怎麼挑了這件？」說著話便朝無法走了過去。

談寶兒和秦觀雨看他如此緊張，忙也跟了過去。

無法正握著一柄奇形怪狀的劍左劈右砍。這柄劍長七尺，通體碧綠，似乎是一種不多見的玉石製成，劍柄卻如樹根一樣歪曲。無法將這劍舞得虎虎生風，見青龍過來，忙收住劍勢，喜道：

「我就要這劍了！」

青龍眉頭大皺：

「小和尙，此劍不祥，你另外換一件吧！」

無法搖頭道：

「不！佛爺我就要它了！」

青龍又勸幾句，無法只是不聽，最後只得鬱悶道：

「那隨便你吧！反正你將來出了什麼事，不要賴到本王身上就是。」

秦無兩人都已經選定，最後輪到談寶兒了。

談寶兒四處轉了轉，只覺得這寶庫果然是寶貝之家，裏面東西琳琅滿目，眼睛看得花花的，卻不知道該選哪一樣。

秦觀雨見此笑道：「談大哥，如果你拿不定主意，你就挑一件你自己最需要的吧！」無法笑道：「老大最需要的當然是美女，我看什麼也別挑了，直接將秦姑娘挑回去做老婆就好！」

「討打哦！」秦觀雨發嗔，臉卻紅了。

無法的話卻讓談寶兒有了思路。兵器他是不缺了，落日弓已經是羿神的神器，財寶倒是多多益善，不過到龍宮來就取一串珍珠什麼的回去，實在是虧大了。

他一面想，眼光一面四處看，從那些高過人的巨大珍珠、人腦袋大的透明鑽石，一直看到那些寒氣森然的兵器，最後卻停在了一堆古玩上。

談寶兒伸手將古玩堆推倒，從最下面摸出一面只露了一個角的四方銅鏡，呵口氣在上面擦了擦，朝青龍揚了揚，滿意道：

「好了，我就要這個吧！」

「天！我藏得這麼隱秘，還是被你找到了！」青龍臉如死灰，指著談寶兒手指亂顫，「你……你怎麼知道這是裂天鏡？」

談寶兒愕然道：

「什麼裂天鏡？我不過是見這面鏡子古樸典雅，正好送給若兒，就是我未來老婆，給她做化妝鏡！青龍大哥，你覺得怎樣？喂！你別暈啊，你還沒有告訴我這爲什麼叫裂天鏡呢……」

水晶的光芒照在大殿裏，落到青龍的面部，映照出一張死氣沉沉的臉。

無法摸摸青龍的鼻息，臉色大變，對談寶兒道：

「不好了，老大，你好像將他嚇死了！」

「這個玩笑開大了吧？」談寶兒一愣，隨即哈哈大笑：「沒事！我這有救命的靈丹呢！老子存了十多年還一直沒有用呢……」邊說邊脫去靴子，脫下已經露了幾個大洞的襪子。

無法和秦觀雨立時捂住了口鼻，談寶兒哈哈大笑，將那臭襪子毫不客氣地拿到青龍鼻子邊晃了起來，口中數著：

「一、二……」

「啊啊……啊啾！」談寶兒還沒有數到三，青龍已經醒來，「趕快給本王拿開！你小子多少年沒有洗腳了？臭成這樣！」

談寶兒將襪子穿起，笑嘻嘻道：

「我洗得很勤的啦，每半年必定洗一次的，難道你沒有看見這襪子都被我洗了很多洞了嗎？老傢伙，活了幾千歲了，老大不小的人了還裝死，也不怕人笑話！說吧，這鏡子究竟有什麼古怪！」

青龍拍拍胸口，喘了口氣道：

「要不是看你是羿神傳人，這麼和本王說話，早死了千百次了！至於這面鏡子，它的來歷可是大了。你們聽過女媧補天的傳說沒有？」

談寶兒鬱悶道：

「這個誰不知道啊？上古時候，有魔族人神共工撞斷了支撐著天空的擎天柱，搞得天上起了個大窟窿，天降大水，女神女媧煉就五彩之石補天？」

青龍冷笑道：

「你所聽到的只是傳說，不是真相。女媧補天的事自然是有的，只不過天破可不是因為共工撞斷了擎天柱，而是因為他有一面鏡子，沒有錯，就是這面裂天鏡。正是因為裂天有破碎蒼天的力量。」

談寶兒三人大吃一驚，紛紛低頭去看那面鏡子，卻發現這鏡子也只是比尋常銅鏡亮那麼一點，要說有什麼讓蒼天破裂的力量就太匪夷所思了。

青龍嘆了口氣，道：

「我知道你們不信，不過事實就是這樣。當時的神魔大戰，我年幼沒有參加，不過聽說當時共工拿出裂天鏡，朝鏡面吐了一口心血，然後朝著天上一照，頓時日月無光，天空破裂，大水天上來。此後雖有女媧補天，但大水淹沒神州，群妖滋生，女媧當時已元神耗盡，自將身體化入大地，同時將衣缽傳於羿神。羿神命禹神治水，用疏導之術，匯大水而成天河和蒼瀾江，之後鑄九鼎以鎮壓妖魔，歲月流轉，至今已是五千多年。」

三人聽他說出當年秘密，再看看那古舊銅鏡，想起這鏡子竟已有五千年歲月，並且還是傳自魔族大神之手，一時均覺玄之又玄。

說完鏡子，青龍又指著無法那柄奇劍道：

「這柄劍其實也是出自魔族。魔族最古老的大神並不止天魔一位，還有蚩尤、共工和刑天，只是在後來的群魔內戰中，這三人都敗北了。這柄劍就是刑天的佩劍，名叫碧潮。刑天被天魔攔腰斬斷而死，死時鮮血曾噴到此劍上，所以此劍為不祥之物，我才勸小和尚你別要。」

談寶兒聽得一愣一愣的，不由道：

「青龍大哥，你到底是神尊還是魔尊？怎麼收藏有這麼多的魔族大神的凶器？你別告訴我，觀雨這串佛珠也是魔族某個專吃人肉的高僧的吧？」

眼見秦觀雨玉手一抖，幾乎就要將佛珠扔掉，青龍失笑道：

「你以為本王這是魔器博物館啊？整個寶庫裏就你們那兩件是魔器，小丫頭這件是貨真價實的神器。只不過這件神器也是一件傷心之物，來歷我就不便說了，你們最好都另擇一件。」

三人面面相覷看了一陣。最後談寶兒道：

「不管，老子就看這面鏡子順眼，我就要這個了。」

無法也道：「管他什麼不祥，到了佛爺我手裏，就好像是小姑娘見到大帥哥，直接龍鳳呈祥了！哈哈！」

青龍嘆氣連連，最後將期待眼光落到秦觀雨身上，後者思索良久，最後展顏一笑：

「青龍前輩所言不差，觀雨握住這串珠子，好似真的能感受到其中蘊藏著舊主人的無限傷心，時刻揪動我心。只不過觀雨乃是佛門弟子，願意以畢生心力化去這股怨念，請前輩成全！」

青龍又是一陣嘆氣，最後道：

「既然如此，那這三件東西就歸你們了。至於使用之法我也一併傳給你們，但你們一定要記住一句話，器物和力量本身並沒有止邪之分，只是魔由心生，你們好自為之。」

當下，青龍將碧潮劍和裂天鏡的使用之法和咒語一併傳授出來，只是最後到那串血舍利的時候，青龍卻嘆了口氣，對秦觀雨道：

「這血舍利的使用之法，我還是不要說了，因為我希望你永遠也不要用到它。」

談寶兒和無法大呼青龍耍賴，秦觀雨卻笑了笑道：

「前輩如此決定，自有深意，晚輩遵命就是！」她既然如此說了，談寶兒兩人自是不好再說什麼，只是臉上都寫著不滿。

青龍見此道：

「罷了，這血舍利是絕不能用的，本王功力大部被羿神所封，也沒有什麼別的可以給你，就傳我的本識能力給你做補償吧！」

青龍以水為名，其本識能力就叫做青龍訣，專門控制水，碧水訣就是其中一個分支。青龍知道秦觀雨多半要將青龍訣轉授給談寶兒，便落得大方，讓他和無法也旁聽。

談寶兒之前學過蓬萊的封水之陣，以及封水陣上延的各種陣法，但此時卻才發現這些陣法比起青龍訣來，簡直就好像是一個嬰兒和成年壯男的力量比較。

首先蓬萊水系陣法練到最高處，也不過是呼風喚雨，截江斷流，但青龍訣的立足點就是駕馭大海之水，練到極處，更是可以控制天下之水。

一套青龍訣傳授完畢，談寶兒想起小三曾留給自己的《河圖洛書》，似乎是專門為青龍訣在陸地而準備一般，難道他竟也知道自己有朝一日會學到青龍訣嗎？

忙完一切，青龍送三人到水晶宮門口，笑道：

「有了青龍訣，就等於有了本王的法力加持，天下沒有任何的水能難倒你們，你們又都精通天文，要找到方向應該不難。本王還要回去洗澡，就不遠送了，各位後會無期！」說完人影一閃，原地消失，悄然回宮去了。

談寶兒自是對這沒有義氣的老傢伙一頓臭罵，最後卻無可奈何，在秦觀雨的勸說下，施展青龍訣中的碧水訣，朝著海面而去。

學會整套的青龍訣後，談寶兒對碧水訣的領悟更進一步，一旦展開碧水訣，他發現水流非但沒有了阻力，反而全變成了他行動的動力，在水裏的移動速度甚至比在陸地施展凌波術還要快捷數倍，此外，他的視線可以順著水流無限的延伸，彷彿水流都變成了他的眼睛，千丈之內，就連魚蝦是公是母都「看」得清清楚楚。

一問無法和秦觀雨，兩人的所有感覺和他類似，但「視線」的距離卻只有百丈，都對這變態傢伙的功力深厚佩服不已。

卻不知，當日在偷天大會上，小三助談寶兒在體內擺成嫁衣之陣，硬生生將九大高手的功力吸進體內，貫通了他全身經脈，此後他修煉起任何東西來都是事半功倍，而他每夜都在無名玉洞中踏圓時，小三更是暗暗將屠龍子的百年功力抽空注入一部分到他體內，他功力的進境自是一日千里，這些日子下來，早已再非昔日的菜鳥了，在用出三頭六臂術的情形下，已可和天下高手爭一日之長短，不然小三也不會放心地將守護九鼎的重責交給他了。

三人一路向上，過不得多時，一起浮出水面。三人驚奇地發現自己露出水面的衣衫和頭髮竟然都是滴水不沾，不由嘖嘖稱奇。

談寶兒嘆道：

「這老龍王果然還是有幾把刷子的，有了這青龍訣，好像在水裏生活比在陸地上還要愉快百倍，搞得我都想將來到海底建個水晶宮定居了！」

無法笑道：

「不要逗了，老大！你願意吃那些生魚水蛇什麼的，若兒嫂子、蘭嫂子、眉嫂子還有雨嫂子她們可不肯答應啊！」

秦觀雨本來還想呵斥無法幾句，但想起青龍活吃生魚的場面，就懶得開口了。

談寶兒想起青龍的美味佳餚，也是一陣噁心，忙道：

「無法你不要說了，咱們還是先離開這裏是正事！你快算算那個方位是蓬萊，說不定若

兒她們現在已經到瀛州島了！」

無法望望蒼天，苦笑道：

「老大，你看這一天都是烏雲，月亮也只露出了一個褲衩，我剛才用碧水訣消耗了一大堆的功力，鏡花水月之術大打折扣，你讓我怎麼計算方位？」

談寶兒抬頭，天上果然是烏雲密布，先是眉頭一皺，隨即大笑道：「沒事，我有這個！」說時從酒囊飯袋裏取出裂天鏡，念動咒語便要朝天上照。

秦觀雨嚇了一跳：

「談大哥不要亂來，難道你想將天再照個窟窿出來！」

談寶兒鬱悶道：

「你以為我是共工那個變態啊？以我現在的功力，也就是裂裂雲啊，刮颳風什麼的！」

說完念動咒語，咬破手指，將一滴血滴到裂天鏡上面，朝天一比，頓時一道比月華還亮十倍的光柱沖天而起。

光柱射到天空，所過之處，烏雲頓時為之裂開，露出幾顆星星。秦觀雨和無法也是從未見過如此奇景，一時都是呆在當場。

「哈哈，老龍果然沒有騙我，這鏡子真厲害！」談寶兒大笑，移動裂天鏡，鏡子的光華也就順勢移動，所過之處烏雲也是隨之消散，露出奪目的星辰。他移動速度加快，過不得多時，滿天的烏雲都被消散得乾乾淨淨，露出一天繁星，如玉明月。

不時烏雲散盡，談寶兒將鏡子下移，不小心光華碰到水面，水面頓時爲之裂開一道又長又深的水溝，海水向兩邊激流。談寶兒大吃一驚，慌忙念動咒語將鏡子光華收去。

秦觀雨看看那鏡子，正色道：

「談大哥，這裂天鏡雖不能裂天，但威力依舊太大，若照到人身上只怕是立死之局，你還是要慎用的好！」

談寶兒將鏡子收起，點頭道：

「裂天鏡很消耗功力，使用一次我自己也是元氣大傷，以後沒事也不會亂用的。」

墨雲既去，天宇澄清。

無法用意念定住身前海水，雙手在水面輕輕拂過，水面頓時光芒奪目，一看之下，這水面竟好似變成了一面鏡子，將滿天星斗全數映到了這方寸之地。

無法屈指掐算一番，最後指定一個方向道：

「向那邊直走，就是蓬萊山的位置了！」

認定方向之後，三人順著星斗指引，再次展開碧水訣，向蓬萊而去。

第十章　重上蓬萊

只是碧水訣施展，是借了青龍的水識神力，但借力的過程依舊要消耗本身法力，三人在水下飛行，早已消耗了不少法力，此時在水面飛了一陣，無法和秦觀雨率先感到後勁不繼。無法嚷著要停下來休息，談寶兒眼見秦觀雨也是香汗淋漓，便答應下來。三人飄浮在水面上，無法和秦觀雨盤膝冥想，談寶兒則是躺在水面上睡覺踏圓。

等三人恢復精力次第醒來的時候，只見那紅彤彤的太陽比尋常所見的要大要圓，一眼望去，彷彿就貼著水面，卻已經是第二日早上了。

簡單用了些乾糧，三人繼續上路，只是用了碧水訣後速度雖然很快，但持續時間卻不長，以談寶兒的功力，也就能撐半個時辰的樣子，其餘兩人更加不堪，用不了多久就要停下恢復功力。

如此行了兩日，無法對談寶兒道：

「老大，這樣下去可不是辦法，青龍訣雖然神奇，但走半個時辰就要休息一晚上，蓬萊山距離此地只怕有千里之遙，等我們趕到的時候，說不定大嫂已經請了羅素心回南疆去了，又是一頓好找！」

談寶兒鬱悶道：

「青龍這老小子之前也沒有說用碧水訣要消耗這麼多法力，我們被他耍了。可惜神筆的顏料要一月之後才能再次使用，眼下是召不到青龍那老小子來狠揍一頓了！」

三人正自犯愁，談寶兒卻忽然咦了一聲，道：

「那邊水面來了很多大船……很多艘，好像也是去蓬萊的。」

另外兩人青龍訣修為較他為弱，過了許久才「看見」那許多船隻。

無法看這些船每艘共分三層，每層高約兩丈，上面都布滿了一排排的火炮，在甲板上都有旗杆懸掛著一面火紅的獅子大旗，不由驚呼道：

「是昊天盟的火獅艦隊！阿彌陀佛，竟然有六十多艘，只怕有十萬多人，這次昊天盟是傾巢而出了！」

「是昊天盟的艦隊？難道楚接魚知道我到了這裏，專程來找老子麻煩？」談寶兒先是嚇了一跳，但隨即自己卻搖了搖頭，「不對！這老小子是要去蓬萊，找羅素心的麻煩！」

秦觀雨也道：「先前左連城將我們封在困天壁裏的時候，曾說昊天盟和蓬萊的大戰要開始了，卻沒有想到楚接魚倒是好耐心，直拖到今天才動手。這一仗打起來，只怕東海都要為之漂紅，談大哥，咱們趕快去阻止他們！」

談寶兒心道：「他們死他們的，早死早超生，關老子什麼事了！」

這時無法卻叫了起來：

「哎喲，不好！計算行程，若兒嫂子和蘭嫂子只怕就這幾日到達蓬萊，這兩人在盟匪眼裏可是奇貨可居，要是知道她們在蓬萊，那還得了……」

「乖乖隆個冬，那是真的不得了！」談寶兒焦躁起來，「不行，確實得阻止他們！」說著話，展開青龍訣，朝艦群游了過去。

「不會吧老大，你就打算這樣帶我們兩個去群毆他們啊！」無法邊叫邊和秦觀雨跟了上去。

無法的話給談寶兒當頭一盆冷水。談寶兒並不認為自己三人聯手會是楚接魚的對手，更別說他麾下還有十萬大軍，自己憑什麼去阻止這四大天人之一的絕世高手？難道登門上去，跟他說為了神州和平世界人民大團結，您老就高抬貴手放過羅素心那娘們一條螻蟻似的賤命？

心念轉了幾轉，談寶兒卻依舊沒有想到好的辦法，最後決定先潛上一艘艦艇再靜觀其變，無法和秦觀雨一聽有順風船搭，自然也沒有反對的理由。

火獅艦隊之中，有一艘遠遠超過其餘艦隻，除開更雄偉壯觀之外，上面火炮的布置、船體的裝修也都遠超過同類，顯然是楚接魚乘坐的主艦。

談寶兒知道像楚接魚這樣號稱天人的絕世高手，大多對氣息最是敏感，深怕被他發覺，便挑了一艘離主艦最遠的艦船，潛了過去。

青龍訣為青龍親自傳授，自然厲害非常，在這蒼茫大海中，正是他威力至大之時。三人從水底默默潛到船底，竟是無聲無息，無人發現。

三人雖然在船底，但碧水訣一展開，水流頓時變成了他們的視線，船上人一切行動他們都看得清清楚楚。

看準船上巡邏守衛換班的剎那，三人同時使用青龍訣裏的脫水訣，身體一抖，如脫去一件衣服一樣，無聲無息地從海水裏抽身而出，只不過是電光一閃的剎那，便已拔起兩丈高，落到艦船的甲板上。

落上甲板，三人身法展至極速，從窗戶鑽進附近一個房間，然後卻是一聲驚呼——三人在水下已經「看」得清楚，這個房間裏亂七八糟地堆滿了各種廢棄的雜物，分明就是一個雜物艙，但卻萬萬料不到這裏竟然有一個約莫四十歲左右的中年人！

談寶兒反應最是迅速，心念一轉間，一氣化千雷運抵指尖便要殺人滅口，不料，這時那中年人卻已失聲叫了出來：

「少盟主！」

這傢伙又把我認成楚小魚了！談寶兒心中閃過這個念頭，當即決定賭一把，收起一氣化千雷，暗自運轉小三親傳的一法萬相之術，問那中年人道：

「你怎麼在這裏？」

談寶兒此時的一法萬相功力極其淺薄，但這屋裏燈光昏暗，他本來形象又和楚小魚極其相似，那人頓時被精神模糊成功，心中已經徹底認定談寶兒就是楚小魚，當即回道：

「回少盟主，屬下是這艘丁丑號的艦長王大全，正在這裏找點鐵絲去修風燈，不想少盟主忽然降臨，有失遠迎，還請恕罪！」

「哦！」談寶兒點了點頭，「我是忽然到的，不怪你！」

王大全鬆了口氣，問道：

「少盟主，我們出發的時候，盟主說您被蓬萊困在了瀛州的困天壁，我們這次就是打著營救你的旗號過去的……怎麼你現在竟出現在這裏？」

談寶兒頓時明白自己被左連城關到困天壁的這幾天，蓬萊肯定派人給楚接魚送信了，本以爲可以讓楚接魚束手無策，卻沒有想到弄巧成拙，反而給了楚接魚藉口出兵。但從另外一個角度來說，如果不是真的楚小魚已經回到了昊天島，那楚接魚這老小子也真夠狠的，完全不顧自己兒子的生死也要打垮羅素心。

他心念電轉，口中卻沒有一絲停頓道：

「我得奇人相救，剛剛從困天壁裏出來，正要回島，卻在這看到盟裏的船，就上來跟你們一塊去，打算到了島上再告訴爹，好給他老人家一個驚喜！」

王大全嚇了一大跳，心說：幸好無聲無息潛上船來的是少盟主，要是換了個敵人的間諜，哪還了得？但他隨即轉念一想，少盟主到了自己船上，這可是一件大功，忙道：

「少盟主平安歸來，盟主知道了一定高興至極。不過，您大可不必藏在這裏，即便你要隱藏消息，直接到我的坐艙去待著，豈不是更不易被手下人發現？」

「對對對，老大，要不被人發現，還是老王的房間安全些！」一直沒有作聲的無法立時附和起來。

「這兩位是？」王大全指著無法和秦觀雨。

「哦！是我朋友！」談寶兒不想他再多問，「那好！就去你的房間，但你記住，這件事你千萬不能讓船上其他任何一個人知道！不然回頭本少盟主砍你了你的腦袋！」

王大全拍著胸口道：

「少盟主放心，屬下一定謹守秘密，保證讓您給盟主一個大大的驚喜！對了，你們這身裝束可不大方便，屬下去找三套尋常弟子的衣服來，再一起過去如何？」

「好！快去快回！」談寶兒輕輕點頭，王大全帶上貨艙的門，歡天喜地的去了。

聽見王大全他走得遠了，秦觀雨忽道：

「談大哥，你既然長得和楚小魚那麼的像，不如以他的身分去勸楚接魚停止攻打蓬萊，若能成功，豈不是能化解一場浩劫嗎？」

談寶兒苦笑道：

「別人會認錯，但楚接魚是什麼人，難道會連自己的兒子都認不出來嗎？如今我們唯一能做的，就是先跟著他們去蓬萊，路上再想辦法吧。」

秦觀雨聽聽有理，便也不再多說。

至於無法，那是談寶兒說什麼就是什麼，自然更不會提出什麼異議。

三人在艙中等了不久，就見王大全再次推門進來，帶來了三套昊天盟普通弟子的外套。

三人換好外套，有王大全的掩護，一路上自是不會引起任何人的懷疑，平平安安地來到王大全的房間。

當下，三人就在王大全的艦長室裏待了下來。

因爲王大全是這艘船的最高指揮，他又下了死命令，不管發生任何事，任何人未經他允許都不能進這間房，所以談寶兒三人待在這裏實在是安全至極。

每日的三餐有王大全親自送來，一到晚上，王大全就將房間讓給談寶兒三人，自己到普通弟子睡的大床上去休息，居然贏得了和下屬打成一片的好名聲。

但談寶兒卻是個天生悶不住的人，在王大全房間裏待了兩日，便幾乎要悶出鳥來。

王大全見此道：

「少盟主，倒是可以委屈您和您的朋友化化妝，做屬下的護衛，那你們就可以跟著我出去逛了。只是盟中弟子多數認得您，這化妝起來難度頗大。」

談寶兒想了一下，大笑道：

「說起這易容之術，本少盟主最是擅長！你先出去，過會兒再進來！」

將王大全打發出去後，他拿出羿神筆，畫了三張畫皮，給自己三人貼上，頓時面容大改。

王大全進門一看，見秦觀雨都在瞬間變成了個虯髯大漢，鬍子入肉，逼真至極，不由和無法等人一樣暗自讚嘆不已。

此後，談寶兒三人就大搖大擺地出現在了甲板上。這艘船艦上有兩千多號人，自不是人人認識，艦上眾人見王大全多了三個新護衛，只當是從哪部分調來的，都覺得再正常不過，無人起疑。

談寶兒和無法兩人在與艦上人混熟了之後，護衛也不做了，居然跑去和這些人賭錢，時時大殺四方，說不出的逍遙自在。

艦隊在蒼茫大海上行了五日。

這日黃昏時候，談寶兒正在和一干昊天盟眾賭錢，卻忽然聽到船上緊急集合的聲響，跟著眾人集中到甲板上，王大全宣布說今夜了時便要抵達蓬萊島了，現在全船的人吃飯休息，晚上就攻占蓬萊三十六島。

談寶兒和無法一聽要到蓬萊了，也是神情振奮。

唯有秦觀雨鬱鬱寡歡，對談寶兒道：

「談大哥，這幾日，我們都沒有想到如何阻止這場大戰，眼下就要打起來，這可怎麼辦！」

談寶兒這些日子都去賭錢去了，哪裡想過這事，聞言一陣愕然。反是無法笑道：

「觀雨師妹，你這是小慈悲，不是大慈悲。蓬萊和昊天盟這倆傢伙搶地盤，搶了幾十年了，這中間死了多少人？這次楚接魚有魄力一次解決恩怨，雖然死傷頗大，但所謂長痛不如短痛，這是好事一件，咱們以大慈悲的精神，更該大力促成此事，而不是去破壞！」

談寶兒聞言自是贊同。

秦觀雨嘆了口氣，道：

「無法師兄說得不是沒有道理，但出家之人，終究不希望看到流血犧牲！」只是她也不能讓雙方罷手，只能接受了兩人的說法。

三人用過晚飯到艦長室養精蓄銳。

到得夜半，快到子時，王大全來叫醒三人，對談寶兒道：

「少盟主，您要給盟主一個驚喜，不如今晚攻打蓬萊時候，本艦就交給您來指揮吧？」

「由我來指揮？不了！不了！」談寶兒嚇了一跳。雖然他對船上那些炮管比他身體還粗的火炮很感興趣，但卻也沒有傻到敢去瞎指揮一通，從而引來楚接魚和自己一起喝茶。

王大全看他神情堅決，便道：

「也對，這樣的小場面不適合少盟主您，回頭等攻上瀛州島，才是您表現的時候。那請少盟主到甲板上，給屬下壯膽吧！」

這一條談寶兒自沒有反對的理由。四人出了艦長室，來到甲板的時候，星光明月下，隱隱看見前方海天相接處，有一排細密的小黑點出現，卻是蓬萊三十六島終於到了。

除開駕船的水手，船上的昊天盟弟子已經全數到齊。

王大全站到眾弟子之前，神色肅穆，對著眾人道：

「諸位兄弟，自當日楚盟主一統昊天群島後，我昊天盟崛起江湖至今已有三十二年。這三十二年之中，朝廷聞我昊天盟之名而喪膽，江湖見我火獅旗而退避，唯有這東海之上，蓬萊瀛州的人從不將我們放在眼裏，如今更是綁架了我們的少盟主，要盟主付贖金，這口氣我們能不能咽下？」

「不能！」兩千多人一起呼喊，聲勢震天。

王大全滿意地點了點頭，抬手示意眾人安靜下來，大聲道：

「對！我們都咽不下這口氣，所以今晚我們一定要踏平瀛州島，滅了凌霄城，救出少盟主！」

「踏平瀛州島，滅了凌霄城，救出少盟主！」眾人一起高呼。

附近的船上的艦長似乎也做著同樣的戰前動員，也是呼聲入雲，各船呼聲此起彼伏，好不壯觀。

卻在此時，忽見楚接魚那艘大船上升起一蓬煙花，在空中炸開，形成一個綠色的獅子的形狀。所有船上的喧囂聲頓時安靜下來。

王大全急忙揮手道：

「盟主發出了綠獅信號，各位兄弟各就各位，排好陣形準備戰鬥！」

「是！」船上眾人齊聲答應，眨眼間散得乾乾淨淨，隨即出現在這船的三個不同的樓層，各自準備到一門火炮邊上，或三三兩兩地扶住炮管，或扛著炮彈，或在旁邊準備斟茶遞水，一個個神色肅穆，嚴陣以待。

之前一直是成一條縱線前進的艦隊，這時慢慢一字排開，形成一條橫線，各自張滿帆，朝著蓬萊諸島全力駛去。

談寶兒之前送若兒到南疆的時候，乘坐的青龍號比座下的船艦大了兩倍不止，但畢竟只有一艘，眼前六十多艘大船排成一排，雄壯異常，胸中不由也是一陣熱血沸騰，暗想若是自己能指揮這樣的一隻艦隊橫渡北溟，該是何等壯觀。

艦隊向前行進，眨眼間來到蓬萊諸島之前，島上樹木已然清晰可見，但蓬萊島上的人根本沒有發現異常，連燈火都未曾燃起一盞。

過不得多時，艦隊到達三十六島弧形之外，六十多艘船也成扇形排開，使得蓬萊諸島出

現在炮火的射程之內，大約是三十丈的距離。

船隻停好之後，便見楚接魚的座船上又升起一團煙花，只是這次暴開來卻是一個紅色的獅子圖形。

王大全見此興奮叫道：

「是火獅信號，進攻時間到了，大夥兒準備了……發炮！」

隨著他一聲令下，丁丑號上的火炮頓時吐出火舌，炮彈如急雨一般傾泄到蓬萊諸島上。其餘船隻上的火炮也幾乎在同時打響。

一時間，好似從這六十來艘船上飛出了成千上萬的火龍，向著蓬萊三十六島一起撲了過去，所過之處，沙石飛走，烈焰騰空，火樹銀花，昊天盟十萬大軍似也被這大火燒得熱血沸騰起來。

昊天盟的艦船共有六十艘左右，分別是以天干地支編號，一輪編下來，正好是個甲子，而威力最大的船排名也最前，譬如甲子的威力就比甲丑大，而以甲開頭的船又比乙、丙、丁開頭的火力猛。是以王大全這艘丁丑號算是艦隊中威力最弱的一等，但船上的火炮卻足足有百門之多，雖然分散到船身兩側，此刻只有一面在發炮，也有五十門，而此刻被丁丑號和另外一艘攻擊的島上眨眼間便成了火海，一片的狼藉。

震耳欲聾的炮聲幾乎將談寶兒嚇得雙腳發軟。在金翎軍中久了，他也聽小關和士兵們說過朝廷水軍炮火有開山斷流的威力，一直只當是傳說，此時見了昊天盟的水艦才知道，這玩意果然不是說說而已，這麼多炮彈在自己身上炸開，只怕自己有渾圓神光罩也未必頂得住啊！

六十多艘船同時發炮，蓬萊三十六島在一瞬間幾乎變成了火島，不知道的還以為火山噴發了呢。但這樣巨大的聲響，蓬萊島上卻安靜之極，一直沒有什麼回應。

一直過了盞茶時光，瀛州島上才傳出一個好聽的女聲：

「楚盟主，令郎已破了我困天壁，平安離開瀛州島，素心已讓你轟了盞茶時光，以往有什麼恩怨，咱們就此一筆勾銷吧！」

聲音溫柔，從隆隆的炮聲中傳出，卻各船人聽得清清楚楚。王大全聞言，不由自主地望向了談寶兒，後者卻面無表情。

卻聽楚接魚座船之上，有人大笑道：

「哈哈！羅素心，你當楚某是三歲孩子嗎？你困天壁號稱天下第一堅壁，我那孩子能有多大本事，能破壁而出？今日你若不將他交出，休怪楚某無禮了！兄弟們，繼續給我轟！」

聽那囂張的聲音，正是楚接魚。雖然明知楚接魚就在那船上，驟然聽到他的聲音，談寶兒還是嚇了一跳，眼前彷彿又出現這變態一招劈斷巨闕峰讓天河斷流的場景。

昊天盟眾人得令，炮火更加密集地向蓬萊諸島傾泄，一眼望去，卻似有千萬顆火流星從天而墜，將諸島炸得滿目的瘡夷。最奇怪的卻是，無論這些炮火如何轟炸，島上並沒有艦船出發，而羅素心也再沒有說話。

秦觀雨見此，心裏早不知念了多少次阿彌陀佛了，傳音問談寶兒道：

「談大哥，難道蓬萊對這些炮火完全沒有辦法嗎？這樣下去，不說蓬萊弟子，島上的動植物生靈只怕會死光的！」

談寶兒暗說妹妹你還真是菩薩心腸，忙傳音回道：

「觀雨妹妹，你不要著急，眼下這些炮火燒到的不過是蓬萊諸島的外圍。楚接魚這麼做，只是想破壞一些島上的陣法佈置，只是他哪裡知道真正的陣法，法天道，又豈是他這樣蠻幹能動搖的？你就等著看好戲吧！」

「老大！不好了，咱們快下船！」無法忽然大聲叫了起來。

談寶兒忙回過頭去，只見眼前一片的火海，成千上萬的火球正朝著丁丑號飛來，他一時不明所以，再不敢多留，一把抓起秦觀雨的手，凌波術使出，死命地朝船下跳去。

三人才一離船，火球落到丁丑號上，船身一瞬間劇烈的搖晃起來，然後是一陣驚天動地的爆炸之聲，木屑亂飛，整艘船「騰」地一下燃起了熊熊烈火，船上一時也是雞飛狗跳，昊天盟弟子紛紛步少盟主的後塵，朝著水裏猛跳，而更多的弟子卻因爲來不及逃跑，在一剎那葬生火海，連慘叫都來不及發出。

談寶兒驚魂未定，抬眼向著三十六島看去，一見之下，頓時作聲不得。月光下，蓬萊三十六島近海的陸地此時早已是一片火海，但每一片火海之中，不知何時竟多了一個巨人。三十六島，一共三十六人！

談寶兒見這些巨人每個高約百丈，手臂長四十丈，雙腿如兩根擎天柱，只如天神一般，驚得目瞪口呆，忙展開碧水訣。

他人在水中，頓時方圓千丈之內的東海海水便都變成了他的視線。借著最靠岸邊的水流，他看得清清楚楚，這些巨人的身體赫然全是由石塊組成，上面濕泥猶新，青苔處處，卻不知在地上塵封了多少歲月！

三十六個百丈高的巨人朝三十六島上一站，昊天盟的炮火才一傾泄到三十六島上，尚未來得及爆炸，便被這些巨人揮掌掃中，在一瞬間反彈回來，落回到昊天盟的艦隻上，而這些巨人似有靈性，被反彈回來的炮彈，並非是射回原來的船隻，而是集中到一起，落到一艘船上。被擊中的船隻便好似被其餘六十艘船同時攻擊，在刹那化爲飛灰。

丁丑號最是倒楣，竟是第一艘被這些巨人攻擊的船。繼丁丑號之後，相繼又有三艘船隻被擊中，化為一條火龍。這時候，楚接魚的船隻上升起了一道煙花，爆開是白色獅頭，這是停止開火的信號，各船隻紛紛停止了開火。

昊天盟眾人何曾見過如此場面，一時竟都驚呆。

楚接魚似也未曾料到有如此局面，座艦上暫時沒有發出任何信號。但這時候，三十六巨人卻再次行動起來，各人邁開巨步，走到海邊，伸出巨手，朝著海裏的艦船就是一頓痛擊。

只聽得一片驚叫聲中，但凡被巨手擊中的艦船，不是被攔腰折斷，就是多出一個個巨大的窟窿，海水瞬間蔓延上來，船上驚叫慘呼之聲不絕。

未受到襲擊的船隻慌忙向後逃避，談寶兒和無法也是嚇得魂飛魄散，忙展開碧水訣躲得遠遠的，秦觀雨眼見許多人落水，本來還待去救，卻被兩個惡棍無情架開了。

剎那之後，六十艘艦船損折過半，好在船距岸上是三十丈，巨人的手臂只有四十丈，剩餘的三十艘船划出十丈之後，巨人們便再也鞭長莫及。

巨人們望著水面看了看，隨即停了手，各自張開許大的巨嘴，朝著島邊的海水一吸，立時，海水如龍而起，落到他們口中。然後這些巨人再張嘴一噴，水流和著一團颶風灑到島上，火勢頓時為之減弱，如此反覆十餘次，三十六島上的火海頓時被撲滅。

巨人將火撲滅之後，便不再移動，待在原地。昊天盟眾人這才驚魂稍定，許多人劫後餘生，都是不由失聲痛哭起來。

海水之中。無法見多識廣，見到如此奇異場景，卻也目瞪口呆，問一邊的談寶兒道：

「老大，這些巨人究竟是怎麼回事？難道蓬萊弟子都是石匠，什麼時候居然雕成了這樣的一批石巨人？」

談寶兒搜盡枯腸，始終沒有想起屠龍子和自己說過這些巨人的來歷，唯有苦笑道：

「這個我也不大清楚，不過這些巨人不是雕的，應該是由某種土系的陣法聚集山石而成吧！」

秦觀雨點頭道：「蓬萊諸島上都是山，多的是各種奇石，要用石頭聚集成幾個巨人，想來也不是難事。不過，在背後操控如此多巨人的人才最是了不起，如我所料不差，應該就是羅素心本人吧。她拒敵本是不錯，只是何苦造如此多的殺孽？」

三人正自討論，忽見楚接魚的座艦上一個人影如大鳥飛起，借著月色，談寶兒看得清楚，那人正是楚接魚。

楚接魚似乎看出了什麼東西，離船之後，身形凌空一折，仿似一道輕煙，直落瀛州島。但就在同一時間，三十六島齊齊一顫，島上的巨人在一瞬間從各自島上飛起，朝著空中的楚接魚撲了過去。

楚接魚剛才眼見這些巨人對遠離島岸的水中船隻無可奈何，只以為這些人植根島上，卻怎麼也料不到這些人竟然還能飛起，頓時便被重重包圍，七十二隻巨拳在一瞬間便落到了他身邊。

三十六個巨人本已巨大無比，凌空飛起之後，更如巨靈神一樣，橫亙天幕。

昊天盟眾人眼見這些巨人，任何一個的一根手指都有楚接魚的身體粗，楚接魚在他們包圍之中便如螞蟻，又記起剛才這些巨人一拳就能摧毀樓船的神威，都不由失聲驚呼起來。

但驚呼聲很快被楚接魚的大笑聲所淹沒：

「哈哈哈！羅素心，區區護島巨靈就想要楚某的性命嗎？」

笑聲裏，巨人堆裏陡然閃出一片刺眼的淡藍色亮光，緊隨其後，一頓劈里啪啦之聲響徹整個蓬萊。

淡藍光芒一放即收，隨即楚接魚的身影如一縷輕煙似地從巨人堆的縫隙裏溜出，直朝瀛州島上落去。

空中的巨人們頓了頓，隨即全數攔腰而斷，朝海面墜落，被海風一吹，全數變成了石粉，紛紛揚揚灑了一海，好似一場沙塵暴。

大海之上，人人變色。唯有談寶兒記起當日在藏劍峽之時，也是先見一道淡藍光華閃過，巨闕峰便被齊腰而斷，心想：莫非楚接魚手裏竟有一柄絕世神兵麼？

眾人一愣之際，楚接魚的身影已落到瀛州島上。

此時，羅素心的聲音響起道：

「好一個天河倒流掌！好一個楚接魚！是好漢的就到凌霄城來，咱們決一死戰！」

楚接魚哈哈大笑道：

「凌霄之城麼？好好好！楚某三十年前就想上前一見，今日正好得償夙願！」

笑聲落時，人影已消失在瀛州山林之中。

海中，無法張大的嘴好容易合上，伸手抓一把空中的石粉，呆呆地問談寶兒：

「老大，這是怎麼個說法？」

談寶兒鬱悶道：「還能怎麼說？這老傢伙是個超級大變態！走，咱們跟著上山去看看！」說時抓起秦觀雨的手，展開青龍訣，朝著瀛州島飛撲而去。無法在背後緊步跟隨。

請續看《爆笑英雄4 閉月羞花》

II 遊戲時代
創世書 上下

內容簡介

傳說在人類遙遠的蒙昧時代，
曾經有過一個高度發達的遠古文明出現在大西洋上，
那就是今日沈睡在百慕達三角海底的亞特蘭提斯，
這片也被柏拉圖等古代學者稱爲大西洲的神秘大陸，
究竟有過怎樣的文明？
又爲何會突然沈沒？
它沈沒的時間爲何與各民族都有過的大洪水的傳說暗合？
這其中又有沒有其內在的聯繫？
更令人不可思議的是，
探險家在沈沒的海底，
發現了比埃及最大的胡夫金字塔更爲巍峨宏偉的海底金字塔，
它與古埃及金字塔是否有著神秘的聯繫？
守護著埃及金字塔的獅身人面獸斯芬克斯，
又有著什麼不凡的來歷？
《遊戲時代》第二卷將爲您一一作答。

遊戲時代III

毀滅者上下

內容簡介

「一個握血而生的嬰兒，將成為蒙古人未來的英雄，
領導蒙古人跨上征服世界的馬背，將毀滅帶給所有文明！」
一個關於「毀滅者」的預言在漠北草原興起，
一個民族以令人無法相信的速度集結起來，
如狼群般從漠北草原蔓延到整個歐亞大陸，
以不可阻擋之勢攻城略地，肆意屠戮，
只因為他是上蒼派出的「毀滅者」！
主人公追隨著毀滅者的步伐，
火燒花剌子模都城玉龍赤傑、飲馬浩淼里海，
翻越天塹高加索，縱橫廣袤無垠的俄羅斯大草原……
兩萬怯薛軍的西征，縱橫馳騁數萬餘里，
擊潰了數十倍的各族軍隊，
不僅締造了世界軍事史上前所未有的奇蹟，
也揭開了這次西征的真正企圖。
《古蘭經》中有著怎樣的秘密？
中原道教名宿，長春真人丘處機不遠萬里、歷盡艱辛
去見天底下最大的可汗，又是出於怎樣的動機？
隨著主人公探索的步伐，一個個歷史謎團漸次揭開，
同時新的謎團又出現在他的面前。

遊戲時代IV
尋佛

內容簡介

貞觀年間，大唐高僧玄奘，不遠萬里去往遙遠的天竺取經，
他究竟是要取什麼樣的經書？
一個被誤認爲是蒙古探子的東方人，
闖入了天竺佛教聖地那爛陀寺，
此時的那爛陀寺只剩斷垣殘壁，
玄奘大師當年苦苦追尋的佛門真經，卻偏偏就藏在這廢墟之中。
主人公破迷蹤密道，看透曼陀羅幻境，
終使佛陀遺書得以重見天日。
誰知婆羅門教日、月、星三宗祭司聞風而動，
風雨雷電四大修羅傾巢而出，
而主人公身邊，尚潛藏著一個帶有嗜血基因的「吸血鬼」。
妻子的誤解，同伴的背叛，
佛陀遺書的得而復失，身陷修羅場的絕望，
都沒能動搖主人公心志，
他終於奪回了佛陀遺書，拿回了失落多年的戰神之芯。
當他真正掌握《天啓書》奧秘之時，
新的時空爲他開啓，
曾經的戰神終於重新駕起傳說中的戰神之車，
突破遊戲世界的束縛，駛向廣袤無垠的星海……
在歷盡磨難之後復甦的戰神，將開始屬於他的全新傳奇。

V 遊戲時代
通天塔

內容簡介

傳說遠古時期，
人類欲建高塔直達天庭，以示與神平等之決心。
人類這種團結一心的精神令神靈也感到恐懼，
於是變亂了人類的語言，使不同族群的人們語言不再相通，
人們因誤會而內訌，高塔最終沒能建成，
這就是《聖經》上記載的巴比倫通天之塔。

在浩渺無垠的星空中，也有一座巴比倫塔，
不過它不是外形上的高塔，而是人類精神上的通天之塔。
它集中了人類多個領域的精英，創造了驚人的科技成果，
就如同巴比倫塔威脅到神靈超然地位，
它從誕生之初就注定了被毀滅的命運。

然而，誰也不能阻止人類探索的步伐！
以主人公為代表的人類菁英，
沿著亞里斯多德、柏拉圖、牛頓、愛因斯坦等等先輩的足跡，
用實際行動向諸神發出了自己的最強音。
通天之塔，又開始在最偏遠荒涼的星域冉冉升起。

遊戲時代 VI 銀河爭霸

內容簡介

銀河聯邦作爲人類社會名義上的最高權力機構，
漸漸失去了對大財團的控制能力，
在這個戰亂紛紜的動蕩時代，
一心建造人類通天之塔的主人公也無法再獨善其身。
尤其前輩們遺留下來的各種科研成果，
更是成爲各方勢力覬覦的目標。
投入到這個戰亂時代，聯合支持自己的大財團，
成爲了主人公唯一的選擇。
掌握了《易經》、《古蘭經》、《天啓書》等密碼的主人公，
似乎已是縱橫星海的不敗戰神，
直到他遭遇人類歷史上最偉大的軍事統帥
——曾經下落不明的毀滅者，
才真正遇到了一生中最強大的軍事對手。

最糟糕的民主也勝過最完美的獨裁，
弱小的聯邦政府並沒有像周王朝那樣覆滅，
而是在無數英雄滾燙熱血澆灌下，
重新煥發出強大的生命力，
所有貌似強大的利益集團，最終都成爲了歷史的灰燼。

遊戲時代 VII
天之外
（END）

內容簡介

銀河聯邦的勝利，
昭示著人類社會新時代的到來，
當全人類重新走向團結和聯合，
巴比倫通天之塔必將以前所未有的速度直達「天庭」。
人類探索世界的步伐開始走向更爲廣袤的時空和星宇，
天堂在哪裡？地獄又在何方？
廣泛瀰漫於宇宙之中不爲人知的暗物質和暗能量，
又是怎樣一種存在？
黑洞之內又有著怎樣的奧秘？
佛家的「空」，道教的「道」，
穆斯林的「真主」，基督徒的「上帝」，
它們是否是對同一種存在的不同描述？
科學範疇的超弦理論與宗教範疇的四大皆空，
如何在作者的筆下成爲和諧的統一？
人類社會的終極文明究竟又是怎樣一種的形式……
所有這一切都是科學或宗教暫時無法回答的終極難題。

大話英雄 ③ 指點江山 (原名：爆笑英雄)

作　　者：易 刀
發 行 人：陳曉林
出 版 所：風雲時代出版股份有限公司
地　　址：105台北市民生東路五段178號7樓之3
風雲書網：http://www.eastbooks.com.tw
官方部落格：http://eastbooks.pixnet.net/blog
信　　箱：h7560949@ms15.hinet.net
郵撥帳號：12043291
服務專線：(02)27560949
傳真專線：(02)27653799
執行主編：朱墨菲
美術編輯：吳宗潔

法律顧問：永然法律事務所　李永然律師
　　　　　北辰著作權事務所　蕭雄淋律師
版權授權：蔡雷平
初版換封：2015年6月

ISBN：978-986-352-176-1

總 經 銷：成信文化事業股份有限公司
地　　址：新北市新店區中正路四維巷二弄2號4樓
電　　話：(02)2219-2080

行政院新聞局局版台業字第3595號
營利事業統一編號22759935

定 價：280元　特價：199元

國家圖書館出版品預行編目資料

英雄傳說 / 易刀著. — 初版. —
臺北市 : 風雲時代, 2015.04-
冊 ;　公分
ISBN 978-986-352-176-1(第3冊 : 平裝). —

857.7　　104004304